LA VIE TRESHORRIFICQUE
DU GRAND GARGANTUA

Dans la même collection

RABELAIS

LA VIE
TRESHORRIFICQUE
DU GRAND GARGANTUA

Edition établie
par
Françoise JOUKOVSKY

GF Flammarion

ISBN : 2-08-070751-5

PRÉFACE

Après avoir publié le *Pantagruel* (1532) sous le pseudonyme d'Alcofrybas Nasier, Rabelais fait paraître l'histoire du père de ce géant, sous la même signature, et sans doute, selon les dernières recherches, au premier trimestre 1535. Nous assistons à la formation physique et intellectuelle du jeune Gargantua, puis à la guerre qui l'oppose à son belliqueux voisin, le roi Picrochole.

Roman ou conte ?

Comme le précédent livre, le *Gargantua* adopte le schéma des romans d'aventures : enfance, départ et éducation, épreuves de la guerre et exploits, rétablissement de l'ordre. La seule nouveauté à cet égard est que le *Gargantua* constitue plus nettement le roman du roi. Cette progression chronologique est doublée d'un changement de lieu. L'enfance se déroule dans le Chinonais, l'éducation se fait à Paris, et Thélème nous introduit dans un monde utopique. Espace de fantaisie, comme dans le *Pantagruel,* car des cohues s'entassent dans les chemins de La Roche-Clermauld, et si Thélème est « jouste la riviere de Loyre », c'est un décor à l'italienne et un ailleurs. Autre point commun avec la structure du premier livre : le récit est centré sur un héros doublé d'un comparse, personnage inventif et astucieux. Dans le *Pantagruel*, le géant adoptait Panurge ; dans le *Gargantua*, il est aidé par Frère Jean. La présence de ce compère introduit dans le roman un groupe de chapitres secondaires, les hauts faits de Frère Jean, qui n'ont pas le même cadre que les opérations menées par Gargantua. Enfin, ce schéma est comme en 1532 compliqué d'épisodes qui n'ont pas un intérêt direct pour l'action, l'histoire des chevaux factices, ou les mésaventures de Frère Jean pendu à un arbre.

Toutefois, l'ensemble est rythmé plus vigoureusement que dans le *Pantagruel* par de nombreuses antithèses, entre les deux éducations de Gargantua, ou entre la guerre picrocholine et la paix de Thélème. Il est également organisé grâce au procédé de l'inclusion[1]. On peut en effet remarquer la symétrie des deux énigmes (ch. 2 et ch. 58), des deux digressions sur les vêtements (ch. 8 et ch. 56), des deux assauts de La Roche-Clermauld (ch. 28 et ch. 48)... La construction semble donc plus rigoureuse, et elle contribue sans doute à la relative nouveauté du *Gargantua* par rapport au *Pantagruel*, c'est-à-dire l'alternance entre le récit et les chapitres de réflexion, qui concernent l'éducation, la guerre, le mode de vie des Thélémites.

Comme dans le *Pantagruel*, cependant, Rabelais prend son temps. Il s'offre des listes de plus en plus copieuses d'une édition à une autre, ou donne la parole à Maître Janotus pour un interminable discours, où la pensée et le verbe font du sur-place. Il introduit des scènes de théâtre, où il exploite le décor stylisé, le bruitage, litanies des moines ou cliquetis des gobelets, et surtout la gesticulation. Les gestes prolongent la parole, car la harangue belliqueuse de Frère Jean est suivie de l'action, mais ils peuvent aussi se suffire à eux-mêmes. Dans l'enfance de Gargantua, par exemple, ils correspondent à la fois à une découverte tactile du monde et à un jeu gratuit. Ces scènes

1. Comme l'a montré G. Demerson. Les références des études auxquelles nous faisons allusion dans la Préface figurent dans notre Bibliographie.

de théâtre adoptent le discours direct, le monologue, dès les premières pages, où la parole du narrateur crée un espace théâtral, et le dialogue, avec toutes ses possibilités comiques. Tantôt le dialogue tourne à la mystification, dans l'épisode des chevaux de l'enfant Gargantua ; tantôt il se fait dialogue de sourds, dans l'échange de répliques entre Grandgousier et Gargamelle, confrontation de deux points de vue, masculin et féminin. Cette théâtralité manifeste le caractère oral du roman de Rabelais, parole vive et polyphonie. Le prologue, par exemple, est à plusieurs voix ; non seulement le narrateur revêt différents personnages, le charlatan ou l'inspiré bachique, mais il suscite l'intervention de son lecteur, ce joyeux buveur qui va retrouver ses semblables dans la scène des Bien Yvres. Tous prennent la parole, Sorbonnards ou précepteurs érasmiens, gens de Gargantua ou de Picrochole, et le roman est un microcosme où résonnent, enregistrés dans leur diversité, des personnalités, des modes de vie et de pensée.

Cette importance de l'oral signifie-t-elle que le *Gargantua* relève de la littérature populaire ? Certes, Rabelais se souvient çà et là de certains épisodes des *Grandes et inestimables chronicques du... geant Gargantua*, ce livret anonyme de 1532 auquel il fait allusion dans le Prologue, et qui raconte les exploits de ce géant au service du Roi Artus. Il lui doit notamment le vol des cloches de Notre-Dame par Gargantua. Mais il joue au conteur populaire plus qu'il ne s'inspire de traditions précises. Son héros ne doit rien au folklore, à part son nom, et il n'a rien à voir avec le type du géant, personnage inhumain et terrible. Si des thèmes gigantaux s'organisaient autour du personnage de Gargantua avant Rabelais, la forme sous laquelle ils lui parvenaient était en effet assez récente, et l'on n'y retrouvait pas l'altérité menaçante propre aux géants du folklore. De surcroît, Rabelais écrit pour un public composite, comme il apparaît dans le Prologue : joyeux buveurs, mais aussi lettrés. Même si l'on peut ramener le *Gargantua* à la morphologie du conte, en y retrouvant certains éléments du schéma de Propp, naissance merveilleuse, quête, rencontre de l'objet magique, agression, réparation du méfait, ils figuraient aussi dans le roman médiéval.

Faut-il mettre en valeur les rapports de Rabelais et de la culture populaire[1] ? Il est vrai que les personnages du *Gargantua* sont conçus comme une panse et des attributs sexuels. Gargamelle est présentée par le bas, et l'accouchement terminé, ne sera plus qu'une paire d'énormes mamelles. La braguette est la pièce maîtresse du costume. Ces corps grotesques communiquent par maint « pertuis » avec le monde environnant. Comme les types populaires, ils sont également caractérisés par quelques attributs, Gargantua par sa grande gueule et sa jument, Frère Jean par son nez ou sa croix-épée. Enfin, ils relèvent parfois du merveilleux propre au conte populaire, car ces géants ont tous les pouvoirs. Cependant ce gigantisme est épisodique, et si Gargantua le géant enlève des boulets de canon de sa chevelure, le Gargantua humain fait ses classes comme un petit grimaud. Rabelais joue sur le gigantisme, l'adopte un moment pour ensuite prendre ses distances, de même qu'il sauvegarde sa liberté stylistique : les voici peuple, lui et ses héros, brassant des mots vulgaires, tout en bas de la hiérarchie des styles fixée par les Arts de rhétorique ; mais l'instant d'après, le voilà faiseur de « contions », de nobles discours à l'antique.

Le XVIe siècle au quotidien

Au lecteur moderne, ce roman inclassable apporte une évocation vivante du quotidien. À trop fixer notre attention sur les idées que l'œuvre contient, nous risquerions d'oublier ce grand charme du *Gargantua*, la plongée dans un monde qui nous est restitué grâce à la richesse du vocabulaire concret, aux listes lexicales, aux proverbes, révélateurs d'une époque où le paysan

---

1. Comme l'a fait M. Bakhtine.

a encore sa place. Cet art réaliste en rend les apparences, car Rabelais aime à énumérer matières et couleurs, à palper les étoffes dans l'évocation du costume de Gargantua, à flairer les victuailles. Il embrasse le réel dans son abondance, à grand renfort de chiffres, et dans sa variété, en donnant des noms de lieux, de Touraine et d'ailleurs, et en multipliant les détails révélateurs d'une diversité professionnelle et sociale. Les riches usent de pierres précieuses et de parfums, et les pauvres, tel Maître Janotus, rêvent d'une paire de chausses. L'évocation est « au vif », comme on disait au XVIe siècle, c'est-à-dire que Rabelais a recours à des procédés d'animation pour donner l'illusion du vécu. Il saisit le mouvement, gesticulation, poursuites, coups. Ces personnages se révèlent en bougeant, non par l'analyse psychologique.

Ces gens qui nous sont proches, nous les suivons à table ou dans leurs exercices sportifs, et nous découvrons leurs modes extravagantes, souliers à crevés et énormes braguettes. Le vêtement est un signe social, et le premier venu ne peut pas porter le bonnet doctoral à triple bourrelet, ou le lyripipion, le capuchon à pan flottant, qui est la marque de l'ecclésiastique. Nous accompagnons Gargantua et ses proches au fil de leurs journées, et ce roman nous séduit par une poésie du quotidien bien vécu, un climat humain où s'épanouissent la gaieté et la bonté. Rabelais aime à esquisser de petits tableaux des travaux et des jours, les préparatifs de la vendange au début du chapitre 25, et ces instantanés qui saisissent Grandgousier jouant avec son fils ou se chauffant à un feu clair. L'auteur de *Gargantua* se plaît aussi à évoquer des objets utiles et beaux. À Thélème, en effet, chaque jour est magnifié par un luxe et une beauté encore exceptionnels à l'époque. L'amour de la vie assure une transition naturelle entre le réel et l'idéal.

Un quotidien recréé, qui est comme une grande fête. Le héros naît parmi les Bien Yvres, et sera lui-même grand buveur. La fête symbolise sa vocation. On festoie en pleine guerre, et sans parler de stratégie.

Un nouveau festin marquera la victoire, et Thélème est une promesse de fête perpétuelle. Ces réjouissances apportent la liberté, l'absence de temps et de règle, la communication, et l'ivresse, « passe-temps céleste », accès à une autre existence. On ne dit pas mieux que l'homme est fait pour la joie.

C'est un plaisir de vivre avec ces gens-là, mais faut-il s'en contenter ? Rabelais nous incite dans le Prologue à déchiffrer un « plus hault sens ». Il est vrai qu'il en parle sur un ton bouffon, comme s'il ne voulait pas être cru. Cette lecture sérieuse du *Gargantua* et l'interprétation du Prologue divisent encore la critique : pour les uns, c'est dérision ; pour les autres, Rabelais suggère effectivement une exégèse symbolique de son œuvre. Le même problème se pose pour les chapitres où l'auteur disserte de la valeur symbolique des couleurs. Et que dire de l'encadrement du livre, un coq-à-l'âne (ch. 2) et une énigme (ch. 57) ? Le premier n'a pas de sens, la seconde offre une signification apparente — une description du jeu de paume — qui ne satisfait même pas les personnages de Rabelais. Autre sens, ou absence de sens ?

La difficulté du texte, rempli d'allusions, a longtemps incité la critique à interpréter le roman en fonction des événements contemporains. Cette méthode historique éclaire certains aspects des principaux épisodes. La guerre picrocholine est bien une satire des ambitions démesurées de Charles Quint. On y trouve même une référence aux deux colonnes qui figurent dans l'emblème de l'Empereur. Le souvenir n'était pas effacé des brigandages des Impériaux dans le Nord de la France en 1521, ou du saccage de la région de Marseille en 1524. De même, le commentaire final (ch. 58) sur les persécutions, dont souffrent les adeptes de « la creance Evangelique », s'explique par le raidissement de la politique royale, après l'affaire des Placards contre la messe, Placards affichés en 1534 jusque sur la porte de la chambre du Roi : cette affaire déclenche une répression contre tout ce qui sent l'hérésie, Luthériens et autres. Si l'on va plus

loin, même des épisodes purement comiques peuvent
avoir un sens caché. On a pensé à mettre en rapport
l'histoire des cloches dérobées par Gargantua avec le
sens symbolique de la cloche dans l'œuvre de Rabelais, c'est-à-dire un formalisme condamnable. Ces cloches rappelleraient alors le caractère bigot et obtus du
peuple parisien, dominé par la Sorbonne, et incapable
de saisir le message évangélique. C'est pourquoi ce
sont des Sorbonnards qui agissent au nom du peuple
pour obtenir restitution. Un autre critique a vu dans
cet épisode l'exil de trois théologiens. Ce carillon n'a
pas fini de résonner...

« Plus hault sens »

Cependant le *Gargantua* n'est pas un roman à clés.
Par-delà cette lecture historique, il semble possible de
proposer une interprétation fondée sur le schéma
romanesque, c'est-à-dire le développement d'un individu qui explore peu à peu l'espace, découvre différentes *collectivités* — une notion qui éclaire aussi bien
la communion des Bien Yvres que l'harmonie des
Thélémites — et observe abus ou innovations de son
époque. Roman de formation, le *Gargantua* permet
ainsi d'entrevoir les vertus de l'esprit nouveau sous ses
différents aspects, idéal de paix, conception du savoir,
piété plus intérieure.

L'évolution de Rabelais vers le pacifisme d'Érasme
apparaît assez nettement du *Pantagruel* au *Gargantua*.
À la fin du *Pantagruel* (ch. 31), le Prince invite son
peuple à conquérir « tout le Royaume des Dipsodes ».
La guerre n'est pas condamnée, et pas davantage la
conquête sur laquelle elle débouche. Dans le *Gargantua*, en revanche, Grandgousier est profondément
affligé lorsqu'il apprend les méfaits de Picrochole. La
cause de cette guerre est la folie de ce roi : dans la
Plainte de la Paix (1517), Érasme reconnaissait que la
guerre est en nous, parce que l'homme lutte avec lui-
même, avec ses tentations, ambition et amour de la

gloire. Grangousier fait tout pour éviter le conflit, mais se résout finalement à se défendre, et l'affaire est menée avec une énergie qui rappelle l'attitude des Utopiens dans le traité de Thomas More (1516). En Utopie, en effet, malgré le pacifisme du gouvernement, force est parfois de se battre, et hommes et femmes s'y préparent en temps de paix. L'armée et les méthodes de Grand-gousier sont d'ailleurs modernes. Alors que Picrochole n'a pas de troupes permanentes, et a recours à l'appel féodal et aux enrôlements, Grangousier dispose de légions analogues à celles que François Ier avait organi-sées en 1534. D'autre part il fait une guerre relative-ment « propre », tandis que Picrochole attaque par traîtrise, pille, massacre des civils sans défense. Dans l'ensemble, cette philosophie est en désaccord complet avec les valeurs aristocratiques célébrées par les poètes de Cour, des Grands Rhétoriqueurs à Marot. Cette rupture avec l'héroïsme inconsidéré prend toute une tradition à contre-courant.

L'éloge de la paix, bien commun de l'humanité, va de pair avec le portrait du bon roi. Rabelais ne met pas en question le régime monarchique, alors que l'Utopie de Thomas More est une république. Il admet la monar-chie héréditaire, et Gargantua donne le royaume de Picrochole à son fils (ch. 50). Rabelais adopte ainsi l'attitude d'Érasme, qui dans l'*Institution du prince chré-tien* (1516) se résigne à la monarchie héréditaire, et qui se borne à en atténuer les inconvénients par l'éducation du Prince. Dans le *Gargantua*, cette monarchie est de « droict naturel » (ch. 29), et fondée sur un échange de services pour le bien commun, conformément à la théorie qui prévaut aux XVe et XVIe siècles, et qui exploite la notion aristotélicienne de « commun profit ». Entretenu par ses sujets, le roi leur doit protection (ch. 28). Le *Gargantua* reprend également l'opposition entre le bon roi et le tyran, que l'on trouvait par exemple dans le traité de Cl. de Seyssel, *De la monarchie* (1519). Picrochole ne consulte pas son conseil, et agit par pur égoïsme. Grandgousier, lui, prend l'avis de ses proches et mûrit sa décision. Le tyran n'a pas subi la purification que peut seule apporter la philosophie. L'opposé serait le gouvernement platonicien, où les philosophes sont rois (ch. 45).

Si la pensée de Rabelais n'est pas douteuse dans le domaine politique, plus délicate est l'interprétation des chapitres consacrés à l'éducation de Gargantua. Le *Pantagruel* traitait déjà de cette question dans la lettre de Gargantua à son fils. Le *Gargantua* adopte le même cadre que cette lettre : même schéma antithétique, l'éducation gothique et l'esprit nouveau ; même importance du savoir écrit, du livre ; même contexte religieux. Le *Gargantua*, cependant, donne des précisions sur des points que le *Pantagruel* laissait dans l'ombre, tels que l'éducation physique, les soins corporels, l'horaire quotidien, qui est cette fois défini rigoureusement. La notion de rythme est capitale dans ces chapitres : alors que le temps mal vécu de l'éducation gothique se traînait, le second programme alterne repos et effort, labeur du corps et travail de l'esprit. Ce développement plus technique est donc moins empreint de lyrisme que la lettre du *Pantagruel*, où Gargantua faisait l'éloge des récentes acquisitions. La marque d'Érasme, auteur d'un traité de pédagogie, le *De pueris instituendis*, publié en 1529, apparaît dans cette organisation d'une enfance studieuse, et aussi dans le rôle du maître, car l'enseignement est conçu comme un rapport de confiance et d'échanges entre deux individus, Gargantua et Ponocrates. Érasme recommandait de choisir avec soin ce précepteur auquel revient un rôle de formation complète, et il lui conseillait d'appliquer une méthode d'apprentissage direct et vivant, notamment pour le latin. Enfin, cette éducation de Gargantua est aussi complète que celle du Prince chrétien dans l'*Institution* érasmienne. Dans une perspective syncrétiste, elle allie sagesse antique et sapience chrétienne. Le *Gargantua* affirme la nécessité de lire la Bible chaque jour, et de s'adresser au Créateur.

À quel type d'enseignement s'oppose ce programme ? En effet, si les deux éducations du jeune

Gargantua sont organisées par Rabelais en chapitres
antithétiques, elles ont aussi des points communs, ce
qui ne facilite pas l'interprétation : elles sont toutes
deux destinées à un enfant de famille aisée, et elles
supposent une confiance dans la mémoire et dans le
savoir écrit. Rabelais, de toute évidence, considère la
première éducation comme démodée : Gargantua
apprend à lire en caractères gothiques, non pas en
caractères romains, introduits en France en 1470.
C'est un symbole. Mais qui Rabelais vise-t-il ? Les
collèges n'étaient pas des lieux de résistance à l'humanisme, bien au contraire. La résistance est venue de
plus haut, des facultés de théologie. C'est la Faculté
de théologie de Paris qui a tenté d'empêcher la création du Collège de France, proposée par Budé. Rabelais l'accuse de perpétuer les méthodes de la scolastique, où il voit l'exercice stérile d'intelligences qui ne
s'ouvrent pas à l'observation du réel, et qui remâchent
leurs propres structures. À la scolastique, il reproche
en effet une pensée non inventive, qui se glisse dans
les mêmes moules, et il préfère ce que Montaigne
appellera l'*exercitation*, c'est-à-dire la participation
active de l'individu, seule capable de former un être
humain. Car l'éducation n'est pas seulement un
savoir, et débouche sur un art de vivre, Thélème
complétant les chapitres sur l'instruction. Cela dit,
l'auteur du *Gargantua* prend-il ce programme à son
compte, et est-ce bien un programme ? Rabelais
raconte. Si la seconde pédagogie a sa sympathie, alors
qu'il se moque de l'éducation gothique, il n'en résulte
pas que l'auteur adopte purement et simplement ces
principes. Le narrateur met en œuvre l'esprit nouveau,
et il décrit ce qu'il voit.

S'il fallait préciser ce qui appartient à Rabelais
dans ces tableaux pédagogiques, ce serait peut-être la
place du corps, qui a son équivalent dans le portrait
de l'enfant Gargantua, ce petit animal, et l'idée de
formation permanente, car même la vie à Thélème
ne constitue pas un stade définitif, et la quête conti-
nuera.

L'esprit de l'Evangile

La même prudence s'impose dans l'interprétation des idées religieuses. On sait que le *Gargantua* n'a pas été reçu comme un livre impie. Il ne figurera qu'en 1543 sur une liste d'ouvrages condamnés par la Sorbonne ; le *Pantagruel* a été censuré en 1533, mais pour son obscénité. Or la critique moderne n'a pas toujours jugé le *Gargantua* inoffensif. On a relevé[1] les allusions aux miracles, la parodie des généalogies bibliques (ch. 1) et de la naissance du Christ (ch. 6), ou rapproché ces textes de certaines thèses des philosophes italiens de la Renaissance, en particulier de P. Pomponazzi, qui ramenait les miracles à une causalité naturelle. Cependant ces facéties étaient d'usage dans les milieux ecclésiastiques, et sans hardiesse particulière.

Les railleries de Rabelais, en effet, ne concernent pas la foi, mais l'Église contemporaine. Ce sont les réactions d'un homme d'Église, qui connaît bien certains abus. D'où son manque d'indulgence envers les moines buveurs, paillards et paresseux, alors que le vrai chrétien travaille pour aider son prochain. Le ton de ces attaques, les facéties et les obscénités qui les accompagnent, les rendent d'ailleurs moins virulentes que leurs équivalents dans les *Colloques* d'Érasme et dans l'*Éloge de la Folie*, ou dans certaines pages de Marguerite de Navarre. Dans le *Gargantua*, la plus dure critique de l'institution monastique est sans doute dans l'épisode de Thélème, contrepoint exact de la règle des couvents, reconstruction qui suppose une destruction. Quant au statut de Frère Jean, il est ambigu. C'est un moine libéré, qui n'hésite pas à mettre bas le froc pour pourfendre l'ennemi, geste symbolique. Il a des vertus que n'ont pas ses confrères, même s'il incarne les défauts de la corporation, y compris le formalisme : il tue les vaincus, sans scrupule, du moment qu'ils ont été confessés et ont obtenu des indulgences. Rabelais en veut au moine,

1. Interprétation d'A. Lefranc.

mais le romancier éprouve quelque faiblesse pour un personnage qu'il prend plaisir à voir évoluer. Frère Jean est un peu son double, un souvenir des années de moinage.

Toutefois, on ne peut limiter la portée satirique du *Gargantua* à cette critique des abus de l'Église. Après Lefèvre d'Étaples et Érasme, Rabelais s'en prend à une religion trop formaliste, où l'homme n'est pas métamorphosé, comme le veut saint Paul, par la charité et par le souffle de l'esprit. Il semble lui aussi préférer une foi nourrie par la lecture des textes sacrés, une confiance en Dieu qui ne soit pas passive, mais qui collabore avec l'œuvre divine. Il aspire à un rapport direct avec le Créateur, attitude qui entraîne à la fois le refus du culte des saints et la dénonciation des abus de l'Église, cet intermédiaire indigne. A certains égards, le *Gargantua* est en accord avec la politique religieuse de François Ier et des frères Du Bellay, qui accueillaient avec bienveillance l'inspiration réformiste de certains catholiques, et qui espéraient même un rapprochement avec les plus modérés des Réformés, tels que Mélanchton. De 1532 à 1534, les idées de ceux que l'on appelle les Évangéliques, des catholiques partisans d'un réformisme religieux, semblent avoir eu la faveur de François Ier. En 1533, le Sorbonnard N. Béda, bête noire des humanistes, est envoyé en exil, et le Roi fait désavouer les censeurs de la Sorbonne, qui avaient placé sur la liste des livres suspects un ouvrage de sa propre sœur, Marguerite de Navarre[1].

Le *Gargantua* se fait l'écho de cette critique du formalisme. Rabelais se moque des moulins à prière

---

1. Le *Gargantua* a-t-il été publié avant ou après l'affaire des Placards contre la messe, affichés en octobre 1534 jusque sur la porte de la chambre du Roi, scandale qui suscite la colère du Roi et qui déclenche les persécutions ? A la différence d'A. Lefranc, qui jugeait le livre hardi, et qui en concluait qu'il ne pouvait avoir été édité qu'avant cette affaire, M. Screech se fonde sur le dernier chapitre du roman et sur l'allusion aux Evangéliques persécutés pour démontrer qu'il a sans doute été publié quelques mois plus tard, au premier trimestre 1535. Nous n'avons aucune certitude, car nous savons seulement que le livre paraît en 1534 ou 1535.

(ch. 42), des pèlerinages (ch. 38), des reliques, de l'exorcisme (ch. 35), de l'abus de l'eau bénite (ch. 43), de la dévotion aux saints (ch. 27 et 45), toutes pratiques où la religion devient une sorte de magie, un recours intéressé à des forces supérieures, au lieu d'un acte d'amour. La messe n'est pas dévalorisée en elle-même : rien de semblable aux spéculations de Luther dans *La Captivité babylonienne de l'Église* (1520), où l'instigateur de la Réforme affirmait que la messe ne renouvelle pas le sacrifice du Christ, mais le remémore tout au plus. C'est l'accumulation de messes vides de sens que condamne Rabelais, lorsque Gargantua assiste avec ses précepteurs gothiques à une trentaine de messes, et il ne dit pas qu'il doute de la présence réelle de Jésus dans l'Eucharistie. Cette pratique formelle est aussi une religion apeurée — on s'adresse aux saints pour se préserver des maladies (ch. 27) ou pour ne pas mourir en couches (ch. 3) — et une religion qui fait peur, car Rabelais redoute le fanatisme des théologiens de la Sorbonne, prompts à fabriquer des hérétiques : « Nous les faisons comme de cire », dit Janotus. Ces attaques sont un peu atténuées dans l'édition de 1542, où Rabelais substitue parfois le mot *Sophiste* à *Théologien*. Elles n'en révèlent pas moins la sympathie de Rabelais pour une religion faite de foi et de charité, non pas de rites.

Faut-il absolument le mettre dans un clan ? Il n'est pas nécessaire de se référer à la critique luthérienne des vœux monastiques pour expliquer ses railleries envers les moines : Érasme et bien d'autres lui donnaient l'exemple. Pour le problème des sacrements, sa désinvolture envers la confession, lorsque le prieur confesse les ennemis blessés par Frère Jean (ch. 7), ne suffit pas à en faire un Réformé, et pas davantage l'idée que le « franc arbitre » est impuissant sans la Grâce (ch. 29). Quant à Érasme, Rabelais s'accorde avec lui sur bien des points, la nostalgie d'une religion intérieure, la pratique de l'Écriture sainte, si importante dans l'éducation de Gargantua, et qui nourrit le texte de Rabelais, ou la confiance envers « le bon pres-

cheur evangelicque » (ch. 6, 17, 40). Mais là encore,
on ne peut lui imputer entièrement les idées de certains de ses personnages. On perçoit ses haines et ses
sympathies, mais il n'est pas théoricien, et c'est sans
doute ce qui fait la force de son roman. Ses héros
vivent leur foi : on les voit prier en toute occasion, à
table, dans le danger, ou pour rendre grâces. Ils s'ef-
forcent de rejoindre Dieu, dont ils savent seulement
qu'il est créateur et bon (ch. 23, 45). Ils ont besoin de
sa présence, et ils fuient « l'esprit maling » (ch. 28).
Cette piété est un sentiment, une confiance plutôt
qu'une pensée. C'est pourquoi on ne peut enrôler
Rabelais dans un groupe quelconque, fût-ce celui des
Évangéliques. Ses personnages sont des vivants qui
trouvent leur bien physique et spirituel ici et là.

Ils le trouvent dans l'élévation de l'âme, mais aussi
dans une sagesse et un art de vivre qui s'épanouissent
à la fin du roman. Comment interpréter l'épisode de
Thélème ? À certains égards, c'est un document sur
une civilisation luxueuse et raffinée, où les arts appli-
qués, broderie, joaillerie, embellissent la vie quoti-
dienne, et où le décor vaut par la richesse des maté-
riaux, marbre italien ou marbre rouge de Numidie.
Quand Rabelais aborde la description de Thélème, il
note aussitôt le coût élevé de l'ensemble. Ce goût du
décorum apparaît encore à l'importance de l'orne-
ment, stucs, plafonds à caissons, plaques de plomb
ciselées. À ce bien vivre contribue la lumière, dis-
pensée à chaque palier par des arcs à l'antique, c'est-
à-dire en plein cintre, et par des loggias ouvertes. Thélème témoigne de l'influence antique et italienne sur
l'architecture contemporaine, influence perceptible au
grand escalier central, aux figures peintes des galeries,
à la fontaine des Grâces, et en général au rôle de l'eau.
Mais cette lecture est loin d'épuiser l'épisode, et Thélème est également un programme utopique. Programme d'éducation, symétrique de l'éducation de
Gargantua, et caractérisé par le même syncrétisme,
mais le contexte est un peu différent : il s'agit d'ado-
lescents des deux sexes, et l'on vit en collectivité. De

l'utopie, Thélème a la structure antithétique, avec une partie critique et une partie constructive. L'inscription comporte d'abord la liste de ceux qui ne peuvent entrer, puis celle des initiés qui sont admis dans l'abbaye.

Cependant cette interprétation n'est pas sans zones d'ombre. On a pu se demander si l'épisode ne serait pas un pastiche du style descriptif à la mode, ou encore s'il ne s'agirait pas d'une parodie du *Courtisan* de l'Italien Castiglione, manuel de savoir-vivre. Dans ce cas, faut-il prendre ce rêve totalement au sérieux, d'autant qu'il s'achève sur une énigme humoristique, la description d'un jeu de paume ? Et comment expliquer que Gargantua donne au bouillant Frère Jean cet asile de sérénité ? La fin du chapitre 57 n'est pas moins étonnante : ce lieu de luxe serait donc un refuge pour les Évangéliques persécutés ? La seule règle de Thélème est en effet la liberté. Non pas une liberté inconditionnelle, sans code ni tribunal intérieur, mais la liberté du chrétien, celle de l'Évangile, prêchée par saint Paul, et qui est un aspect de la « dignité de l'homme », ce grand thème patristique.

En définitive, c'est peut-être le mot *syncrétisme* qui résume le mieux l'esprit de Thélème. Le platonisme chrétien des Thélémites est un écho du Prologue, qui était centré sur la figure d'un Socrate chrétien. Platonicien en effet cet attrait pour le beau, de même que ces rapports humains régis par des affinités spirituelles.

« Figures joyeuses et frivoles »

La vérité est sans doute que la fantaisie de Rabelais se donne libre cours dans ce dénouement. L'invention néglige les contraintes de l'espace et du temps, anticipe sur les progrès de l'époque, puisque les châteaux contemporains n'atteignaient pas ce degré de luxe et de raffinement. Rabelais fait surgir peu à peu ce séjour, dans un mouvement alterné : d'une part, des chapitres qui décrivent les édifices et le décor (ch. 53,

55, 56), d'autre part, des chapitres qui les peuplent (ch. 52, 54, 57). C'est un autre monde, qui prend corps progressivement.

Car le réalisme débouche sur la vision, qui ne doit pas être éclipsée par le jeu des idées. C'est précisément parce qu'il embrasse tout le réel que cet art est visionnaire. Il admet la déformation, ainsi que la laideur par excès physique — il y a du monstrueux dans la vision de Gargantua à table, nourri à pleines pelletées — ou par excès psychique, dans la folie de l'enragé Picrochole. Cette esthétique accepte le laid, en particulier la laideur informe et sale du monde interne. La ripaille des Bien Yvres est un cheminement dans les boyaux, et lors d'un combat, le pied d'un cheval s'enfonce dans le ventre crevé d'un vilain. Le gigantisme n'est donc pas fortuit, et correspond à l'exubérance du vivant et de l'artiste, également manifeste dans un temps trop plein, au-delà du vraisemblable. La seconde éducation de Gargantua est un horaire impossible, parce que ce n'est pas un programme, mais une vision d'anticipation. Le jeu des allusions peuple cet univers d'une foule de personnages venus du fond des siècles. Quant à l'espace, il est à la fois centré sur des noms précis, dans une débauche de lieux-dits ou de villages non loin de la Devinière, et soudain en communication avec d'autres mondes, par exemple la bouche de Gargantua, explorée par de malheureux pèlerins. Ce réalisme donne l'illusion du réel pour mieux le quitter, dès le Prologue, qui instaure le mode du fictif, en soulignant l'invraisemblance. La substantifique moelle n'est pas seulement un profit intellectuel : le lecteur qui ouvre le livre, sur l'injonction de Rabelais, inaugure aussi le mouvement sans fin de l'invention.

Une invention joyeuse, alors que le sinistre Picrochole fait partie des « agélastes », ceux qui ne rient pas. Ce rire est d'abord l'expression du bien-être, un aspect physiologique du phénomène analysé par les théoriciens du XVIᵉ siècle, en particulier par Laurent Joubert dans le *Traité du ris* (1558). Ce médecin le définit comme « une dilatation du diaphragme et de tous les esprits du cœur », et lui attribue une fonction régulatrice. Ainsi le rire des personnages du *Gargantua* est une communion euphorique, dans l'épisode des Bien Yvres, ou une libération après la tension de la guerre. Ce bien-être est en partie verbal, et les formules qu'échangent les Bien Yvres sont heureuses aux deux sens du terme. Cette gaieté contagieuse crée la même complicité entre l'auteur et le lecteur, dans le Prologue, puis entre le lecteur et Gargantua, amateur de vin et de plaisanteries. Ce rire physiologique est donc accompagné de plaisir, comme les grands mécanismes producteurs de la vie, mangeaille ou coït, et c'est pourquoi dans le *Gargantua*, comme dans le *Pantagruel*, le rire inlassablement naît du sexe ou de l'excrément. Des vérolés du Prologue à l'enfant Gargantua, ord et paillard, et heureux de l'être, ou à Frère Jean, qui veut mourir « le caiche roidde », Rabelais rit de l'entêtement prodigieux de la vie, qui veut vivre et jouir, encore et toujours, en avalant, en rejetant, en copulant. Une bonne partie du texte dit cette obsession, à grand renfort d'ambiguïtés, de calembours, de jeux étymologiques : irrévérence joyeuse et universelle, car c'est définir tout un chacun par un des mots les plus brefs de notre langue, sans oripeaux et sans bonnet doctoral. Si les principaux personnages du *Gargantua* sont des hommes, la femme est omniprésente, lubrique ou objet de lubricité.

Ce rire-là associe étroitement le narrateur, le lecteur, les personnages, nul n'échappant à ces mécanismes vitaux. Mais un autre rire résonne dans le *Gargantua*, et implique une distance, une vision critique du monde humain. Sans bienveillance, il relève de l'ironie, lorsque Rabelais décrit la manie qui met Picrochole en marge du réel, ou quand il fait saillir les contradictions d'un personnage : Frère Jean, le moine qui n'en est pas un, brandit la croix comme une arme. Le *Gargantua* est un éloge ironique de la folie, à la mode érasmienne. Tous, ils sont tous fous, en douceur ou en fureur, et Rabelais jubile à les voir dérai-

sonner, jusqu'à l'absurde. C'est l'extraordinaire discours de Maître Janotus, enregistrement d'une
cervelle en délire, où l'incohérence défait la syntaxe,
juxtapose des lambeaux de chausses et des fragments
de latin. Cette folie n'est d'ailleurs pas inoffensive ;
elle produit les bûchers et les armadas.

Mais l'intention satirique n'exclut pas le jeu, activité
gratuite, magnifiée par la longue liste du chapitre 21.
Libéré de toute visée utilitaire, il aboutit souvent à
l'inversion du réel. Thélème est un couvent à l'envers,
et les plaisanteries sur le sexe ou l'ordure renversent la
vision conventionnelle du corps humain, où le plus
noble est au-dessus de la ceinture. Dans le *Gargantua*,
le meneur de jeu est d'abord Gargantua lui-même,
source de facéties gigantales ; ensuite, c'est Frère Jean
qui tient le rôle. Mauvais tours et plaisanteries, mais
aussi, plus subtile, la fausse naïveté de Ponocrates, qui
s'étonne que le noble accoutrement des maîtres ait des
allures de « mommerie », ou le faux sérieux avec lequel
Frère Jean explique pourquoi les offices des moines
sont plus longs en hiver (ch. 27). Cependant le principal meneur de jeu est le narrateur, dont la désinvolture s'exerce souvent à ses propres dépens. Il se
moque en effet de son personnage d'écrivain, en
affichant des lieux communs, par exemple le topos « je
ramène mon navire au port » (ch. 9). Il s'amuse aussi
aux dépens du lecteur, souligne les invraisemblances
de l'accouchement de Gargamelle (ch. 4), ou invoque
le témoignage d'une gouvernante de Gargantua
(ch. 7). Il use de l'emphase pour des balivernes, ou
inversement, plonge les sujets nobles dans l'ordure.

Jonglerie verbale

C'est encore le narrateur qui mène le jeu de l'écriture, où rebondissent des mots de toutes les langues,
patois germanique des lansquenets (*trinque*), arabe
(*eau de naphe*), italien (*antichambre*), espagnol (*vasquine*), et les termes dialectaux, le normand *miquelot*,

pèlerin de saint Michel, le languedocien *Capitoly*, les termes des pays de Loire, *challer, coireaux, gaudebillaux*... Quant aux mots savants, le latin fournit de nombreux termes de médecine, et le grec donne *apophtegme, hippiatrie, automate*, vocables que Rabelais introduit dans notre langue. Tous les métiers sont représentés, et plus particulièrement celui de la guerre : épée bastarde, épée à deux mains, épée de Vienne, épée espagnole, arc turquois, hacquebutte, poignard sarragonais... l'auteur les manie comme des jouets. Il lâche des troupeaux de termes exotiques, *callitriches, rhinoceros*, ou des mots bruyants comme des pétards, *horrifique, flegmatique*, des onomatopées, et tous les jurons. Il en crée, invente *matagroboliser* ou « *mammallement* scandaleuse ». Des colonnes de termes s'animent sur la page. Ils défilent tantôt en longues listes, tantôt dans une seule phrase, où un mot, par exemple le verbe *sauter*, entraîne avec lui toute une bande de synonymes, « penader, saulter, voltiger, ruer et dancer tout ensemble » (ch. 12).

Un privilégié dans cette population — et surpopulation — verbale : le nom propre, pour qui Rabelais a un faible. Ses personnages sont d'abord des noms, Engoulevent, l'avaleur de vent, Trepelu, le loqueteux, Philotomie, l'écuyer tranchant, Anagnostes, le lecteur, Toucquedillon, le fanfaron. Parfois le nom propre se suffit à lui-même, comme le jeu, dans une totale indépendance par rapport au sens. Il se confond alors avec le personnage, sans intermédiaire. *Tubal Holoferne* fait corps avec l'individu : un nom aussi compliqué et prétentieux que ce vieux pédant, et l'aspiration initiale est l'écho de ses crachotages. *Picrochole* a les sonorités rocailleuses d'un aboi de roquet.

Cette inflation verbale exploite toutes les ressources de la grammaire et de la rhétorique. Certaines catégories de mots ont une valeur dynamique. Les verbes créent un effet de gesticulation intense, et ils animent la silhouette du jeune Gargantua. Le nombre opère comme un multiplicateur, dans toutes sortes d'inventaires, déploie des flots d'étoffes (ch. 8) ou des amas de victuailles (ch. 37). Employé dans un comparatif, il relance l'imagination à l'infini : Gargantua dit des chapelets « plus que seze hermites ». L'adverbe en *-ment* choit comme une masse au milieu de la phrase — « merveilleusement phlegmaticque des fesses », dans le chapitre 7. Quant à la rhétorique, Rabelais utilise l'antithèse de façon perverse, en associant les contraires au lieu de les opposer : « mouillez-vous pour sécher, ou vous séchez pour mouiller ? » (ch. 5). La périphrase contourne l'objet quotidien et le terme trop usé, transforme l'eau de vie en « eau béniste de cave », les poux en « esparviers de Montagu », le jambon en « compulsoire de beuvettes ». La comparaison multiplie la chose, dans une série de reflets en trompe-l'œil. On peut boire comme un Templier, à la mule du Pape, « tanquam sponsus », à la soldatesque, théologalement... Autant de détours, dans un refus de tout but préfixé.

En définitive, c'est le mot qui invente. Un chapitre naît d'une suite de variations sur le mot *torchecul*, un autre s'organise autour de deux adjectifs, *blanc* et *bleu*. Le récit de l'enfance de Gargantua s'édifie par entassement de proverbes. Une longue suite d'épithètes fait apparaître Frère Jean (ch. 27). Certains personnages, les Bien Yvres, Maître Janotus, n'existent que par la parole.

Or ces mots créateurs sont des mots libres, c'est-à-dire qu'ils peuvent imposer leur bruit, leur rythme, leur physionomie, au détriment de la suite logique, et comme s'ils étaient maniés par la main d'un poète. Dans la harangue de Janotus, dans le bruitage de la bataille au clos de Seuillé, la signification de la phrase ou du paragraphe est moins importante que la réalité concrète du langage. Parfois la phrase se défait, et à la syntaxe se substituent d'autres types d'enchaînement, par exemple dans la séquence des Bien Yvres. Ou bien le sens ne disparaît pas, mais se dédouble, grâce à l'homonymie, et c'est le calembour, jeu verbal qui avait d'ailleurs des antécédents chez les Grands Rhétoriqueurs. « Le grand Dieu fait les planettes : et nous faisons les plats netz », cette formule des Bien Yvres sonne comme une rime équivoquée.

Revenons au Prologue. Rabelais s'est-il moqué en nous tendant cet os à ronger ? La substantifique moelle est-elle un mythe ?

D'un livre à l'autre, l'histoire des géants s'est chargée de sens, car dans le *Gargantua* Rabelais semble avoir pris ses distances par rapport à la littérature populaire. L'alternance entre récit et réflexion plus abstraite n'est pas sans analogie avec le rôle de la glose dans les ouvrages humanistes. Rabelais prend la peine de régler en plusieurs chapitres l'éducation de son héros, de la compléter par l'expérience du guerrier et du politique, de la parfaire dans l'évocation de Thélème, épisode qui n'est pas plaqué de façon artificielle, mais intégré au livre grâce aux nombreux échos entre le récit et cette description. Au fil de cette réflexion, l'auteur nous désigne clairement des contemporains qui ont sa sympathie ou qui méritent sa haine. Ce n'est pas un sceptique, et à la différence des sophistes, il pense que la vie intellectuelle est une quête du vrai, qui passe par le bon sens et par la charité. Il dit sa foi, et affirme par la bouche de Frère Jean que « tous vrais christians, de tous estatz, en tous lieux, en tous temps, prient Dieu et l'Esprit prie et interpelle pour iceulx, et Dieu les prent en grace » (ch. 40).

Cependant l'imaginaire et le jeu priment sans doute sur l'intention abstraite, et Rabelais ne compose pas un roman à thèse. Dès le Prologue, le voici en équilibre instable, sur un mode mi-plaisant, mi-sérieux, qui nous rend si difficile la lecture du *Gargantua* : avouons-le, les interprétations des critiques divergent, et maint épisode du roman est le lieu d'une guerre picrocholine... Ces ruptures, ces volte-face, ces chutes évitent à Rabelais le sérieux de la scolastique, mais aussi de l'humanisme, qui à cette date croit encore à son savoir et à ses valeurs. C'est l'humour d'un Socrate, qui plaisantait toujours, nous dit le narrateur dans le Prologue, et qui s'exprimait ou se dérobait dans de petites facéties folâtres. Rabelais n'est jamais ligoté dans l'idée qu'il est en train d'exposer par l'intermédiaire d'un de ses personnages ; mais nous, lecteurs et critiques, venons nous empiéger dans cette œuvre qui tient de la mystification. S'il y a une leçon du *Gargantua*, elle est moins dans les idées que dans le ton du *serio ludere*, du jeu instructif, hérité de Lucien. Ce ton relègue aux oubliettes tous ceux qui se prennent au sérieux et prétendent imposer à autrui un système unique et définitif : des bâtisseurs d'Empires aux théologiens de la Sorbonne, pontifes et docteurs de tout poil.

Un jeu redoutable. Sauf Dieu et la charité — encore ne faut-il pas faire de Rabelais un saint, ce qui lui aurait déplu — cet irrespect n'épargne rien. Cependant cette dérision est comme celle de la Folie érasmienne : elle ne va pas jusqu'au bout de l'amertume, parce que le rire est la forme suprême de la liberté, une façon de miser sur la vie et sur la pensée.

Des nombreuses éditions de *Gargantua*, on peut en retenir deux : en 1535, l'édition originale ; et en 1542, la dernière édition parue du vivant de Rabelais (même si l'auteur, qui voyageait en Italie, n'a peut-être pas eu la possibilité de revoir les épreuves, et s'est contenté de livrer sa copie à l'éditeur). Nous suivons l'édition de 1542, procurée à Lyon par Fr. Juste, en respectant le plus possible la ponctuation, qui est d'une cohérence remarquable. Il en résulte que la physionomie de notre texte diffère sensiblement du texte de convention, remanié à cet égard, et infidèle, que se transmettent la plupart des éditeurs modernes lorsqu'ils ont opté pour cette édition de 1542. Le texte que nous donnons est caractérisé notamment par des phrases souvent plus courtes, un emploi fréquent de la virgule, parfois préférée dans l'édition de Juste à une ponctuation forte, l'usage du double point là où la ponctuation moderne utiliserait plutôt le point virgule, un découpage différent des paragraphes.

Ce respect du texte de 1542 a cependant ses limites, car un pur fac-similé ne serait pas lisible pour le lecteur du XXᵉ siècle. Nous n'avons pas pu conserver les cascades de doubles points dans une même phrase, les dialogues sans guillemets ni tirets, et quelquefois l'absence de ponctuation entre deux propositions. Nous avons en outre adopté les modifications d'usage, résolution des i et u consonantiques en j et v, accent aigu dans les finales en -*é*, cédilles et apostrophes, italiques pour les titres. Dans six chapitres, nous avons dû introduire un alinéa, en le signalant dans les notes.

D'une édition à l'autre, Rabelais a opéré un découpage différent des chapitres, et supprimé quelques formules audacieuses. Nous avons indiqué dans les notes les plus importantes de ces modifications.

Le petit lexique accompagnant chaque page ne doit pas faire illusion : il ne s'agit pas toujours de la seule traduction possible, les termes difficiles suscitant des interprétations différentes. Le temps n'est sans doute pas venu de publier le texte de Rabelais avec une traduction vraiment fiable. Notre lexique est seulement destiné à faciliter au mieux la lecture courante de cette parole vive, souvent grâce au fil d'Ariane que constitue l'édition de G. Demerson, et aux annotations de tous nos prédécesseurs.

Françoise JOUKOVSKY.

LA VIE TRESHORRIFICQUE

DU GRAND

GARGANTUA

PERE DE PANTAGRUEL

JADIS COMPOSÉE PAR M. ALCOFRIBAS
Abstracteur de quinte essence

M. D. XLII.
On les vend à Lyon chez François Juste,
Devant Nostre Dame de Confort.

AUX LECTEURS

Amis lecteurs qui ce livre lisez,
Despouillez vous de toute affection*,
Et, le lisant ne vous scandalisez :
Il ne contient mal ne infection.
Vray est qu'icy peu de perfection
Vous apprendrez, si non en cas* de rire :
Aultre argument* ne peut mon cueur elire.
Voyant le dueil qui vous mine et consomme*
Mieulx est de ris que de larmes escripre
Pour ce que rire est le propre de l'homme[1].

affection : passion | *en cas* : en matière | *argument* : sujet | *consomme* :
consume.

PROLOGE DE L'AUTEUR

Beuveurs tres illustres, et vous Verolez[1] tres pre-
cieux (car à vous, non à aultres, sont dediez mes
escriptz) Alcibiades ou* dialogue de Platon intitulé *Le
Bancquet*, louant son precepteur Socrates, sans controverse prince des philosophes : entre aultres parolles le
dict estre semblable es* Silenes[2]. Silenes estoient jadis
petites boites telles que voyons de present es bouticques des apothecaires pinctes au dessus de figures
joyeuses et frivoles, comme de harpies, Satyres, oysons
bridez, lievres cornuz, canes bastées, boucqs volans,
cerfz limonniers*, et aultres telles pinctures contre-
faictes à plaisir pour exciter le monde à rire, quel* fut
Silene, maistre du bon Bacchus : mais au dedans l'on
reservoit les fines drogues comme baulme*, ambre
gris, amomon*, musc*, zivette*, pierreries* et aultres
choses precieuses. Tel disoit estre Socrates : par ce
que le voyans au dehors et l'estimans par l'exteriore
apparence, n'en eussiez donné un coupeau* d'oignon,
tant laid il estoit de corps et ridicule en son maintien,
le nez pointu, le reguard d'un taureau, le visaige d'un

---

ou : dans le | *es* : aux | *limonniers* : dans des limons, c'est-à-dire des
brancards | *quel* : tel que | *baulme* : résine | *amomon* : amome, herbe
aromatique d'Asie | *musc* : musc, substance odorante tirée du che-
vrotin | *zivette* : parfum qui est comme le musc d'origine animale
| *pierreries* : poudre de pierreries, mélangée aux remèdes | *coupeau* :
pelure

fol, simple en meurs, rustiq en vestimens, pauvre de fortune, infortuné en femmes, inepte à tous offices de la republique★, tousjours riant, tousjours beuvant d'autant à un chascun, tousjours se guabelant★, tousjours dissimulant son divin sçavoir. Mais ouvrans ceste boyte : eussiez au dedans trouvé une celeste et impreciable★ drogue, entendement plus que humain, vertus merveilleuse, couraige invincible, sobresse non pareille, contentement certain, asseurance parfaicte, deprisement★ incroyable de tout ce pourquoy les humains tant veiglent, courent, travaillent, navigent et bataillent.

A quel propos, en voustre advis, tend ce prelude et coup d'essay ? Par autant que vous, mes bons disciples, et quelques aultres foulz de sejour★, lisans les joyeulx tiltres d'aulcuns livres de nostre invention, comme *Gargantua, Pantagruel, Fessepinte, La Dignité des Braguettes, Des Poys au lard cum commento*, etc., jugez trop facilement ne estre au dedans traicté que mocqueries, folateries et menteries joyeuses : veu que l'ensigne exteriore (c'est le tiltre) sans plus avant enquerir est communement receu à dérision et gaudisserie★. Mais par telle legiereté ne convient estimer les œuvres des humains. Car vous mesmes dictes que l'habit ne faict poinct le moine : et tel est vestu d'habit monachal qui au dedans n'est rien moins que moyne, et tel est vestu de cappe Hespanole★, qui en son couraige nullement affiert★ à Hespane. C'est pourquoy fault ouvrir le livre : et soigneusement peser ce que y est deduict★. Lors congnoistrez que la drogue dedans contenue est bien d'aultre valeur que ne promettoit la boite. C'est à dire que les matieres icy traictées ne sont tant folastres, comme le tiltre au dessus pretendoit.

Et, posé le cas★, qu'au sens literal vous trouvez matieres assez joyeuses et bien correspondentes au

---

republique : Etat | *se guabelant* : se moquant | *impreciable* : inappreciable | *deprisement* : dédain | *de sejour* : au repos, oisifs | *gaudisserie* : moquerie | *Hespanole* : espagnole | *affiert* : appartient à | *deduict* : exposé | *posé le cas* : à supposer

nom, toutefois pas demourer là ne fault comme au chant de Sirenes : ains à plus hault sens interpreter ce que par adventure⋆ cuidiez⋆ dict en gayeté de cueur.

Crochetastes⋆ vous oncques bouteilles ? Caisgne⋆ ! Reduisez à memoire⋆ la contenence qu'aviez. Mais veistes vous onques chien rencontrant quelque os medulare⋆ ? C'est, comme dict Platon, *lib. ij de Rep.*, la beste du monde plus⋆ philosophe. Si veu l'avez : vous avez peu noter de quelle devotion il le guette, de quel soing il le guarde, de quel ferveur il le tient, de quelle prudence il l'entomme⋆, de quelle affection⋆ il le brise, et de quelle diligence il le sugce. Qui le induict⋆ à ce faire ? Quel est l'espoir de son estude ? Quel bien pretend il ? Rien plus qu'un peu de mouelle. Vray est que ce peu, plus est delicieux que le beaucoup de toutes aultres pour ce que la mouelle est aliment elabouré à perfection de nature, comme dict Galen., *iij Facu. natural.*, et *xj De usu parti.*

A l'exemple d'icelluy vous convient estre saiges, pour fleurer⋆, sentir, et estimer ces beaulx livres de haulte gresse, legiers au prochaz⋆ et hardiz à la rencontre[3]. Puis, par curieuse leçon, et meditation frequente, rompre l'os et sugcer la sustantificque mouelle, c'est à dire ce que j'entends par ces symboles Pythagoricques[4], avecques espoir certain d'estre faictz escors⋆ et preux à ladicte lecture. Car en icelle bien aultre goust trouverez et doctrine plus absconce, laquelle vous revelera de tres haultz sacremens et mysteres horrificques, tant en ce que concerne nostre religion, que aussi l'estat politicq et vie oeconomicque⋆.

Croiez vous en voste foy qu'oncques Homere escrivent l'*Iliade* et *Odyssée*, pensast es allegories, lesquelles de luy ont calfreté⋆ Plutarche, Heraclides Ponticq,

---

par adventure : peut-être | *cuidiez* : vous pensiez | *Crochetastes* : n'avez-vous jamais débouché | *Caisgne* : chienne ! (juron) | *Reduisez à memoire* : rappelez-vous | *medulare* : à moelle | *plus* : la plus | *entomme* : entame | *affection* : passion | *induict* : pousse | *fleurer* : flairer | *prochaz* : poursuite | *escors* : habiles, avisés | *oeconomicque* : qui concerne la question du budget | *calfreté* : calfaté, *d'où* rapetassé

Eustatie, Phornute, et ce que d'iceulx Politian⁵ a des-
robé ? Si le croiez : vous n'approchez ne de pieds ne
de mains à mon opinion, qui decrete icelles aussi peu
avoir esté songées d'Homere que d'Ovide en ses *Meta-
morphoses* les sacremens de l'Évangile, lesquelz un
Frere Lubin⁶ vray croque lardon s'est efforcé demonstrer, si d'adventure il rencontroit gens aussi folz que
luy, et (comme dict le proverbe) couvercle digne du
chaudron.

Si ne le croiez : quelle cause est pourquoy autant
n'en ferez de ces joyeuses et nouvelles chronicques ?
Combien que⋆, les dictans, n'y pensasse en plus que
vous, qui par adventure⋆ beviez comme moy. Car à la
composition de ce livre seigneurial, je ne perdiz ne
emploiay oncques plus ny aultre temps, que celluy qui
estoit estably à prendre ma refection corporelle : sçavoir est beuvant et mangeant. Aussi est ce la juste
heure⋆, d'escrire ces haultes matieres et sciences pro-
fundes, comme bien faire sçavoit Homere paragon⋆ de
tous philologes, et Ennie pere des poetes latins, ainsi
que tesmoigne Horace⁷, quoy qu'un malautru ait dict,
que ses carmes⋆ sentoyent plus le vin que l'huile.

Autant en dict un tirelupin⋆ de mes livres, mais
bren⋆ pour luy. L'odeur du vin ô combien plus est
friant⋆, riant, priant, plus celeste et delicieux que
d'huille. Et prendray autant à gloire qu'on die de moy
que plus en vin aye despendu⋆ que en huyle, que fist
Demosthenes quand de luy on disoit que plus en
huyle que en vin despendoit. A moy n'est que honneur et gloire d'estre dict et reputé bon gaultier⋆ et
bon compaignon : et en ce nom suis bien venu en
toutes bonnes compaignies de Pantagruelistes. A
Demosthenes fut reproché par un chagrin⋆ que ses
Oraisons sentoient comme la serpilliere⋆ d'un ord⋆ et
sale huillier⋆. Pourtant⋆, interpretez tous mes faictz et

Combien que : bien que | *par adventure* : peut-être | *juste heure* : bon
moment | *paragon* : modèle | *carmes* : poèmes | *tirelupin* : gueux | *bren* :
merde | *friant* : séduisant | *despendu* : dépensé | *bon gaultier* : gaillard
| *chagrin* : esprit chagrin | *serpilliere* : tablier de grosse toile/ *ord* : infect
| *huillier* : marchand d'huile | *Pourtant* : c'est pourquoi

mes dictz en la perfectissime partie ; ayez en reverence le cerveau caseiforme* qui vous paist* de ces belles billes vezées, et, à vostre povoir tenez moy tousjours joyeux.

Or esbaudissez* vous, mes amours, et guayement lisez le reste, tout à l'aise du corps, et au profit des reins ! Mais escoutez, vietz d'azes*, que le maulubec* vous trousque* [8], vous soubvienne de boyre à my* pour la pareille : et je vous plegeray* tout ares metys*.

---

caseiforme : semblable au fromage blanc | *paist* : repaît | *esbaudissez* : réjouissez | *vietz d'azes* : sexes d'ânes | *maulubec* : ulcère aux jambes (et allusion aux maladies vénériennes) | *trousque* : rende boiteux (calembour sur *trousse*) | *à my* : à moi | *plegeray* : cautionnerai (en buvant moi aussi à votre santé), *d'où* : répondrai | *tout ares metys* : tout de suite (en gascon).

De la genealogie et antiquité de Gargantua.

CHAPITRE I

Je vous remectz★ à la grande chronicque Pantagrueline[1] recongnoistre la genealogie et antiquité dont nous est venu Gargantua. En icelle vous entendrez plus au long comment les geands nasquirent en ce monde, et comment d'iceulx, par lignes directes, yssit★ Gargantua, pere de Pantagruel : et ne vous faschera si pour le present je m'en deporte★. Combien que la chose soit telle, que tant plus seroit remembrée★, tant plus elle plairoit à voz Seigneuries ; comme vous avez l'autorité de Platon, *in Philebo* et *Gorgias*, et de Flacce★, qui dict estre aulcuns propos, telz que ceulx cy sans doubte, qui plus sont delectables quand plus souvent sont redictz.

Pleust à Dieu qu'un chascun sceust aussi certainement sa genealogie, depuis l'arche de Noë jusques à cest eage. Je pense que plusieurs sont aujourd'huy empereurs, Roys, ducz, princes et Papes en la terre, lesquelz sont descenduz de quelques porteurs de rogatons★ et de coustretz★. Comme au rebours plusieurs sont gueux de l'hostiaire★, souffreteux et miserables, lesquelz sont descenduz de sang et ligne de grandz roys et empereurs, attendu l'admirable transport des regnes et empires[2] :

remectz : renvoie | *yssit :* sortit | *m'en deporte :* je n'en parle pas | *remembrée :* rappelée | *Flacce :* Horace | *rogatons :* reliques | *coustretz :* hottes de vendangeurs | *hostiaire :* hospice

des Assyriens es Medes.
des Medes es Perses.
des Perses es Macedones.
des Macedones es Romains.
des Romains es Grecz.
des Grecz es Françoys.

Et, pour vous donner à entendre de moy qui parle,
je cuyde* que soye descendu de quelque riche roy ou
prince au temps jadis. Car oncques ne veistes homme,
qui eust plus grande affection d'estre roy et riche que
moy : affin de faire grand chere, pas ne travailler,
poinct ne me soucier, et bien enrichir mes amys et
tous gens de bien et de sçavoir. Mais en ce je me
reconforte, que en l'aultre monde je le seray : voyre
plus grand que de present ne l'auseroye soubhaitter.
Vous en telle ou meilleure pensée reconfortez vostre
malheur, et beuvez fraiz si faire se peut.

Retournant à nos moutons je vous dictz que
par don souverain des cieulx nous a esté réservée
l'antiquité et geneallogie de Gargantua, plus entiere
que nulle aultre, exceptez celle du Messias*, dont
je ne parle, car il ne me appartient, aussi les diables
(ce sont les calumniateurs et caffars*) se y opposent.
Et fut trouvée par Jean Audeau, en un pré qu'il
avoit près l'arceau Gualeau au dessoubz de l'Olive,
tirant à* Narsay³. Duquel faisant lever* les fossez*,
toucherent les piocheurs de leurs marres* un grand
tombeau de bronze, long sans mesure : car oncques
n'en trouverent le bout par ce qu'il entroit trop avant
les excluses* de Vienne. Icelluy ouvrans en certain
lieu, signé*, au dessus, d'un goubelet, à l'entour
duquel estoit escript en lettres Ethrusques, Hic
bibitur*, trouverent neuf flaccons en tel ordre qu'on
assiet les quilles en Guascoigne. Desquelz celluy qui
au mylieu estoit couvroit un gros, gras, grand, gris,

---

cuyde : pense | *Messias* : Messie | *caffars* : hypocrites | *tirant à* : en
allant vers | *lever* : nettoyer | *fossez* : fossés doublés d'un remblai
planté d'arbres | *marres* : houes | *excluses* : écluses (de la Vienne)
| *signé* : marqué | *Hic bibitur* : ici on boit

joly, petit, moisy livret, plus, mais non mieulx sentent que roses.

En icelluy fut la dicte genealogie trouvée escripte au long de lettres cancelleresques*, non en papier, non en parchemin, non en cere*, mais en escorce d'ulmeau*, tant toutesfoys usées par vetusté, qu'à poine en povoit, on troys recongnoistre de ranc*.

Je (combien que* indigne) y fuz appellé, et, à grand renfort de bezicles practicant l'art dont on peut lire lettres non apparentes, comme enseigne Aristoteles, la translatay*, ainsi que veoir pourrez en Pantagruelisant, c'est à dire beuvans à gré, et lisans les gestes horrificques de Pantagruel. A la fin du livre estoit un petit traicté intitulé : *Les Franfreluches antidotées*[4]. Les ratz et blattes, ou (affin que je ne mente) aultres malignes bestes, avoient brousté le commencement, le reste j'ay cy dessoubz adjousté, par reverence* de l'antiquaille.

cancelleresques : de la chancellerie | *cere* : cire | *ulmeau* : ormeau | *de ranc* : à la suite | *combien que* : bien que | *translatay* : traduisis | *reverence* : respect

Les Fanfreluches antidotées,
trouvées en un monument antique.

CHAPITRE II

a i ? enu le grand dompteur des Cimbres[1],
Ⅴ sant par l'aer, de peur de la rousée.
  ' sa venue on a remply les Timbres★
  ɔ' beure fraiz, tombant par une housée★
  = uquel quand fut la grand mere arrousée
Cria tout hault : « Hers★, par grace, pesche le ;
Car sa barbe est presque toute embousée,
Ou pour le moins tenez luy une eschelle. »

Aulcuns disoient que leicher sa pantoufle
Estoit meilleur que guaigner les pardons ;
Mais il survint un affecté marroufle★,
Sorti du creux où l'on pesche aux gardons,
Qui dict : « Messieurs, pour Dieu nous en gardons !
L'anguille y est et en cest estau★ musse★,
Là trouverez (si de près regardons)
Une grande tare au fond de son aumusse★. »

Quand fut au poinct de lire le chapitre,
On n'y trouva que les cornes d'un veau.
« Je (disoit il) sens le fond de ma mitre
Si froid, que autour me morfond★ le cerveau. »
On l'eschaufa d'un parfunct de naveau★

Timbres : auges | *housée :* averse | *Hers :* messieurs (allemand *Herren*) | *marroufle :* matou | *estau :* étal | *musse :* se cache | *aumusse :* chapeau des ecclésiastiques | *morfond :* refroidit | *naveau :* navet

Et fut content de soy tenir es atres,
Pourveu qu'on feist un limonnier* noveau
A tant de gens qui sont acariatres.

Leur propos fut du trou de sainct Patrice[2],
De Gibralthar, et de mille aultres trous :
S'on les pourroit* reduire à cicatrice
Par tel moien, que plus n'eussent la tous
Veu qu'il sembloit impertinent à tous
Les veoir ainsi à chascun vent baisler*,
Si d'adventure ilz estoient à poinct clous,
On les pourroit pour houstage* bailler.

En cest arrest le courbeau fut pelé
Par Hercules, qui venoit de Libye.
« Quoy ! dist Minos, que n'y suis je appellé ?
Excepté moy, tout le monde on convie,
Et puis l'on veult que passe mon envie
A les fournir d'huytres et de grenoilles ;
Je donne* au diable en quas que* de ma vie
Preigne à mercy* leur vente de quenoilles. »

Pour les matter survint Q. B. qui clope,
Au sauconduit* des mistes* sansonnetz.
Le tamiseur, cousin du grand Cyclope,
Les massacra. Chascun mousche* son nez :
En ce gueret peu de bougrins* sont nez,
Qu'on n'ait berné sus le moulin à tan*
Courrez y tous et à l'arme sonnez.
Plus y aurez que n'y eustes antan.

Bien peu après, l'oyseau de Jupiter[3]
Delibera pariser* pour le pire.
Mais, les voyant tant fort se despiter,
Craignit qu'on mist ras, jus, bas, mat l'empire,

---

limonnier : attelage | *S'on les pourroit* : ne pourrait-on | *baisler* : bailler | *pour houstage* : comme ôtage | *donne* : me donne | *en quas que* : si | *Preigne à mercy* : je prenne au sérieux | *Au sauconduit* : sur saufconduit | *mistes* : initiés (*mystes*) | *Chascun mousche* : que chacun mouche | *bougrins* : bougres (= sodomites) | *à tan* : où l'on broie l'écorce du chêne | *Delibera pariser* : décida de parier

Et mieulx ayma le feu du ciel empire★
Au tronc ravir où l'on vend les soretz★,
Que aer serain contre qui l'on conspire,
Assubjectir es dictz des Massoretz⁴.

Le tout conclud fut à poincte affilée,
Maulgré Até⁵, la cuisse heronniere,
Que là s'asist, voyant Pentasilée
Sur ses vieux ans prinse pour cressonniere★.
Chascun crioit : « Vilaine charbonniere
T'appartient-il toy trouver★ par chemin ?
Tu la tolluz★, la Romaine baniere
Qu'on avoit faict au traict du parchemin★ ! »

Ne fust★ Juno, que dessoubz l'art celeste
Avec son duc★ tendoit à la pipée★,
On luy eust faict un tour si très moleste★
Que de tous points elle eust esté frippée.
L'accord fut tel que d'icelle lippée
Elle en auroit deux œufz de Proserpine,
Et, si jamais elle y estoit grippée,
On la lieroit au mont de l'albespine★.

Sept moys après (houstez en vingt et deux)
Cil qui jadis anihila Carthage⁶
Courtoysement se mist en mylieu d'eux,
Les requerent d'avoir son heritage.
Ou bien qu'on feist justement le partage
Selon la loy que l'on tire au rivet★,
Distribuent un tatin★ du potage
A ses facquins qui firent le brevet★.

Mais l'an viendra, signé d'un arc turquoys★,
De v. fuseaulx et troys culz de marmite,
Onquel★ le dos d'un roy trop peu courtoys

---

empire : Empyrée (sphère des dieux) | *soretz* : harengs saurs | *cressonniere* : vendeuse de cresson | *T'appartient... trouver* : faut-il que tu te trouves | *tolluz* : enlevas | *au traict du parchemin* : avec du parchemin étiré | *Ne fust* : sans | *duc* : grand-duc | *tendoit à la pipée* : chassait les oiseaux à la pipée (à l'aide du grand-duc) | *moleste* : désagréable | *albespine* : aubépine | *tire au rivet* : fasse le partage | *un tatin* : un peu | *brevet* : acte juridique | *turquoys* : turc | *Onquel* : où

Poyvré sera soubz un habit d'hermite.
O la pitié. Pour une chattemite
Laisserez vous engouffrer tant d'arpens ?
Cessez, cessez, ce masque nul n'imite★,
Retirez-vous au frere des serpens[7].

Cest an passé, cil qui est[8] regnera
Paisiblement avec ses bons amis.
Ny brusq★, ny smach★ lors ne dominera ;
Tout bon vouloir aura son compromis,
Et le solas★, qui jadis fut promis
Es gens du ciel, viendra en son befroy.
Lors les haratz, qui estoient estommis★,
Triumpheront en royal palefroy.

Et durera ce temps de passe passe
Jusque à tant que Mars ayt les empas★.
Puis en viendra un qui tous aultres passe,
Delitieux, plaisant, beau sans compas★.
Levez vos cueurs[9] : tendez à ce repas,
Tous mes feaulx. Car tel est trespassé
Qui pour tout bien ne retourneroit pas.
Tant sera lors clamé★ le temps passé.

Finablement celluy qui fut de cire
Sera logé au gond du Jacquemart[10].
Plus ne sera réclamé : « Cyre★, Cyre »,
Le brimbaleur qui tient le cocquemart★.
Heu, qui pourroit saisir son braquemart★,
Toust seroient netz les tintouins cabus★,
Et pourroit on à fil de poulemart★,
Tout baffouer★ le maguazin d'abus.

---

nul n'imite : que nul n'imite | *brusq :* brusquerie | *smach :* outrage
| *solas :* plaisir | *estommis :* déconfits | *empas :* chaînes | *sans compas :*
sans commune mesure | *clamé :* regretté haut et fort | *Cyre :* Sire
| *cocquemart :* bouilloire | *braquemart :* épée (équivoque grivoise)
| *tintouins cabus :* soucis bien pommés | *fil de poulemart :* ficelle pour
faire de la corde | *baffouer :* attacher

Comment Gargantua fut unze moys porté
ou ventre de sa mere.

CHAPITRE III

Grandgousier estoit bon raillard en son temps, aymant à boyre net* autant que homme qui pour lors fust au monde, et mangeoit voluntiers salé. A ceste fin, avoit ordinairement bonne munition de jambons de Magence* et de Baïonne, force langues de beuf fumées, abondance de andouilles en la saison et beuf sallé à la moustarde. Renfort de boutargues*, provision de saulcisses, non de Bouloigne (car il craignoit ly boucon de Lombard*) mais de Bigorre, de Lonquaulnay[1], de la Brene et de Rouargue. En son eage virile espousa Gargamelle, fille du roy des Parpaillos[2], belle gouge* et de bonne troigne. Et faisoient eux deux souvent ensemble la beste à deux doz, joyeusement se frotans leur lard, tant qu'elle engroissa d'un beau filz, et le porta jusques à l'unziesme moys.

Car autant, voire dadvantage, peuvent les femmes ventre porter, mesmement* quand c'est quelque chef d'œuvre et personnage qui doibve en son temps faire grandes prouesses. Comme dict Homere que l'enfant duquel Neptune engroissa la nymphe nasquit l'an après revolu : ce fut le douziesme moys. Car (comme dit A. Gelle, *lib. iij*) ce long temps convenoit à la

---

boyre net : faire cul sec | *Magence* : Mayence | *boutargues* : œufs de mulet confits | *boucon de Lombard* : bouchée de Lombard, empoisonnée | *gouge* : fille | *mesmement* : notamment

majesté de Neptune, affin qu'en icelluy l'enfant feust formé à perfection. A pareille raison Jupiter feist durer xlviij heures la nuyct qu'il coucha avecques Alcmene. Car en moins de temps n'eust il peu forger Hercules qui nettoia le monde de monstres et tyrans.

Messieurs les anciens Pantagruelistes ont conformé ce que je dis et ont declairé non seulement possible, mais aussi legitime l'enfant né de femme l'unziesme moys après la mort de son mary :

Hippocrates, *lib. De alimento.*

Pline, *li. vij, cap. v.*

Plaute, *in Cistellaria.*

Marcus Varro, en la satyre inscripte *Le Testament*, allegant l'autorité d'Aristoteles à ce propos.

Censorinus, *li. De die natali.*

Aristoteles, *libr. vij, capi. iij et iiij, De nat. animalium.*

Gellius, *li. iij, ca. xvj.*

Servius, *in Egl.*, exposant ce metre de Virgile :

Matri longa decem, etc.,

et mille aultres folz, le nombre desquelz a esté par les legistes acreu, *ff. De suis et legit., l. Intestato, § fi.*, et, *in Autent., De restitut. et ea que parit in xj mense.* D'abondant en ont chaffourré* leur robidilardicque* loy *Gallus, ff. De lib. et posthu.*, et *l. septimo ff. De stat. homi.*, et quelques aultres, que pour le present dire n'ause.

Moiennans lesquelles loys, les femmes vefves peuvent franchement jouer du serrecropiere* à tous enviz et toutes restes*, deux moys après le trespas de leurs mariz. Je vous prie par grace vous aultres mes bons averlans*, si d'icelles en trouvez que vaillent le desbraguetter, montez dessus et me les amenez. Car, si au troisiesme moys elles engroissent : leur fruict sera heritier du deffunct. Et, la groisse* congneue, poussent

---

chaffourré : barbouillé | *robidilardicque :* de rongeur de lard | *jouer du serrecropiere :* faire l'amour | *à tous enviz et toutes restes :* à toute prise et tout risque (termes de jeu, et équivoque sur *viz*, sexes) | *averlans :* vauriens | *groisse :* grossesse

hardiment oultre, et vogue la gualée* puis que la panse est pleine ! Comme Julie, fille de l'empereur Octavian, ne se abandonnoit à ses taboureurs[3] sinon quand elle se sentoit grosse, à la forme que la navire ne reçoit son pilot que premierement ne soit callafatée* et chargée. Et si personne les blasme de soy faire rataconniculer* ainsi suz leur groisse, veu que les bestes suz leurs ventrées n'endurent jamais le masle masculant*, elles responderont que ce sont bestes, mais elles sont femmes : bien entendentes les beaulx et joyeux menuz droictz de superfétation[4], comme jadis respondit Populie, selon le raport de Macrobe, *li. ij. Saturnal.* Si le diavol* ne veult qu'elles engroissent, il fauldra tortre le douzil*, et bouche clouse.

---

gualée : galère | *callafatée* : calfatée, comblée | *rataconniculer* : rapetasser (créé sur *rataconner*) | *masculant* : faisant le mâle | *diavol* : diable | *tortre le douzil* : tourner la cheville dans la bonde du tonneau, pour le fermer

Comment Gargamelle, estant grosse de Gargantua,
mengea grand planté de tripes.

CHAPITRE IV

L'occasion et maniere comment Gargamelle
enfanta fut telle. Et, si ne le croyez, le fondement vous
escappe★. Le fondement lui escappoit une apres dinée
le iijᵉ jour de febvrier, par trop avoir mangé de gaudebillaux. Gaudebillaux : sont grasses tripes de coiraux.
Coiraux : sont beufz engressez à la creche et prez
guilmaux. Prez guilmaux : sont qui portent herbe
deux fois l'an. D'iceulx gras beufz avoient faict tuer
troys cens soixante sept mille et quatorze, pour estre à
mardy gras sallez : affin qu'en la prime vere★ ilz eussent beuf de saison à tas★, pour au commencement
des repastz faire commemoration★ de saleures★ et
mieulx entrer en vin.

Les tripes furent copieuses, comme entendez : et
tant friandes estoient que chascun en leichoit ses
doigtz. Mais la grande diablerie à quatre
personnaiges[1] estoit bien en ce que possible n'estoit
longuement les reserver. Car elles feussent pourries.
Ce que sembloit indecent. Dont fut conclud qu'ilz les
bauffreroient sans rien y perdre. A ce faire convierent
tous les citadins de Sainnais, de Suillé, de la Roche
Clermaud, de Vaugaudray, sans laisser arrieres le
Coudray Montpensier, le Gué de Vede et aultres

---

escappe : échappe | *prime vere* : printemps | *à tas* : en abondance
| *commemoration* : oraison | *saleures* : salaisons

voisins² tous bons beveurs, bons compaignons, et
beaulx joueurs de quille* là. Le bon homme Grandgousier y prenoit plaisir bien grand : et commendoit
que tout allast par escuelles. Disoit toutesfoys à sa
femme qu'elle en mangeast le moins, veu qu'elle apro-
choit de son terme, et que ceste tripaille n'estoit
viande moult louable : « Celluy (disoit il) a grande
envie de mascher merde, qui d'icelle le sac
mangeue*. » Non obstant ces remonstrances, elle en
mangea seze muiz, deux bussars, et six tupins. O belle
matiere fecale que doivoit boursouffler en elle !

Après disner : tous allerent pelle melle à la Saulsaie
et là, sus l'herbe drue, dancerent au son des joyeux
flageolletz et doulces cornemuses : tant baudement*
que c'estoit passetemps celeste les veoir ainsi soy
rigouller.

---

joueurs de quilles : équivoque gaillarde | mangeue : mange | baudement :
joyeusement

Les propos des bienyvres.

CHAPITRE V

Puis entrerent en propos de resjeuner on propre lieu⋆.
Lors flaccons d'aller, jambons de troter, goubeletz
de voler, breusses⋆ de tinter :
« Tire !
— Baille⋆ !
— Tourne !
— Brouille⋆ !
— Boutte à moy sans eau ; ainsi, mon amy.
— Fouette⋆ moy ce verre gualentement !
— Produiz moy du clairet⋆, verre pleurant⋆.
— Treves de soif !
— Ha, faulse⋆ fiebvre, ne t'en iras tu pas ?
— Par ma foy, ma commere, je ne peuz entrer en
bette⋆.
— Vous estez morfondue⋆, m'amie ?
— Voire⋆.
— Ventre sainct Qenet ! parlons de boire.
— Je ne boy que à mes heures, comme la mulle[1] du
pape.
— Je ne boy que en mon breviaire, comme un beau
pere guardian⋆.

resjeuner on propre lieu : déjeuner à nouveau au même lieu | *breusses :*
brocs | *Baille :* donne | *Brouille :* mets de l'eau | *Fouette :* avale
| *clairet :* vin rouge clair | *verre pleurant :* à verre débordant | *faulse :*
méchante | *en bette :* en boisson | *morfondue :* transie | *Voire :* oui
| *guardian :* père supérieur

— Qui feut premier, soif ou beuverye ?

— Soif. Car qui eust beu sans soif durant le temps de innocence ?

— Beuverye. Car *privatio presupponit habitum*[2]. Je suis clerc.

Fœcundi calices quem non fecere disertum ?

— Nous aultres innocens ne beuvons que trop sans soif.

— Non moy, pecheur, sans soif. Et si non presente, pour le moins future, la prevenent comme entendez*. Je boy pour la soif advenir. Je boy eternellement, ce m'est eternité de beuverye, et beuverye de éternité.

— Chantons, beuvons un motet.

— Entonnons*.

— Où est mon entonnoir ?

— Quoy ! Je ne boy que par procuration[3] !

— Mouillez-vous* pour seicher, ou vous seichez pour mouiller ?

— Je n'entens poinct la theoricque ; de la praticque je me ayde quelque peu.

— Haste !

— Je mouille, je humecte, je boy. Et tout de peur de mourir.

— Beuvez toujours, vous ne mourrez jamais.

— Si je ne boy, je suys à sec. Me voylà mort. Mon ame s'en fuyra en quelque grenoillere. En sec jamais l'ame ne habite.

— Somelliers, ô createurs de nouvelles formes, rendez moy de non beuvant beuvant !

— Perannité de arrousement par ces nerveux* et secz boyaulx !

— Pour neant boyt qui ne s'en sent.

— Cestuy entre dedans les venes, la pissotiere n'y aura rien.

— Je laveroys voluntiers les tripes de ce veau que j'ay ce matin habillé*.

---

comme entendez : comme vous comprenez | *Entonnons : calembour* (entonner un cantique, et du vin) | *Mouillez vous :* vous arrosez-vous | *nerveux :* plein de tendons | *habillé :* préparé

— J'ay bien saburré* mon stomach.

— Si le papier de mes schedules* beuvoyt aussi bien que je foys, mes crediteurs auroient bien leur vin quand on viendroyt à la formule de exhiber*.

— Ceste main vous guaste le nez[4].

— O quants aultres* y entreront, avant que cestuy cy en sorte !

— Boyre à si petit gué : c'est pour rompre son poictral[5].

— Cecy s'appelle pipée à flaccons*.

— Quelle différence est entre bouteille et flaccon ?

— Grande, car bouteille est fermée à bouchon, et flaccon à viz*.

— De belles* !

— Nos peres beurent bien et vuiderent les potz.

— C'est bien chié chanté, beuvons !

— Voulez vous rien mander à la riviere ? Cestuy cy va laver les tripes[6].

— Je ne boy en plus qu'une esponge.

— Je boy comme un templier[7].

— Et je *tanquam sponsus**.

— Et moy *sicut terra sine aqua**.

— Un synonyme de jambon ?

— C'est une compulsoire* de beuvettes* ; c'est un poulain*. Par le poulain* on descend le vin en cave, par le jambon en l'estomach.

— Or çà, à boire, boire çà ! Il n'y a poinct charge. *Respice personam ; pone pro duos ; bus non est in usu**.

— Si je montois aussi bien comme j'avalle*, je feusse pieçà hault en l'aer.

— Ainsi se feist Jacques Cueur riche.

---

saburré : rembourré | *schedules* : reconnaissances de dette | *exhiber* : produire leur titre (imbibé, et donc illisible) | *aultres* : autres verres | *pipée à flaccons* : chasse aux flacons (comme on chasse les oiseaux à la pipée) | *viz* : équivoque (visse, et sexe masculin) | *De belles* : en voilà de belles | *tanquam sponsus* : comme un époux | *sicut terra sine aqua* : comme une terre sans eau | *compulsoire* : acte juridique obligeant à produire une pièce (ici, obligeant la soif à se manifester) | *beuvettes* : beuveries | *poulain* : plan incliné pour les tonneaux | *Respice... in usu* : regarde qui tu sers, mets en pour deux, et non pas rasibus | *j'avalle* : je descends (calembour)

— Ainsi profitent boys en friche.

— Ainsi conquesta Bacchus l'Inde.

— Ainsi philosophie Melinde[8].

— Petite pluye abat grand vend. Longues beuvettes rompent le tonnoire★.

— Mais, si ma couille pissoit telle urine, la vouldriez vous bien sugcer ?

— Je retiens après★.

— Paige, baille ; je t'insinue ma nomination en mon tour★.

— Hume★ Guillot ! Encores y en a il un pot.

— Je me porte pour appellant de soif, comme d'abus★. Paige relieve mon appel en forme.

— Ceste roigneure★ !

— Je souloys jadis boyre tout ; maintenant je n'y laisse rien.

— Ne nous hastons pas et amassons★ bien tout.

— Voycy trippes de jeu, et guodebillaux d'envy★ de ce fauveau★ à la raye noire. O pour Dieu estrillons le à profict de mesnaige★ !

— Beuvez, ou je vous...

— Non, non !

— Beuvez, je vous en prye.

— Les passereaux ne mangent sinon que on leur tappe les queues. Je ne boy sinon qu'on me flatte.

— *Lagona edatera*★ ! Il n'y a raboulliere★ en tout mon corps, où cestuy vin ne furette la soif.

— Cestuy cy me la fouette bien.

— Cestuy cy me la bannira du tout★.

— Cornons★ icy à son de flaccons et bouteilles, que quiconques aura perdu la soif ne ayt à la chercher

---

rompent le tonnoire : calment le tonnerre | *Je retiens après* : ensuite c'est à moi | *je t'insinue... mon tour* : je te présente mon inscription pour avoir mon tour | *Hume* : bois | *Je me porte... d'abus* : je fais appel de ma condamnation abusive à la soif | *roigneure* : morceau de rien | *amassons* : finissons | *trippes... d'envy* : tripes qui valent l'enjeu et godebillaux qui valent que l'on surenchérisse (termes de jeu) | *fauveau* : bœuf fauve (équivoque sur « étriller Fauveau », = le flatter) | *à ... mesnaige* : abondamment | *Lagona edatera* : à boire, camarades (en basque) | *raboulliere* : terrier | *du tout* : entièrement | *Cornons* : proclamons

ceans. Longs clysteres de beuverie l'ont faict vuyder hors le logis.

— Le grand Dieu feist les planettes : et nous faisons les plats netz.

— J'ai la parolle de Dieu en bouche : *Sitio*★.

— La pierre dite ἄβεστος[9] n'est plus inextinguible que la soif de ma Paternité.

— L'appetit vient en mangeant, disoit Angest on Mans★. La soif s'en va en beuvant.

— Remede contre la soif ?

— Il est contraire à celluy qui est contre morsure de chien : courrez tousjours après le chien, jamais ne vous mordera, beuvez tousjours avant la soif, et jamais ne vous adviendra.

— Je vous y prens★, je vous resveille. Sommelier eternel, guarde nous de somme. Argus avoyt cent yeulx pour veoir, cent mains fault à un sommelier, comme avoyt Briareus[10], pour infatigablement verser.

— Mouillons, hay, il faict beau seicher !

— Du blanc ! Verse tout, verse de par le diable ! Verse deçà, tout plein, la langue me pelle.

— Lans ; tringue★ !

— A toy, compaing ! De hayt, de hayt★ !

— Là ! là ! là ! C'est morfiaillé★, cela.

— *O lachryma Christi*[11] !

— C'est de La Deviniere, c'est vin pineau !

— O le gentil vin blanc !

— Et par mon ame, ce n'est que vin de tafetas.

— Hen hen, il est à une aureille[12], bien drappé et de bonne laine.

— Mon compaignon couraige !

— Pour ce jeu nous ne voulerons pas, car j'ay faict un levé[13].

— *Ex hoc in hoc*★. Il n'y a poinct d'enchantement. Chascun de vous l'a veu. Je y suis maistre passé.

— A brum ! A brum★ ! je suis prebstre Macé.

Sitio : j'ai soif | *Angest on Mans :* Hangest, évêque du Mans (théologien) | *prens :* prends à dormir | *Lans, tringue :* camarade, bois (patois de lansquenets) | *de hayt :* de bon cœur | *morfiaillé :* bâfré | *Ex hoc in hoc :* de ce côté vers l'autre | *A brum :* hum (onomatopée)

— O les beuveurs ! O les alterez !

— Paige mon amy, emplis icy et couronne le vin, je
te pry.

— A la Cardinale★ !

— *Natura abhorret vacuum*★.

— Diriez vous q'une mouche y eust beu ?

— A la mode de Bretaigne !

— Net, net, à ce pyot !

— Avallez, ce sont herbes★ ! »

Comment Gargantua nasquit en façon bien estrange.

CHAPITRE VI

Eulx tenens ces menuz propos de beuverie, Gargamelle commença se porter mal du bas. Dont Grandgousier se leva dessus l'herbe et la reconfortoit honestement★, pensant que ce feut mal d'enfant, et luy disant qu'elle s'estoit là herbée★ soubz la Saulsaye, et qu'en brief elle feroit piedz neufs★ : par ce luy convenoit prendre couraige nouveau au nouvel advenement de son poupon, et encores que la douleur luy feust quelque peu en fascherie ; toutesfoys que ycelle seroit briefve, et la joye qui toust succederoit luy tolliroit★ tout cest ennuy★, en sorte que seulement ne luy en resteroit la soubvenance.

« Couraige de brebis[1] (disoyt il) depeschez vous de cestuy cy et bien toust en faisons un aultre.

— Ha ! (dist elle) tant vous parlez à votre aize, vous aultres hommes. Bien de par Dieu je me parforceray, puisqu'il vous plaist. Mais pleust à Dieu que vous l'eussiez coupé.

— Quoy ? dist Grandgousier.

— Ha ! (dist elle) que vous estes bon homme, vous l'entendez bien.

— Mon membre ? (dist il). Sang de les cabres★, si bon vous semble, faictes apporter un cousteau.

---

honestement : courtoisement | *herbée* : étendue sur l'herbe | *feroit piedz neufs* : équivoque (ferait des sabots neufs comme un cheval à l'herbage, et ferait un enfant) | *tolliroit* : ôterait | *ennuy* : douleur| *Sang de les cabres* : nom d'une bique

— Ha ! (dist elle) jà Dieu ne plaise, Dieu me le pardoient, je ne le dis de bon cueur : et pour ma parolle n'en faictes ne plus ne moins. Mais je auray prou d'affaires aujourd'huy, si Dieu ne me ayde, et tout par vostre membre, que vous feussiez bien ayse.

— Couraige, couraige (dist il). Ne vous souciez au reste et laissez faire au quatre bœufs de devant². Je m'en voys boyre encore quelque veguade*. Si ce pendent vous survenoit quelque mal, je me tiendray près : huschant en paulme*, je me rendray à vous. »

Peu de temps après, elle commença à souspirer, lamenter et crier. Soubdain vindrent à tas* saiges femmes de tous coustez. Et, la tastant par le bas, trouverent quelques pellauderies*, assez de maulvais goust, et pensoient que ce feust l'enfant, mais c'estoit le fondement qui luy escappoit, à la mollification du droict intestine*, lequel vous appellez le boyau cullier*, par trop avoir mangé des tripes, comme avons déclairé cy dessus.

Dont une horde* vieille de la compaignie, laquelle avoit reputation d'estre grande medicine* et là estoit venue de Brizepaille d'auprès Sainct Genou³ devant soixante ans, luy feist un restrinctif* si horrible que tous ses larrys* tant feurent oppilez* et reserrez que, à grande poine* avecques les dentz, vous les eussiez eslargiz, qui est chose bien horrible à penser. Mesmement que* le diable, à la messe de sainct Martin escripvant le quaquet de deux Gualoises*, à belles dentz alongea son parchemin⁴.

Par cest inconvenient feurent au dessus relaschez les cotyledons* de la matrice, par lesquelz sursaulta l'enfant, et entra en la vene creuse*, et gravant* par le diaphragme jusques au dessus des espaules (où ladicte

veguade : coup | *huschant en paulme* : si vous mettez vos paumes en porte-voix | *à tas* : en foule | *pellauderies* : peaux | *intestine* : intestin | *cullier* : du cul | *horde* : infecte | *medicine* : guerisseuse | *restrinctif* : astringent | *larrys* : orifices | *oppilez* : contractés | *poine* : peine | *Mesmement que* : de la même façon que | *Gualoises* : jeunes femmes | *cotyledons* : placenta | *vene creuse* : la veine cave | *gravant* : montant

vene se part* en deux), print son chemin à gauche, et
sortit par l'aureille senestre.

Soubdain qu'il fut né, ne cria comme les aultres
enfans : « Mies ! mies ! ». Mais à haulte voix s'escrioit :
« A boire ! à boire ! à boire ! », comme invitant tout le
monde à boire, si bien qu'il fut ouy de tout le pays de
Beusse et de Bibaroys[5].

Je me doubte que ne croyez asseurement ceste
estrange nativité. Si ne le croyez, je ne m'en soucie,
mais un homme de bien, un homme de bon sens croit
tousjours ce qu'on luy dict, et qu'il trouve par escript.

Est ce contre nostre loy, nostre foy, contre raison,
contre la Saincte Escripture ? De ma part je ne trouve
rien escript es Bibles sainctes, qui soit contre cela.
Mais si le vouloir de Dieu tel eust esté, diriez vous
qu'il ne l'eust peu faire ? Ha pour grace, ne embure-
lucocquez* jamais vos espritz de ces vaines pensées,
car je vous diz, que à Dieu rien n'est impossible. Et
s'il vouloit les femmes auroient doresnavant ainsi leurs
enfans par l'aureille.

Bacchus ne fut il engendré par la cuisse de Jupiter ?

Rocquetaillade nasquit il pas du talon de sa mère ?

Crocquemouche de la pantofle de sa nourrice ?

Minerve, nasquit elle pas du cerveau par l'aureille
de Jupiter ?

Adonis par l'escorce d'un arbre de mirrhe[6].

Castor et Pollux de la cocque d'un œuf, pont et
esclous* par Leda ?

Mais vous seriez bien dadvantaige esbahys et
estonnez, si je vous expousoys presentement tout le
chapite de Pline, auquel parle des enfantemens
estranges et contre nature. Et toutesfoys je ne suis
poinct menteur tant asseuré comme il a esté. Lisez le
septiesme de sa *Naturelle Histoire, capi. iij*, et ne m'en
tabustez* plus l'entendement.

---

se part : se divise | *emburelucocquez* : encombrez | *pont et esclous* :
pondu et couvé | *tabustez* : frappez.

Comment le nom fut imposé à Gargantua :
et comment il humoit le piot.

CHAPITRE VII

Le bon homme Grandgousier beuvant et se rigol-
lant avecques les aultres entendit le cry horrible que
son filz avoit faict entrant en lumiere de ce monde,
quand il brasmoit, demandant : « A boyre ! à boyre ! à
boyre ! », dont il dist : « Que grand tu as ! » (*supple* le
gousier). Ce que ouyans les assistans, dirent que
vrayement il debvoit avoir par ce le nom Gargantua[1],
puis que telle avoit esté la premiere parolle de son
pere à sa naissance, à l'imitation et exemple des
anciens Hebreux. A quoy fut condescendu par icelluy,
et pleut très bien à sa mere. Et pour l'appaiser, luy
donnerent à boyre à tyre larigot, et feut porté sus les
fonts, et là baptisé, comme est la coustume des bons
christiens[2].

Et luy feurent ordonnées, dix et sept mille neuf cens
treze vaches de Pautille, et de Brehemond[3] pour
l'alaicter ordinairement, car de trouver nourrice suf-
fisante n'estoit possible en tout le pays, consideré la
grande quantité de laict requis pour icelluy alimenter.
Combien qu'aulcuns docteurs Scotistes[4] ayent affermé
que sa mere l'alaicta : et qu'elle pouvoit traire* de ses
mammelles quatorze cens deux pipes* neuf potées* de
laict pour chascune foys. Ce que n'est vraysemblable,

---

supple : sous-entendez | *traire* : tirer | *pipes* : grosse futaille (mesure
variable) | *potée* : contenu d'un pot

et a esté la proposition declairée mammallement★
scandaleuse, des pitoyables★ aureilles offensive : et
sentent de loing heresie[5].

En cest estat passa jusques à un an et dix moys :
onquel temps par le conseil des medecins, on commença le porter, et fut faicte une belle charrette à
bœufs par l'invention de Jehan Denyau. Dedans icelle
on le pourmenoit par cy par là joyeusement, et le faisoit bon veoir, car il portoit bonne troigne et avoit
presque dix et huyt mentons ; et ne crioit que bien
peu ; mais il se conchioit à toutes heures, car il estoit
merveilleusement phlegmaticque★ des fesses, tant de
sa complexion naturelle que de la disposition acciden-
tale qui luy estoit advenue par trop humer de purée
septembrale★. Et n'en humoyt goutte sans cause.

Car s'il advenoit qu'il feust despit★, courroussé,
fasché ou marry★, s'il trepignoyt, s'il pleuroit, s'il
crioit, luy apportant à boyre l'on le remettoit en
nature, et soubdain demouroit coy★ et joyeulx.

Une de ses gouvernantes m'a dict, jurant sa fy★, que
de ce faire il estoit tant coustumier, qu'au seul son des
pinthes et flaccons, il entroit en ecstase, comme s'il
goustoit les joyes de paradis. En sorte qu'elles consi-
derans ceste complexion divine, pour le resjouir au
matin faisoient davant luy sonner des verres avecques
un cousteau, ou des flaccons avecques leur toupon★,
ou des pinthes★ avecques leur couvercle. Auquel son il
s'esguayoit, il tressailloit, et luy mesmes se bressoit★
en dodelinant de la teste, en monichordisant★ des
doigtz, et barytonant du cul.

---

mammallement : malement, vilainement (adverbe créé à partir de
mamelle) | pitoyables : charitables, *d'où* pieuses | phlegmaticque : d'un
tempérament mou et relâché (y compris des sphincters) | humer...
septembrale : boire du vin | despit : contrarié | marry : triste | coy :
tranquille | fy : foi (ses grands dieux) | toupon : bouchon | pinthes :
pots | bressoit : berçait | monichordisant : jouant du monocorde.

Comment on vestit Gargantua.

CHAPITRE VIII

Luy estant en cest eage, son pere ordonna qu'on luy feist habillemens à sa livrée : laquelle estoit blanc et bleu. De faict on y besoigna, et furent faictz, taillez, et cousuz à la mode qui pour lors couroit.

Par les anciens pantarches*, qui sont en la Chambre des Comptes à Montsoreau, je trouve qu'il feust vestu en la façon que s'ensuyt.

Pour sa chemise furent levées neuf cens aulnes de toille de Chasteleraud, et deux cens pour les coussons* en sorte de carreaulx*, lesquelz on mist soubz les esselles. Et n'estoit poinct froncée, car la fronsure des chemises n'a esté inventée sinon depuis que les lingieres, lorsque la poincte de leur agueille estoit rompue, ont commencé besoigner du cul*.

Pour son pourpoinct furent levées huyt cens treize aulnes de satin blanc, et pour les agueillettes* quinze cens neuf peaulx et demye de chiens. Lors commença le monde attacher les chausses au pourpoinct, et non le pourpoinct aux chausses, car c'est chose contre nature, comme amplement a déclaré Olkam[1] sus les *Exponibles* de M. Haultechaussade.

Pour ses chausses feurent levez unze cens cinq

---

pantarches : pancartes (ici, comptes) | *coussons :* goussets | *en sorte de carreaulx :* en forme de carreaux | *cul :* équivoque sur le *cul* de l'aiguille | *agueillettes :* lacets qui attachent le costume

aulnes et ung tiers d'estamet* blanc. Et feurent deschiquetez* en forme de colomnes, striées, et crenelées par le derriere, afin de n'eschaufer les reins. Et flocquoit*, par dedans la deschicqueture de damas bleu, tant que besoing estoit. Et notez qu'il avoit de très belles griefves* et bien proportionnez au reste de sa stature.

Pour la braguette : furent levées seize aulnes un quartier* d'icelluy mesmes drap, et fut la forme d'icelle comme d'un arc boutant, bien estachée* joyeusement à deux belles boucles d'or, que prenoient deux crochetz d'esmail, en un chascun desquelz estoit enchassée une grosse esmeraugde de la grosseur d'une pomme d'orange. Car (ainsi que dict Orpheus, *libro De Lapidibus*, et Pline, *libro ultimo*) elle a vertu erective et confortative du membre naturel. L'exiture* de la braguette estoit à la longueur d'une canne, deschicquetée comme les chausses, avecques le damas bleu flottant comme davant. Mais voyans la belle brodure* de canetille*, et les plaisans entrelatz d'orfeverie garniz de fins diamens, fins rubiz, fines turquoyses, fines esmeraugdes et unions Persicques*, vous l'eussiez comparée à une belle corne d'abondance, telle que voyez es antiquailles, et telle que donna Rhea es deux nymphes Adrastea et Ida, nourrices de Jupiter[2]. Tousjours gualante, succulente, resudante*, tousjours verdoyante, tousjours fleurissante, tousjours fructifiante, plene d'humeurs, plene de fleurs, plene de fruictz, plene de toutes delices. Je advoue Dieu s'il ne la faisoit bon veoir. Mais je vous en exposeray bien dadvantaige au livre que j'ay faict *De la dignité des braguettes*. D'un cas* vous advertis que, si elle estoit bien longue et bien ample, si estoit elle bien guarnie au dedans et bien avitaillée*, en rien ne ressemblant les hypocriticques braguettes d'un tas de muguetz*,

---

estamet : lainage | *deschiquetez* : ornés de crevés (entailles doublées, à la mode) | *flocquoit* : bouffait | *griefves* : jambes | *quartier* : un quart | *estachée* : attachée | *exiture* : ouverture | *brodure* : broderie | *canetille* : broderie de métal | *unions Persicques* : perles du golfe Persique | *resudante* : pleine de sève | *D'un cas* : en tout cas | *avitaillée* : ravitaillée (avec équivoque sur *vit*, sexe) | *muguetz* : mignons

qui ne sont plenes que de vent, au grand interest* du sexe feminin.

Pour ses souliers furent levées quatre cens six aulnes de velours bleu cramoysi, et furent deschicquettez mignonement par lignes parallelles joinctes en cylindres uniformes. Pour la quarreleure* d'iceulx, furent employez unze cens peaulx de vache brune, taillée à queues de merluz*.

Pour son saie* furent levez dix et huyt cent aulnes de velours bleu, tainct en grene*, brodé à l'entour de belles vignettes* et par le mylieu de pinthes* d'argent de canetille, enchevestrées de verges* d'or avecques force perles, par ce denotant qu'il seroit un bon fessepinthe* en son temps.

Sa ceincture feut de troys cens aulnes et demye de cerge de soye, moytié blanche et moytié bleu, ou je suis bien abusé.

Son espée ne feut Valentienne, ny son poignard Sarragossoys, car son pere hayssoit tous ces indalgos bourrachous*, marranisez* comme diables, mais il eut la belle espée de boys et le poignart de cuir boully, pinctz et dorez comme un chascun soubhaiteroit.

Sa bourse fut faicte de la couille d'un oriflant*, que luy donna Her Pracontal proconsul de Libye.

Pour sa robbe furent levées neuf mille six cens aulnes moins deux tiers de velours bleu comme dessus, tout porfilé* d'or en figure diagonale, dont par juste perspective yssoit* une couleur innommée, telle que voyez es coulz des tourterelles, qui resjouissoit merveilleusement les yeulx des spectateurs.

Pour son bonnet furent levées troys cens deux aulnes ung quart de velours blanc, et feut la forme d'icelluy large et ronde à la capacité du chief. Car son pere disoit que ces bonnetz à la Marrabeise*, faictz

---

interest : détriment | *quarreleure* : semelle | *merluz* : morues | *saie* : manteau | *grene* : graine d'écarlate | *vignettes* : volutes de vigne | *pinthes* : pots | *verges* : bagues | *fessepinthe* : videpots | *bourrachous* : ivrognes | *marranisez* : vivant en Marranes (juifs castillans faussement convertis au christianisme) | *oriflant* : éléphant | *porfilé* : brodé | *yssoit* : sortait | *à la Marrabeise* : à la mauresque

comme une crouste de pasté, porteroient quelque jour malencontre* à leurs tonduz.

Pour son plumart* pourtoit une belle grande plume bleue prinse d'un onocrotal* du pays de Hircanie la saulvaige, bien mignonement pendente sus l'aureille droicte.

Pour son image* avoit en une platine* d'or pesant soixante et huyt marcs, une figure d'esmail competent*, en laquelle estoit pourtraict un corps humain ayant deux testes, l'une virée* vers l'autre, quatre bras, quatre piedz, et deux culz, telz que dict Platon, *in Symposio**, avoir esté l'humaine nature à son commencement mystic, et autour estoit escript en lettres Ioniques : ΑΓΑΠΗ ΟΥ ΖΗΤΕΙ ΤΑ ΕΑΥΤΗΣ³.

Pour porter au col, eut une chaine d'or pesante vingt et cinq mille soixante et troys marcs d'or, faicte en forme de grosses bacces*, entre lesquelles estoient en œuvre gros jaspes verds, engravez et taillez en Dracons tous environnez de rayes et estincelles, comme les portoit jadis le roy Necepsos. Et descendoit jusque à la boucque* du hault ventre. Dont toute sa vie en eut l'emolument* tel que sçavent les medecins Gregoys.

Pour ses guands furent mises en œuvre seize peaulx de lutins, et troys de loups guarous pour la brodure* d'iceulx. Et de telle matière luy feurent faictz par l'ordonnance des cabalistes de Sainlouand.

Pour ses aneaulx (lesquelz voulut son pere qu'il portast pour renouveller le signe antique de noblesse) il eut au doigt indice* de sa main gauche une escarboucle grosse comme un œuf d'austruche, enchassée en or de seraph* bien mignonement. Au doigt medical* d'icelle eut un aneau faict des quatre metaulx ensemble : en la plus merveilleuse façon que

---

malencontre : malheur | *plumart* : plumet | *onocrotal* : pélican | *image* : bijou emblématique accroché au chapeau | *platine* : plaque | *competent* : propre à cet usage | *virée* : tournée | *in Symposio* : dans le *Banquet* | *bacces* : baies | *boucque* : embouchure, extrémité | *emolument* : bienfait | *brodure* : broderie | *doigt indice* : index | *or de seraph* : or de monnaie égyptienne | *doigt medical* : annulaire

jamais feust venue, sans que l'assier froisseast l'or,
sans que l'argent foullast le cuyvre ; le tout fut faict
par le capitaine Chappuys et Alcofribas, son bon fac-
teur★. Au doigt medical de la dextre eut un aneau faict
en forme spirale, auquel estoient enchassez un balay★
en perfection, un diament en poincte, et une esme-
raulde de Physon[4], de pris inestimable. Car Hans
Carvel, grand lapidaire du roy de Melinde, les estimoit
à la valeur de soixante neuf millions huyt cens
nonante et quatre mille dix et huyt moutons à la
grande laine★, autant l'estimerent les Fourques★
d'Auxbourg.

---

facteur : qui fait, qui aide | *balay :* rubis | *moutons à la grand laine :*
pièces d'or à l'*Agnus dei* / *Fourques :* Fugger (banquiers d'Augs-
bourg)

Les couleurs et livrée de Gargantua.

CHAPITRE IX

Les couleurs de Gargantua feurent blanc et bleu : comme cy dessus avez peu lire. Et par icelles vouloit son pere qu'on entendist que ce luy estoit une joye celeste. Car le blanc luy signifioit joye, plaisir, delices et resjouissance, et le bleu, choses celestes.

J'entends bien que, lisans ces motz, vous mocquez du vieil beuveur, et reputez l'exposition★ des couleurs par trop indague★ et abhorrente★ : et dictes que blanc signifie foy et bleu fermeté. Mais sans vous mouvoir, courroucer, eschaufer ny alterer (car le temps est dangereux) respondez moy, si bon vous semble. D'aultre contraincte ne useray envers vous, ny aultres quelz qu'ilz soient. Seulement vous diray un mot de la bouteille.

Qui vous meut ? Qui vous poinct★ ? Qui vous dict que blanc signifie foy et bleu fermeté ? Un (dictes vous) livre trepelu★ qui se vend par les bisouars et porteballes★, au tiltre : *le Blason des Couleurs.* Qui l'a faict ? Quiconques il soit, en ce a esté prudent qu'il n'y a poinct mis son nom. Mais au reste, je ne sçay quoy premier en luy je doibve admirer, ou son oultrecuidance, ou sa besterie.

Son oultrecuidance, qui sans raison, sans cause et

---

reputez l'exposition : jugez l'interprétation | *indague :* simpliste | *abhorrente :* inappropriée | *poinct :* pique | *trepelu :* mineur | *bisouars et porteballes :* camelots et colporteurs

sans apparence, a ausé prescripre de son autorité
privée quelles choses seroient denotées par les couleurs : ce que est l'usance des tyrans qui voulent leur
arbitre tenir lieu de raison, non des saiges et sçavans
qui par raisons manifestes contentent les lecteurs.

Sa besterie : qui a existimé* que, sans aultres
demonstrations et argumens valables le monde reigle-
roit ses devises par ses impositions* badaudes*.

De faict (comme dict le proverbe : « A cul de foy-
rard* toujours abonde merde ») il a trouvé quelque
reste de niays du temps des haultz bonnetz[1] lesquelz
ont eu foy à ses escripts. Et selon iceulx ont taillé leurs
apophthegmes* et dictez*, en ont enchevestré* leurs
muletz, vestu leurs pages, escartelé* leurs chausses,
brodé leurs guandz, frangé leurs lictz, painct leurs
enseignes, composé chansons, et (que pis est) faict
impostures et lasches tours clandestinement entre les
pudicques matrones.

En pareilles tenebres sont comprins ces glorieux* de
court, et transporteurs de noms : lesquelz voulens en
leurs divises signifier *espoir,* font portraire une *sphere,*
des *pennes** d'oiseaulx, pour *poines,* de l'*ancholie,* pour
melancholie, la lune bicorne, pour *vivre en croissant,* un
banc rompu, pour *bancque roupte, non* et un *alcret*,*
pour *non durhabit*[2], un *lict sans ciel,* pour un *licentié,*
que sont homonymies tant ineptes, tant fades, tant
rusticques et barbares, que l'on doibvroit atacher une
queue de renard au collet et faire un masque d'une
bouze de vache à un chascun d'iceulx qui en vouldroit
dorenavant user en France, après la restitution* des
bonnes lettres.

Par mesmes raisons (si raisons les doibz nommer et
non resveries) ferois je paindre un *penier* : denotant
qu'on me faict *pener.* Et un *pot à moustarde,* que c'est
mon cueur à qui *moult tarde.* Et un *pot à pisser,* c'est un

---

existimé : estimé | *impositions* : propositions | *badaudes* : sottes | *foy-*
rard : foireux | *apophthegmes* : maximes | *dictez* : préceptes | *enche-*
vestré : harnaché | *escartelé* : partagé en quartiers de couleur diffé-
rente | *glorieux* : vaniteux | *pennes* : ailes | *alcret* : cuirasse | *restitution* :
renaissance

official*. Et le *fond de mes chausses*, c'est un *vaisseau de petz **. Et ma *braguette*, c'est le *greffe des arrestz**. Et un *estront* de chien*, c'est un *tronc de ceans*, où gist l'amour de m'amye.

Bien aultrement faisoient en temps jadis les saiges de Egypte, quand ilz escripvoient par lettres, qu'ilz appelloient hieroglyphiques. Lesquelles nul n'entendoit qui n'entendist*, et un chascun entendoit qui entendist la vertu, propriété et nature des choses par icelles figurées. Desquelles Orus Apollon a en grec composé deux livres, et Polyphile au *Songe d'Amours* en a davantaige exposé[3]. En France vous en avez quelque transon* en la devise de Monsieur l'Admiral : laquelle premier porta Octavian Auguste[4].

Mais plus oultre ne fera voile mon equif entre ces gouffres et guez mal plaisans. Je retourne faire scale au port dont suis yssu. Bien ay je espoir d'en escripre quelque jour plus amplement : et monstrer tant par raisons philosophicques que par auctoritez receues et approuvées de toute ancienneté, quelles et quantes* couleurs sont en nature, et quoy par une chascune peut estre designé, si Dieu me saulve le moulle du bonnet*, c'est le pot au vin, comme disoit ma mere grand.

---

official : officier de la justice ecclésiastique, mais aussi pot de chambre | *vaisseau de petz* : navire de paix, et non de guerre (*calembour*) | *greffe des arretz* : greffe de justice (calembour grivois sur le *greffon* qui se dresse) | *estront* : étron | *qui n'entendist* : s'il ne comprenait | *transon* : morceau, *d'où* exemple | *quantes* : combien de | *moulle du bonnet* : la tête

De ce qu'est signifié par les couleurs blanc et bleu.

CHAPITRE X

Le blanc doncques signifie joye, soulas★ et liesse : et non à tort le signifie, mais à bon droict et juste tiltre. Ce que pourrez verifier si, arriere mises voz affections★, voulez entendre ce que presentement vous exposeray.

Aristoteles dict que supposent deux choses contraires en leur espece[1], comme bien et mal, vertu et vice, froid et chauld, blanc et noir, volupté et doleur, joye et dueil, et ainsi de aultres, si vous les coublez★ en telle façon qu'un contraire d'une espece convienne raisonnablement à l'un contraire d'une aultre, il est consequent que l'autre contraire compete★ avecques l'autre residu★. Exemple : *vertus* et *vice* sont contraires en une espece ; aussy sont *bien* et *mal*. Si l'un des contraires de la premiere espece convient à l'un de la seconde, comme *vertus* et *bien*, car il est sceut★ que *vertus* est bonne, ainsi feront les deux residuz, qui sont *mal* et *vice*, car *vice* est maulvais.

Ceste reigle logicale entendue, prenez ces deux contraires, *joye* et *tristesse*, puis ces deux : *blanc* et *noir*. Car ilz sont contraires physicalement. Si ainsi doncques est que *noir* signifie *dueil*, à bon droict *blanc* signifiera *joye*.

soulas : bonheur | *affections* : préventions | *coublez* : accouplez | *compete* : s'accorde | *residu* : qui reste | *il est sceut* : on sait

Et n'est cette signifiance par imposition humaine institué, mais receue par consentement de tout le monde, que les philosophes nomment *jus gentium**, droict universel, valable par toutes contrées.

Comme assez sçavez, que tous peuples, toutes nations (je excepte les antiques Syracusans et quelques Argives* qui avoient l'ame de travers) toutes langues, voulens exterieurement demonstrer leur tristesse, portent habit de noir : et tout dueil est faict par noir. Lequel consentement universel n'est faict que nature n'en donne quelque argument et raison : laquelle un chascun peut soubdain par soy comprendre sans aultrement estre instruict de personne, laquelle nous appellons droict naturel.

Par le blanc à mesmes induction* de nature tout le monde a entendu joye, liesse, soulas, plaisir et delectation.

Au temps passé les Thraces et Cretes signoient* les jours bien fortunez et joyeux de pierres blanches : les tristes et defortunez de noires.

La nuyct n'est elle funeste, triste et melancholieuse ? Elle est noire et obscure par privation. La clarté n'esjouit elle toute nature ? Elle est blanche plus que chose que soit. A quoy prouver je vous pourrois renvoyer au livre de Laurens Valle contre Bartole[2], mais le tesmoignage evangelicque vous contentera : *Math. xvij*, est dict que, à la Transfiguration de Nostre Seigneur, *vestimenta ejus facta sunt alba sicut lux*, ses vestemens feurent faictz blancs comme la lumiere. Par laquelle blancheur lumineuse donnoit entendre à ses troys apostres l'idée et figure des joyes eternelles. Car par la clarté sont tous humains esjouiz. Comme vous avez le dict d'une vieille qui n'avoit dens en gueulle, encores disoit elle : *Bona lux*. Et Thobie *(cap. v)* quand il eut perdu la veue, lors que Raphael le salua, respondit : « Quelle joye pourray je avoir, qui poinct ne voy la lumiere du ciel ? » En telle couleur tesmoi-

---

jus gentium : droit des nations | *Argives* : Argiens | *induction* : incitation | *signoient* : marquaient

gnerent les anges la joye de tout l'univers à la Resur-
rection du Saulveur *(Joan. xx)* et à son Ascension
(Act. j). De semblable parure veit Sainct Jean Evan-
geliste *(Apocal. iiij* et *vij)* les fideles vestuz en la celeste
et beatifiée Hierusalem.

Lisez les histoires antiques, tant Grecques que
Romaines, vous trouverez que la ville de Albe (premier patron de Rome) feut et construicte et appellée à
l'invention★ d'une truye blanche[3].

Vous trouverez que si à aulcun après avoir eu des
ennemis victoire, estoit decreté qu'il entrast à Rome
en estat triumphant, il y entroit sur un char tiré par
chevaulx blancs. Autant celluy qui y entroit en ova-
tion. Car par signe ny couleur ne pouvoyent plus certainement exprimer la joye de leur venue que par la
blancheur.

Vous trouverez que Pericles duc★ des Atheniens
voulut celle part de ses gensdarmes★ esquelz par sort
estoient advenus les febves blanches, passer toute la
journée en joye, solas★ et repos : cependent que ceulx
de l'aultre part batailleroient. Mille aultres exemples
et lieux à ce propos vous pourrois je exposer, mais ce
n'est icy le lieu.

Moyennant laquelle intelligence povez resouldre un
probleme, lequel Alexandre Aphrodise a reputé inso-
luble : « Pourquoy le leon, qui de son seul cry et
rugissement espovante tous animaulx, seulement
crainct et revere le coq blanc ? » Car (ainsi que dict
Proclus[4], *lib. De Sacrificio et Magia)* c'est parce que
la presence de la vertus du soleil, qui est l'organe et
promptuaire★ de toute lumiere terrestre et syderale,
plus est symbolisante et competente★ au coq blanc,
tant pour icelle couleur que pour sa propriété et
ordre specificque, que au leon. Plus dict, que en
forme leonine ont esté diables souvent veuz, lesquelz
à la presence d'un coq blanc soubdainement sont dis-
paruz.

---

invention : découverte / *duc :* chef militaire / *gensdarmes :* soldats
/ *solas :* plaisir / *promptuaire :* réceptacle / *competente :* accordée

Ce est la cause pourquoy *Galli*★ (ce sont les Françoys, ainsi appellez parce que blancs sont naturellement comme laict que les Grecz nomment γαλα)
voluntiers portent plumes blanches sus leurs bonnetz.
Car par nature ilz sont joyeux, candides★, gratieux et
bien amez : et pour leur symbole et enseigne ont la
fleur plus que nulle aultre blanche, c'est le lys.

Si demandez comment par couleur blanche nature
nous induict entendre joye et liesse : je vous responds
que l'analogie et conformité est telle. Car comme le
blanc exteriorement disgrege et espart★ la veue, dissolvent manifestement les esprits visifz[5], selon l'opinion de Aristoteles en ses *Problemes*, et les perspectifz,
et le voyez par experience, quand vous passez les
montz couvers de neige : en sorte que vous plaignez
de ne pouvoir bien reguarder, ainsi que Xenophon
escript estre advenu à ses gens, et comme Galen
expose amplement, *lib. x, De usu partium*. Tout ainsi
le cueur par joye excellente est interiorement espart
et patist manifeste resolution des esperitz vitaulx.
Laquelle tant peut estre acreue que le cueur demoureroit spolié de son entretien, et par consequent
seroit la vie estaincte, par ceste perichairie★, comme
dict Galen, *lib. xij Metho., li. v, De locis affectis*, et *li.
ij, De symptomaton causis*. Et comme estre au temps
passé advenu tesmoignent Marc Tulle★, *li. j Quœstio.
Tuscul.*, Verrius, Aristoteles, Tite Live, après la
bataille de Cannes, Pline, *lib. vij, c. xxxij* et *liij*,
A. Gellius, *lib. iij*, xv., et aultres, à Diagoras Rodien[6],
Chilo, Sophocles, Diony, tyrant de Sicile, Philip-
pides, Philemon, Polycrata, Philistion, M. Juventi et
aultres qui moururent de joye. Et comme dict Avi-
cenne (*in ij canone et lib. De Viribus cordis*) du
zaphran★, lequel tant esjouist le cueur qu'il le des-
pouille de vie, si on en prend en dose excessifve, par
resolution et dilatation superflue. Icy voyez Alex.

Galli : les Gaulois / *candides :* calembour avec *candidus* (blanc) / *disgrege et espart :* morcelle et répand / *perichairie :* excès de joie / *Marc
Tulle :* Cicéron / *zaphran :* safran

Aphrodisien, *lib. primo Problematum, c. xix.* Et pour cause. Mais quoy ! j'entre plus avant en ceste matiere que ne establissois au commencement. Icy doncques calleray★ mes voiles, remettant le reste au livre en ce consommé du tout★. Et diray en un mot que le bleu signifie certainement le ciel et choses célestes, par mesmes symboles que le blanc signifioit joye et plaisir.

De l'adolescence de Gargantua.

CHAPITRE XI

Gargantua depuis les troys jusques à cinq ans, feut nourry et institué en toute discipine convenente par le commandement de son pere, et celluy temps passa comme les petitz enfans du pays, c'est assavoir à boyre, manger et dormir ; à manger, dormir et boyre ; à dormir, boyre et manger.

Tousjours se vaultroit par les fanges, se mascaroyt* le nez, se chauffouroit* le visaige. Aculoyt* ses souliers, baisloit* souvent au mousches, et couroit voulentiers après les parpaillons*, desquelz son pere tenoit l'empire. Il pissoit sus ses souliers, il chyoit en sa chemise, il se mouschoyt à ses manches, il mourvoit dedans sa soupe. Et patroilloit* par tout lieux, et beuvoit en sa pantoufle, et se frottoit ordinairement le ventre d'un panier. Ses dens aguysoit d'un sabot, ses mains lavoit de potaige, se pignoit d'un goubelet. Se asseoyt entre deux selles le cul à terre. Se couvroyt d'un sac mouillé, beuvoyt en mangeant sa souppe. Mangeoyt sa fouace sans pain. Mordoyt en riant. Rioyt en mordent, souvent crachoyt on bassin[1], pettoyt de gresse, pissoyt contre le soleil. Se cachoyt en l'eau pour la pluye. Battoyt* à froid. Songeoyt creux, faisoyt le succré. Escorchoyt le renard*, disoit la pate-

---

mascaroyt : mâchurait | *chauffouroit* : barbouillait | *Aculoyt* : éculait | *baisloit* : bâillait | *parpaillons* : papillons | *patroilloit* : pataugeait | *Battoyt* : battait le fer | *Escorchoyt le renard* : vomissait

nostre du cinge★, retournoyt à ses moutons, tournoyt
les truies au foin★. Battoyt le chien devant le lion★.
Mettoyt la charrette devant les beufz, se grattoyt où ne
luy demangeoyt poinct. Tiroit les vers du nez. Trop
embrassoyt et peu estraignoyt. Mangeoyt son pain
blanc le premier, ferroyt les cigalles. Se chatouilloyt
pour se faire rire, ruoyt très bien en cuisine★, faisoyt
gerbe de feurre★ au dieux, faisoyt chanter *Magnificat* à
matines et le trouvoyt bien à propous. Mangeoyt
chous et chioyt pourrée★, congnoissoyt mousches en
laict, faisoyt perdre les pieds★ au mousches. Ratissoyt
le papier, chaffourroyt★ le parchemin. Guaignoyt au
pied★. Tiroyt au chevrotin★, comptoyt sans son
houste. Battoyt les buissons sans prandre les ozillons.
Croioyt que nues feussent pailles★ d'arain et que ves-
sies fussent lanternes. Tiroyt d'un sac deux mous-
tures. Faisoyt de l'asne pour avoir du bren★. De son
poing faisoyt un maillet, prenoit les grues du premier
sault. Vouloyt que maille à maille on feist les
haubergeons★. De cheval donné tousjours reguardoyt
en la gueulle. Saultoyt du coq à l'asne. Mettoyt entre
deux verdes une meure, faisoit de la terre le foussé.
Gardoyt la lune des loups. Si les nues tomboient espe-
royt prandre les alouettes. Faisoyt de necessité vertus,
faisoyt de tel pain souppe. Se soucioyt aussi peu des
raitz★ comme des tonduz. Tous les matins escorchoyt
le renard. Les petitz chiens de son pere mangeoient en
son escuelle. Luy de mesmes mangeoit avecques eux :
il leurs mordoit les aureilles. Ilz luy graphinoient★ le
nez. Il leurs souffloit au cul. Ilz luy leschoient les
badigoinces★.

Et sabez quey, hillotz, que mau de pipe vous byre[2],
ce petit paillard tousjours tastonoit ses gouvernantes

---

disoit... cinge : disait n'importe quoi | *tournoyt... foin* : sautait d'un
sujet à l'autre | *Battoyt... le lion* : réprimandait un inférieur devant
un supérieur | *ruoyt... cuisine* : dévorait | *faisoyt gerbe de feurre* : offrait
du fourrage | *pourrée* : purée de poireaux | *perdre les pieds* : perdre
pied | *chaffouroyt* : barbouillait | *Guaignoyt au pied* : cédait le terrain
| *Tiroyt au chevrotin* : buvait à la gourde | *pailles* : poêles | *bren* : son
| *haubergeons* : cottes de maille | *raitz* : crânes rasés | *graphinoient* :
égratignaient | *badigoinces* : babines

cen dessus dessoubz, cen★ devant derrière, harry
bourriquet !★ et desjà commençoyt exercer sa braguette. Laquelle un chascun jour ses gouvernantes
ornoyent de beaulx boucquets, de beaulx rubans, de
belles fleurs, de beaulx flocquars★, et passoient leur
temps à la faire revenir entre leurs mains comme un
magdaleon d'entraict★. Puis s'esclaffoient de rire
quand elle levoit les aureilles, comme si le jeu leurs
eust pleu.

L'une la nommoit ma petite dille★, l'aultre ma
pine★, l'aultre ma branche de coural, l'aultre mon
bondon★, mon bouchon, mon vibrequin, mon
possouer★, ma teriere★, ma pendilloche★, mon rude
esbat roidde et bas, mon dressouoir, ma petite
andoille vermeille, ma petite couille bredouille.

« Elle est à moy, disoit l'une.

— C'est la mienne, disoit l'aultre.

— Moy (disoit l'aultre), n'y auray je rien ? Par ma
foy je la couperay doncques.

— Ha couper ! (disoit l'aultre), vous luy feriez mal,
Madame, coupez vous la chose aux enfans, il seroyt
Monsieur sans queue. »

Et pour s'esbattre comme les petitz enfans du pays,
luy feirent un beau virollet★ des aesles d'un moulin à
vent de Myrebalays[3].

---

cen : sens | *harry bourriquet* : vas-y bourrique | *flocquars* : houppes
| *magdaleon d'entraict* : bâton d'onguent | *dille* : fausset du tonneau
| *pine* : épingle | *bondon* : bouchon du tonneau | *possouer* : piston
| *teriere* : tarière | *pendilloche* : pendeloque | *virollet* : moulinet

Des chevaux factices de Gargantua.

CHAPITRE XII

Puis affin que toute sa vie feust bon chevaulcheur, l'on luy feist un beau grand cheval de boys lequel il faisoit penader★, saulter, voltiger, ruer et dancer tout ensemble, aller le pas, le trot, l'entrepas, le gualot, les ambles, le hobin, le traquenard¹, le camelin★ et l'onagrier★. Et luy faisoit changer de poil, comme font les moines de courtibaux★ selon les festes, de bailbrun★, d'alezan, de gris pommellé, de poil de rat, de cerf, de rouen, de vache, de zencle, de pecile, de pye★, de leuce².

Luy mesmes d'une grosse traine★ fist un cheval pour la chasse, un aultre d'un fust de pressouer à tous les jours, et d'un grand chaisne une mulle avecques la housse pour la chambre★. Encores en eut il dix ou douze à relays★ et sept pour la poste. Et tous mettoit coucher auprès de soy.

Un jour le seigneur de Painensac visita son pere, en gros train★ et apparat, auquel jour l'estoient semblablement venuz veoir le duc de Francrepas et le comte de Mouillevent. Par ma foy le logis feust un peu estroict pour tant de gens, et singulierement les estables : donc le maistre d'hostel et fourrier★ dudict sei-

penader : gambader | _camelin_ : pas du chameau | _onagrier_ : pas de l'onagre | _courtibaux_ : chasubles | _bailbrun_ : bai brun | _pye_ : pie | _traine_ : poutre avec des roues | _chambre_ : salle (exercices en salle) | _à relays_ : de relais | _train_ : équipage | _fourrier_ : fourrier, officier chargé de pourvoir au logement

gneur de Painensac, pour sçavoir si ailleurs en la maison estoient estables vacques*, s'adresserent à Gargantua, jeune garsonnet, luy demandans secrettement où estoient les estables des grands chevaulx, pensans que voluntiers les enfans descellent* tout.

Lors il les mena par les grands degrez du chasteau, passant par la seconde salle en une grande gualerie par laquelle entrerent en une grosse tour, et eulx montans par d'autres degrez, dist le fourrier au maistre d'hostel :

« Cest enfant nous abuse, car les estables ne sont jamais au hault de la maison.

— C'est (dist le maistre d'hostel) mal entendu à vous. Car je sçay des lieux, à Lyon, à La Basmette, à Chaisnon[3] et ailleurs, où les estables sont au plus hault du logis, ainsi, peut estre que derriere y a yssue au montouer*. Mais je le demanderay plus asseurement. »

Lors demanda à Gargantua :

« Mon petit mignon, où nous menez vous ?

— A l'estable (dist il) de mes grands chevaulx. Nous y sommes tantost, montons seulement ces eschallons.* »

Puis, les passant par une aultre grande salle, les mena en sa chambre, et, retirant la porte :

« Voicy (dist il) les estables que demandez ; voylà mon Genet*, voylà mon Guildin*, mon Lavedan*, mon Traquenard*. »

Et, les chargent d'un gros livier* :

« Je vous donne (dist il) ce Phryzon*, je l'ay eu de Francfort. Mais il sera vostre, il est bon petit chevallet et de grand peine. Avecques un tiercelet d'autour*, demye douzaine d'hespanolz* et deux levriers, vous voylà roy des perdrys et lievres pour tout cest hyver.

---

vacques : libres | *decellent* : dévoilent | *montouer* : étage | *eschallons* : marches | *Genet* : cheval d'Espagne | *Guildin* : cheval anglais | *Lavedan* : cheval gascon | *Traquenard* : cheval de trot | *livier* : levier | *Phryzon* : cheval de trait (frison) | *tiercelet d'autour* : mâle de l'autour | *hespanolz* : épagneuls

— Par sainct Jean (dirent ilz) nous en sommes bien, à ceste heure avons nous le moine⁴.

— Je le vous nye (dist il). Il ne fut troys jours a ceans. »

Devinez icy duquel des deux ils avoyent plus matiere, ou de soy cacher pour leur honte, ou de ryre pour le passetemps ?

Eulx en ce pas descendens tous confus, il demanda :

« Voulez vous une aubeliere★ ?

— Qu'est-ce ? disent ilz.

— Ce sont (respondit il) cinq estroncz pour vous faire une museliere.

— Pour ce jourd'huy (dist le maistre d'hostel), si nous sommes roustiz, jà au feu ne bruslerons, car nous sommes lardez à poinct, en mon advis. O petit mignon, tu nous as baillé foin en corne★ ; je te voirray quelque jour pape.

— Je l'entendz (dist il) ainsi ; mais lors vous serez papillon, et ce gentil papeguay, sera un papelard tout faict.

— Voyre★, voyre, dist le fourrier.

— Mais (dist Gargantua) divinez combien y a de poincts d'agueille, en la chemise de ma mere.

— Seize, dist le fourrier.

— Vous (dist Gargantua) ne dictes l'Evangile. Car il y en a sens davant et sens derriere, et les comptastes trop mal.

— Quand ? (dist le fourrier).

— Alors (dist Gargantua) qu'on feist de vostre nez une dille★, pour tirer un muy de merde : et de vostre gorge un entonnoir pour la mettre en aultre vaisseau, car les fondz estoient esventez.

— Cordieu ! (dist le maistre d'hostel) nous avons trouvé un causeur. Monsieur le jaseur, Dieu vous guard de mal, tant vous avez la bouche fraische ! »

Ainsi descendens à grand haste soubz l'arceau★ des

---

aubeliere : mot inventé | baillé foin en corne : tu nous as eus | Voyre : oui | dille : fausset du tonneau | arceau : voûte

degrez* laisserent tomber le gros livier qu'il leurs avoit chargé, dont dist Gargantua :

« Que diantre vous estes maulvais chevaucheurs : vostre courtault* vous fault* au besoing. Se il vous falloit aller d'icy à Cahusac⁵, que aymeriez vous mieulx, ou chevaulcher un oyson, ou mener une truye en laisse ?

— J'aymerois mieulx boyre, » dist le fourrier.

Et ce disant entrerent en la sale basse où estoit toute la briguade*, et, racontans ceste nouvelle histoire, les feirent rire comme un tas de mousches.

---

degrez : escalier | *courtault* : cheval à queue courte | *fault* : manque | *briguade* : compagnie

Comment Grandgousier congneut l'esperit merveilleux de Gargantua à l'invention d'un torchecul.

CHAPITRE XIII

Sus la fin de la quinte année Grandgousier retournant de la defaicte des Canarriens[1] visita son filz Gargantua. Là fut resjouy, comme un tel pere povoit estre voyant un sien tel enfant. Et le baisant et accollant l'interrogeoyt de petitz propos pueriles en diverses sortes. Et beut d'autant avecques luy et ses gouvernantes, esquelles par grand soing demandoit entre aultres cas si elles l'avoyent tenu blanc* et nect. A ce Gargantua feist response, qu'il y avoit donné tel ordre qu'en tout le pays n'estoit guarson plus nect que luy.

« Comment cela ? dist Grandgousier.

— J'ay (respondit Gargantua) par longue et curieuse experience inventé un moyen de me torcher le cul, le plus seigneurial, le plus excellent, le plus expedient que jamais feut veu.

— Quel ? dict Grandgousier.

— Comme vous le raconteray (dist Gargantua) presentement.

« Je me torchay une foys d'un cachelet* de velours de une damoiselle, et le trouvay bon : car la mollice* de sa soye me causoit au fondement une volupté bien grande.

blanc : propre / *cachelet :* calembour sur cache-nez (cache-laid) / *mollice :* mollesse

« Une autre foys d'un chapron d'ycelles, et feut de mesmes.

« Une aultre foys d'un cache coul.

« Une aultre foys des aureillettes* de satin cramoysi, mais la dorure d'un tas de spheres de merde qui y estoient m'escorcherent tout le derriere ; que le feu sainct Antoine* arde le boyau cullier* de l'orfebvre qui les feist et de la demoiselle que les portoit !

« Ce mal passa me torchant d'un bonnet de paige, bien emplumé à la Souice.

« Puis, fiantant derriere un buisson, trouvay un chat de Mars*, d'icelluy me torchay, mais ses gryphes me exulcererent tout le perinée.

« De ce me gueryz au lendemain, me torchant des guands de ma mere, bien parfumez de maujoin*.

« Puis me torchay de saulge, de fenoil, de aneth*, de marjolaine, de roses, de fueilles de courles*, de choulx, de bettes, de pampre, de guymaulves, de verbasce* (qui est escarlatte de cul*), de lactues et de fueilles de espinards, — le tout me feist grand bien à ma jambe, — de mercuriale*, de persiguire*, de orties, de consolde* ; mais j'en eu la cacquesangue* de Lombard. Dont feu gary me torchant de ma braguette.

« Puis me torchay aux linceux, à la couverture, aux rideaulx, d'un coissin, d'un tapiz, d'un verd*, d'une mappe*, d'une serviette, d'un mouschenez*, d'un peignouoir. En tout je trouvay de plaisir plus que ne ont les roigneux* quand on les estrille.

— Voyre mais (dist Grandgousier) lequel torchecul trouvas tu meilleur ?

— Je y estois (dist Gargantua) et bien toust en

aureillettes : oreillettes du chaperon | *feu sainct Antoine* : ergotisme, produit par du seigle avarié | *cullier* : du cul | *chat de Mars* : chat né en Mars, batailleur | *maujoin* : sexe de femme | *aneth* : fenouil | *courles* : courges | *verbasce* : bouillon blanc, espèce de molène | *qui ... cul* : qui fait le cul écarlate | *mercuriale* : mercuriale (plante laxative) | *persiguire* : persicaire, plante du genre des renouées | *consolde* : consoude, plante employée contre les hémorroïdes | *cacquesangue* : diarrhée (terme italien) | *verd* : tapis pour les jeux | *mappe* : torchon | *mouschenez* : mouchoir | *roigneux* : galeux

sçaurez le *tu autem*[2]. Je me torchay de foin, de paille, de bauduffe★, de bourre, de laine, de papier. Mais

> Tousjours laisse aux couillons esmorche★
> Qui son hord★ cul de papier torche.

— Quoy ! (dist Grandgousier) mon petit couillon, as tu prins au pot★ : veu que tu rimes desjà ?

— Ouy dea (respondit Gargantua) mon roy, je rime tant et plus, et en rimant souvent m'enrime★. Escoutez que dict nostre retraict aux fianteurs,

> Chiart,
> Foirart,
> Petart,
> Brenous★,
> Ton lard
> Chappart★
> S'espart
> Sus nous.
> Hordous★,
> Merdous,
> Esgous★,
> Le feu de sainct Antoine te ard,
> Sy tous
> Tes trous
> Esclous★
> Tu ne torche avant ton départ !

En voulez vous dadventaige ?

— Ouy dea, respondit Grandgousier.

— Adoncq dist Gargantua :

RONDEAU.

> En chiant l'aultre hyer senty
> La guabelle★ que à mon cul doibs,
> L'odeur feu aultre que cuydois :

---

bauduffe : étoupe ? | *esmorche* : amorce | *hord* : sale | *prins au pot* : bu | *m'enrime* : calembour sur m'enrhume | *Brenous* : merdeux | *Chappart* : échappé | *Hordous* : merdeux | *Esgous* : qui s'égoutte | *Esclous* : ouverts | *guabelle* : impôt

> J'en feuz du tout empuanty.
> O ! si quelc'un eust consenty
> M'amener une que attendoys
>   En chiant !

> Car je luy eusse assimenty*
> Son trou d'urine à mon lourdoys*,
> Cependant eust* avec ses doigtz
> Mon trou de merde guarenty.
>   En chiant.

Or dictes maintenant que je n'y sçay rien ! Par la mer Dé*, je ne les ay faict mie. Mais les oyant reciter à dame grand que voyez cy, les ay retenu en la gibbesiere de ma memoire.

— Retournons (dist Grandgousier) à nostre propos.

— Quel ? (dit Gargantua) chier ?

— Non (dist Grandgousier). Mais torcher le cul.

— Mais (dist Gargantua) voulez vous payer un bussart* de vin Breton si je vous foys quinault* en ce propos ?

— Ouy vrayement, dist Grandgousier.

— Il n'est (dist Gargantua) poinct besoing torcher cul, sinon qu'il y ayt ordure. Ordure n'y peut estre si on n'a chié : chier doncques nous fault davant que le cul torcher.

— O (dist Grandgousier) que tu as bon sens petit guarsonnet ! Ces premiers jours je te feray passer docteur en gaie science, par Dieu, car tu as de raison plus que d'aage. Or poursuiz ce propos torcheculatif, je t'en prie. Et, par ma barbe pour un bussart tu auras soixante pippes*, j'entends de ce bon vin Breton, lequel poinct ne croist en Bretaigne, mais en ce bon pays de Verron[3].

— Je me torchay après (dist Guargantua) d'un couvre chief, d'un aureiller, d'ugne pantophle, d'ugne gibbessiere, d'un panier. Mais ô le mal plaisant tor-

---

assimenty : accommodé | *à mon lourdoys* : à ma façon grossière | *eust* : elle aurait | *mer Dé* : la mère de Dieu | *bussart* : barrique | *foys quinault* : je vous bats | *pippes* : tonneaux

checul ! Puis d'un chappeau. Et notez que des chap-
peaulx, les uns sont ras, les aultres à poil, les aultres
veloutez, les aultres taffetassez, les aultres satinizez. Le
meilleur de tous est celluy de poil, car il faict très
bonne abstersion de la matiere fecale.

« Puis me torchay d'une poulle, d'un coq, d'un
poulet, de la peau d'un veau, d'un lievre, d'un pigeon,
d'un cormoran, d'un sac d'advocat, d'une barbute*,
d'une coyphe, d'un leurre*.

« Mais concluent je dys et maintiens, qu'il n'y a tel
torchecul que d'un oyzon bien dumeté*, pourveu
qu'on luy tienne la teste entre les jambes. Et m'en
croyez sus mon honneur. Car vous sentez au trou du
cul une volupté mirificque, tant par la doulceur
d'icelluy dumet, que par la chaleur temperée de
l'oizon, laquelle facilement est communicquée au
boyau culier et aultres intestines, jusques à venir à la
region du cueur et du cerveau. Et ne pensez que la
beatitude des heroes et semi dieux, qui sont par les
Champs Elysiens, soit en leur Asphodele, ou
Ambrosie, ou Nectar, comme disent ces vieilles ycy.
Elle est (scelon mon opinion) en ce qu'ilz se torchent
le cul d'un oyzon. Et telle est l'opinion de Maistre
Jehan d'Escosse[4]. »

---

barbute : cagoule / *leurre* : simulacre utilisé en fauconnerie / *dumeté* :
duveteux

Comment Gargantua feut institué par un Sophiste en lettres latines

CHAPITRE XIV

Ces propos entenduz le bonhomme Grandgousier fut ravy en admiration considerant le hault sens et merveilleux entendement de son filz Gargantua.

Et dist à ses gouvernantes :

« Philippe, roy de Macedone, congneut le bon sens de son filz Alexandre à manier dextrement un cheval. Car ledict cheval estoit si terrible et efrené que nul [ne] ausoit monter dessus, parce que à tous ses chevaucheurs il bailloit la saccade, à l'un rompant le coul, à l'aultre les jambes, à l'aultre la cervelle, à l'aultre les mandibules*. Ce que considerant Alexandre en l'hippodrome (qui estoit le lieu où l'on pourmenoit et voultigeoit* les chevaulx) advisa que la fureur du cheval ne venoit que de frayeur qu'il prenoit à son umbre. Dont montant dessus, le feist courir encontre le soleil, si que l'umbre tumboit par derriere, et par ce moien rendit le cheval doulx à son vouloir. A quoy congneut son pere le divin entendement qui en luy estoit, et le feist tres bien endoctriner* par Aristoteles, qui pour lors estoit estimé sus tous philosophes de Grece.

« Mais je vous diz, qu'en ce seul propos que j'ay presentement davant vous tenu à mon filz Gargantua,

---

mandibules : mâchoires | *voultigeoit* : faisait faire de la voltige | *endoctriner* : instruire

je congnois que son entendement participe de quelque divinité : tant je le voy agu, subtil, profund et serain. Et parviendra à degré souverain de sapience, s'il est bien institué*. Pourtant*, je veulx le bailler à quelque homme sçavant pour l'endoctriner selon sa capacité, et n'y veulx rien espargner. »

De faict l'on lui enseigna un grand docteur sophiste, nommé Maistre Thubal Holoferne, qui luy aprint sa charte* si bien qu'il la disoit par cueur au rebours et y fut cinq ans et troys mois. Puis luy leut *Donat*, le *Facet, Theodolet* et Alanus *in Parabolis*[1] : et y fut treze ans six moys et deux sepmaines.

Mais notez que cependent il luy aprenoit à escripre gotticquement*, et escripvoit tous ses livres. Car l'art d'impression n'estoit encores en usaige.

Et portoit ordinairement un gros escriptoire pesant plus de sept mille quintaulx, duquel le gualimart* estoit aussi gros et grand que les gros pilliers de Enay[2], et le cornet* y pendoit à grosses chaînes de fer à la capacité d'un tonneau de marchandise.

Puis luy leugt *De modis significandi*, avecques les commens de Hurtebize, de Fasquin, de Tropditeulx, de Gualehaul, de Jean le Veau, de Billonio, Brelinguandus, et un tas d'aultres[3], et y fut plus de dix huyt ans et unze moys. Et le sceut si bien que, au coupelaud*, il le rendoit par cueur à revers. Et prouvoit sus ses doigtz à sa mere que *de modis significandi non erat scientia**.

Puis luy leugt le *Compost*[4], où il fut bien seize ans et deux moys, lors que son dict precepteur mourut : et fut l'an mil quatre cens et vingt, de la verolle que luy vint.

Après en eut un aultre vieux tousseux, nommé Maistre Jobelin Bridé, que luy leugt Hugutio, Hebrard

---

institué : instruit | *Pourtant* : c'est pourquoi | *charte* : alphabet | *gotticquement* : en caractères gothiques (et non à l'italienne) | *gualimart* : étui | *cornet* : encrier | *au coupelaud* : à l'examen | *de...scientia* : il n'y avait pas de science des modes de signification

Grecisme, le Doctrinal, les Pars, le Quid est, le *Supple-mentum*, Marmotret, *De moribus in mensa servandis★*, Seneca *De quatuor virtutibus cardinalibus★*, Passavantus *cum Commento⁵*, et *Dormi secure★* pour les festes⁶. Et quelques aultres de semblable farine, à la lecture des-quelz il devint aussi saige qu'onques puis ne four-neasmes nous★.

De... servandis : De la façon de se tenir à table | *De... cardinalibus :* Des quatre vertus cardinales | *Dormi secure :* dors en paix | *ne four-neasmes nous :* nous n'en avons fourni

Comment Gargantua fut mis soubzs aultres pedagoges.

CHAPITRE XV

A tant son pere aperceut que vrayement il estudioit très bien et y mettoit tout son temps, toutesfoys qu'en rien ne prouffitoit. Et que pis est, en devenoit fou, niays, tout resveux et rassoté.

De quoy se complaignant à Don Philippe des Marays, vice roy de Papeligosse[1], entendit que mieulx luy vauldroit rien n'aprendre que telz livres soubz telz precepteurs aprendre. Car leur sçavoir n'estoit que besterie* et leur sapience* n'estoit que moufles*, abastardisant les bons et nobles esperitz et corrompent toute fleur de jeunesse. « Qu'ainsi soit, prenez (dist il) quelc'un de ces jeunes gens du temps present, qui ait seulement estudié deux ans. En cas qu'il* ne ait meilleur jugement, meilleures parolles, meilleur propos que vostre filz, et meilleur entretien et honnesteté entre le monde, reputez moy à jamais un taillebacon* de la Brene. » Ce que à Grandgousier pleust très bien, et commanda qu'ainsi feust faict.

Au soir en soupant, ledict Des Marays introduict un sien jeune paige de Villegongys[2], nommé Eudemon, tant bien testonné*, tant bien tiré, tant bien espoussetté, tant honneste en son maintien, que trop mieulx ressembloit quelque petit angelot qu'un homme. Puis dist à Grandgousier :

besterie : bêtise | *sapience* : sagesse | *moufles* : enveloppes vides | *En cas qu'il* : s'il | *taillebacon* : charcutier/ *testonné* : coiffé

« Voyez vous ce jeune enfant ? Il n'a encor douze ans, voyons, si bon vous semble, quelle difference y a entre le sçavoir de voz resveurs mateologiens[3] du temps jadis et les jeunes gens de maintenant. »

L'essay pleut à Grandgousier, et commanda que le paige propozast.

Alors Eudemon, demandant congié* de ce faire audict vice roy son maistre, le bonnet au poing, la face ouverte, la bouche vermeille, les yeulx asseurez et le reguard assis suz Gargantua avecques modestie juvenils se tint sus ses pieds, et commença le louer et magnifier, premierement de sa vertus et bonnes meurs, secondement de son sçavoir, tiercement de sa noblesse, quartement de sa beaulté corporelle. Et pour le quint doulcement l'exhortoit à reverer son pere en toute observance*, lequel tant s'estudioit à bien le faire instruire, en fin le prioit qu'il le voulsist retenir pour le moindre de ses serviteurs. Car aultre don pour le present ne requeroit des cieulx, sinon qu'il luy feust faict grace de luy complaire en quelque service agreable.

Le tout feut par icelluy proferé avecques gestes tant propres, pronunciation tant distincte, voix tant eloquente et languaige tant aorné et bien latin, que mieulx ressembloit un Gracchus, un Ciceron ou un Emilius du temps passé[4] qu'un jouvenceau de ce siecle.

Mais toute la contenence de Gargantua fut qu'il se print à plorer comme une vache, et se cachoit le visaige de son bonnet, et ne fut possible de tirer de luy une parolle non plus q'un pet d'un asne mort.

Dont son pere fut tant courroussé qu'il voulut occire Maistre Jobelin. Mais ledict Des Marays l'en guarda par belle remonstrance qu'il luy feist : en maniere que fut son ire moderée. Puis commenda qu'il feust payé de ses guaiges et qu'on le feist bien chopiner sophisticquement ; ce faict, qu'il allast à tous les diables.

« Au moins (disoit il) pour le jourd'huy ne coustera il gueres à son houste, si d'aventure il mouroit ainsi, sou comme un Angloys. »

congié : permission / _observance_ : règle

Maistre Jobelin party de la maison, consulta Grandgousier avecques le vice roy quel precepteur l'on luy
pourroit bailler, et feut avisé entre eulx que à cest
office seroit mis Ponocrates[5], pedaguoge de Eudemon,
et que tous ensemble iroient à Paris, pour congnoistre
quel estoit l'estude des jouvenceaulx de France pour
icelluy temps.

Comment Gargantua fut envoyé à Paris,
et de l'enorme jument que le porta,
et comment elle deffit les mousches bovines de la Beauce.

CHAPITRE XVI

En ceste mesmes saison Fayoles quart* roy de Numidie envoya du pays de Africque à Grandgousier une jument la plus enorme et la plus grande que feut oncques veue, et la plus monstrueuse. Comme assez sçavez que Africque aporte tousjours quelque chose de noveau[1].

Car elle estoit grande comme six oriflans*, et avoit les pieds fenduz en doigtz comme le cheval de Jules Cesar[2], les aureilles ainsi pendentes comme les chievres de Languegoth*, et une petite corne au cul. Au reste, avoit poil d'alezan toustade*, entreillizé de grize pommelettes. Mais sus tout avoit la queue horrible. Car elle estoit, poy plus poy moins* grosse comme la pile Sainct Mars, auprès de Langès[3] : et ainsi quarrée, avecques les brancars* ny plus ny moins ennicrochez* que sont les espicz au bled.

Si de ce vous esmerveillez, esmerveillez vous dadvantaige de la queue des beliers de Scythie, que pesoit plus de trente livres, et des moutons de Surie, esquelz fault (si Tenaud[4] dict vray) affuster* une charrette au cul pour la porter tant elle est longue et pesante. Vous ne l'avez pas telle vous aultres paillards de plat pays. Et fut amenée par mer, en troys carracques* et un

---

quart : quatrième / *oriflans* : éléphants / *Languegoth* : Languedoc / *toustade* : brun / *poy plus poy moins* : à peu près / *brancars* : poils / *ennicrochez* : munis de barbes / *affuster* : ajuster / *carracques* : caraques, grands navires génois

brigantin★ jusques au port de Olone⁵ en Thalmondoys.

Lorsque Grandgousier la veit : « Voicy (dist il) bien
le cas pour★ porter mon filz à Paris. Or çà, de par
Dieu, tout yra bien. Il sera grand clerc on★ temps
advenir. Si n'estoient messieurs les bestes, nous
vivrions comme clercs⁶. »

Au lendemain après boyre (comme entendez), prindrent chemin Gargantua, son precepteur Ponocrates,
et ses gens, ensemble eulx Eudemon, le jeune paige.
Et par ce que c'estoit en temps serain et bien
attrempé★, son pere luy feist faire des bottes fauves ;
Babin⁷ les nomme brodequins.

Ainsi joyeusement passerent leur grand chemin, et
tousjours grand chere : jusques au dessus de Orleans.

Au quel lieu estoit une ample forest de la longueur
de trente et cinq lieues, et de largeur dix et sept, ou
environ. Icelle estoit horriblement fertile et copieuse
en mousches bovines et freslons, de sorte que c'estoit
une vraye briguanderye★ pour les pauvres jumens,
asnes, et chevaulx. Mais la jument de Gargantua
vengea honnestement tous les oultrages en icelle per-
petrées sur les bestes de son espece, par un tour,
duquel ne se doubtoient mie.

Car, soubdain★ qu'ilz feurent entrez en la dicte
forest et que les freslons luy eurent livré l'assault, elle
desguaina sa queue : et si bien s'escarmouschant les
esmoucha qu'elle en abatit tout le boys, à tord, à
travers, deçà, delà, par cy, par là, de long, de large,
dessus, dessoubz, abatoit boys comme un fauscheur
faict d'herbes, en sorte que depuis n'y eut ne boys
ne freslons. Mais feut tout le pays reduict en campaigne.

Quoy voyant Gargantua y print plaisir bien grand
sans aultrement s'en vanter. Et dist à ses gens : « Je
trouve beau ce ». Dont fut depuis appellé ce pays la

---

brigantin : petit navire de guerre / *le cas pour* : ce qu'il faut pour / *on* :
au / *attrempé* : clément / *briguanderye* : attaque de brigands, *d'où*
massacre / *soubdain* : dès

Beauce, mais tout leur desjeuner feut par baisler*, en memoire de quoy encores de present les gentilz-hommes de Beauce desjeunent de baisler, et s'en trouvent fort bien, et n'en crachent que mieulx.

Finablement arriverent à Paris. Auquel lieu se refraischit* deux ou troys jours, faisant chere lye* avecques ses gens, et s'enquestant quelz gens sçavans estoient pour lors en la ville : et quel vin on y beuvoit.

---

baisler : bâiller / *refraischit* : remit de la fatigue / *chere lye* : bonne chère

Comment Gargantua paya sa bienvenue es Parisiens,
et comment il print les grosses cloches
de l'eglise Nostre Dame.

CHAPITRE XVII

Quelques jours après qu'ilz se feurent refraichiz, il visita la ville : et fut veu de tout le monde en grande admiration. Car le peuple de Paris est tant sot, tant badault et tant inepte de nature, qu'un basteleur, un porteur de rogatons★, un mulet avecques ses cymbales★, un vielleuz au mylieu d'un carrefour assemblera plus de gens que ne feroit un bon prescheur evangelicque.

Et tant molestement le poursuyvirent qu'il feut contrainct soy reposer suz les tours de l'eglise Nostre Dame. Auquel lieu estant, et voyant tant de gens à l'entour de soy, dist clerement :

« Je croy que ces marroufles voulent que je leurs paye icy ma bien venue et mon *proficiat*★. C'est raison. Je leur voys donner le vin. Mais ce ne sera que par rys★. »

Lors en soubriant destacha sa belle braguette, et, tirant sa mentule★ en l'air, les compissa si aigrement, qu'il en noya deux cens soixante mille quatre cens dix et huyt. Sans les femmes et petiz enfans.

Quelque nombre d'iceulx evada ce pissefort★ à legiereté des pieds. Et quand furent au plus hault de

---

rogatons : reliques | *cymbales* : clochettes | *proficiat* : don à un nouvel évêque | *par rys* : calembour | *mentule* : sexe | *pissefort* : urine abondante

l'Université, suans, toussans, crachans et hors d'ha-
lene, commencerent à renier* et jurer, les ungs en
cholere, les aultres par rys : « Carymary, carymara !
Par saincte Mamye, nous son baignez par rys », dont
fut depuis la ville nommée *Paris*, laquelle auparavant
on appelloit *Leucece*★, comme dict Strabo, *lib. iiij*, c'est
à dire, en grec, *Blanchette*, pour les blanches cuisses
des dames dudict lieu.

Et par autant que à ceste nouvelle imposition du
nom tous les assistans jurerent chascun les saincts* de
sa paroisse : les Parisiens, qui sont faictz de toutes
gens et toutes pieces, sont par nature et bons jureurs
et bon juristes, et quelque peu oultrecuydez*. Dont
estime Joaninus de Barranco, *libro De copiositate
reverentiarum*★, que sont dictz *Parrhesiens* en
Grecisme★, c'est à dire fiers en parler.

Ce faict considera les grosses cloches que estoient
esdictes tours : et les feist sonner bien harmonieuse-
ment. Ce que faisant luy vint en pensée qu'elles ser-
viroient bien de campanes* au coul de sa jument,
laquelle il vouloit renvoier à son pere toute chargée de
froumaiges de Brye et de harans frays. De faict les
emporta en son logis.

Cependent vint un commandeur jambonnier de
sainct Antoine[1] pour faire sa queste suille* : lequel,
pour se faire entendre de loing et faire trembler le lard
au charnier★, les voulut emporter furtivement. Mais
par honnesteté les laissa, non parce qu'elles estoient
trop chauldes, mais parce qu'elles estoient quelque
peu trop pesantes à la portée. Cil ne fut pas celluy de
Bourg★. Car il est trop de mes amys.

Toute la ville feut esmeue en sedition comme vous
sçavez que à ce ilz sont tant faciles, que les nations
estranges s'esbahissent de la patience des Roys de
France, lesquelz aultrement par bonne justice ne les
refrenent : veuz les inconveniens qui en sortent de

---

renier : blasphémer | *Leucece* : Lutèce | *les saincts* : par les saints
| *oultrecuydez* : présomptueux | *De... reverentiarum* : De l'abondance
des signes de respect | *Grecisme* : grec | *campanes* : cloches | *suille* :
du porc | *charnier* : saloir | *Bourg* : Bourg-en-Bresse

jour en jour. Pleust à Dieu que je sceusse l'officine en laquelle sont forgez ces chismes et monopoles*, pour les mettre en evidence es confraries de ma paroisse ! Croyez que le lieu auquel convint* le peuple tout folfré* et habaliné* feut Nesle[2], où lors estoit, maintenant n'est plus l'oracle de Lucece. Là feut proposé le cas*, et remonstré l'inconvenient des cloches transportées.

Après avoir bien ergoté *pro et contra*, feut conclud en *Baralipton**, que l'on envoyroit le plus vieux et suffisant* de la Faculté vers Gargantua pour luy remonstrer l'horrible inconvenient de la perte d'icelles cloches. Et, nonobstant la remonstrance d'aulcuns de l'Université qui alleguoient que ceste charge mieulx competoit* à un orateur, que à un sophiste, feut à cest affaire esleu nostre Maistre Janotus de Bragmardo.

---

monopoles : complots | *convint* : se rassembla | *folfré* : excité | *habaliné* : troublé | *proposé le cas* : expliqué le problème | *Baralipton* : syllogisme | *suffisant* : capable | *competoit* : convenait

Comment Janotus de Bragmardo feut envoyé
pour recouvrer de Gargantua les grosses cloches.

CHAPITRE XVIII

Maistre Janotus tondu à la Cesarine★ vestu de son lyripipion★ à l'antique, et bien antidoté★ l'estomac de coudignac★ de four et eau beniste de cave, se transporta au logis de Gargantua, touchant davant soy troys vedeaulx★ à rouge muzeau, et trainant après cinq ou six maistres inertes★, bien crottez à profit de mesnaige★.

A l'entrée les rencontra Ponocrates : et eut frayeur en soy les voyant ainsi desguisez, et pensoit que feussent quelques masques hors du sens. Puis s'enquesta à quelq'un desditcz maistres inertes de la bande, que queroit★ ceste mommerie★ ? Il luy feut respondu, qu'ilz demandoient les cloches leurs estre rendues.

Soubdain ce propos entendu Ponocrates courut dire les nouvelles à Gargantua : affin qu'il feust prest de la responce et deliberast sur le champ ce que estoit de faire. Gargantua admonesté★ du cas appella à part Ponocrates son precepteur, Philotomie[1] son maistre d'hostel, Gymnaste son escuyer, et Eudemon, et sommairement confera avecques eulx sus ce que estoit tant à faire que à respondre.

à la Cesarine : à la façon des empereurs romains (coupe courte) | *lyripipion* : capuchon des théologiens | *antidoté* : immunisé | *coudignac* : cotignac (confiture de coings) | *touchant... troys vedeaulx* : piquant trois veaux | *inertes* : calembour sur *en arts*, *ès arts* | *à... mesnaige* : sans gaspiller, en totalité | *queroit* : signifiait | *mommerie* : mascarade | *admonesté* : averti

Tous feurent d'advis que on les menast au retraist du goubelet* et là on les feist boyre rustrement, et affin que ce tousseux n'entrast en vaine gloire pour à sa resqueste avoir rendu les cloches, l'on mandast cependent qu'il chopineroit querir le Prevost de la ville, le Recteur de la Faculté, le Vicaire de l'eglise : esquelz davant que le Sophiste eust proposé sa commission, l'on delivreroit les cloches. Après ce iceulx presens l'on oyroit sa belle harangue. Ce que fut faict, et les susdictz arrivez, le Sophiste feut en plene salle introduict et commença ainsi que s'ensuit en toussant.

---

retraist de goubelet : endroit du gobelet, office ou cave

La harangue de maistre Janotus de Bragmardo
faicte à Gargantua pour recouvrer les cloches.

CHAPITRE XIX

« Ehen, hen, hen ! *Mna dies*★, Monsieur, *mna dies.
Et vobis*★, Messieurs. Ce ne seroyt que bon que nous
rendissiez noz cloches, car elles nous font bien
besoing. Hen, hen, hasch ! Nous en avions bien aul-
tresfoys refusé de bon argent de ceulx de Londres en
Cahors, sy★ avions nous de ceulx de Bourdeaulx en
Brye, qui les vouloient achapter pour la substanti-
ficque qualité de la complexion elementaire, que est
intronificquée★ en la terresterité de leur nature
quidditative★ pour extraneizer★ les halotz★ et les
turbines★ suz noz vignes, vrayement non pas nostres,
mais d'icy auprès ; car, si nous perdons le piot★, nous
perdons tout, et sens et loy. Si vous nous les rendez à
ma requeste, je y guaigneray six pans★ de saulcices, et
une bonne paire de chausses que me feront grant bien
à mes jambes, ou ilz ne me tiendront pas promesse.
Ho par Dieu *Domine*, une pair de chausses est bon. *Et
vir sapiens non abhorrebit eam.* Ha ! ha ! il n'a pas pair
de chausses qui veult. Je le sçay bien quant est de
moy ! Advisez, *Domine*, il y a dix huyt jours que je suis
à matagraboliser★ ceste belle harangue. *Reddite que
sunt Cesaris Cesari, et que sunt Dei Deo. Ibi jacet lepus.*

Mna dies : bona dies, bonjour | *Et vobis* : à vous aussi | *sy* : de
mesme | *intronificquée* : intronisée (*mot créé*) | *quidditative* : spécifique
| *extraneizer* : éloigner | *halotz* : brouillards | *turbines* : tourbillons
| *piot* : vin | *pans* : empans | *matagraboliser* : inventer

« Par ma foy, *Domine*, si voulez souper avecques
moy *in camera*, par le corps Dieu *charitatis*, *nos
faciemus bonum cherubin. Ego occidi unum porcum, et ego
habet bon vino*. Mais de bon vin on ne peult faire
maulvais latin.

« Or sus *de parte Dei, date nobis clochas nostras*.
Tenez je vous donne de par la Faculté ung *Sermones de
Utino* que *utinam* vous nous baillez nos cloches. *Vultis
etiam pardonos ? Per diem, vos habetitis et nihil poyabitis.*

« O Monsieur *Domine, clochidonnaminor nobis*. Dea,
est bonum urbis. Tout le monde s'en sert. Si vostre jument
s'en trouve bien : aussi faict nostre Faculté, *que compa-
rata est jumentis insipientibus et similis facta est eis, psalmo
nescio quo*, si l'avoys je bien quotté★ en mon paperat★, *et
est unum bonum Achilles*. Hen, hen, ehen, hasch !

« Ça je vous prouve que me les doibvez bailler. *Ego
sic argumentor :*

« *Omnis clocha clochabilis in clocherio clochando clo-
chans clochativo clochare facit clochabiliter clochantes.
Parisius habet clochas. Ergo gluc.* Ha, ha, ha. C'est parlé
cela. Il est *in tertio prime*, en *Darii* ou ailleurs. Par mon
ame, j'ay veu le temps que je faisois diables★ de
arguer. Mais de present je ne fais plus que resver. Et
ne me fault plus dorenavant que bon vin, bon lict, le
dos au feu, le ventre à table et escuelle bien profonde.

« Hay, *Domine*, je vous pry, *in nomine Patris et Filii et
Spiritus Sancti amen*, que vous rendez noz cloches : et
Dieu vous guard de mal, et Nostre Dame de Santé,
qui vivit et regnat per omnia secula seculorum, amen.
Hen, hasch, ehasch, grenhenhasch !

« *Verum enim vero, quando quidem, dubio procul,
edepol, quoniam, ita certe, meus Deus fidus*, une ville
sans cloches est comme un aveugle sans baston, un
asne sans cropiere★, et une vache sans cymbales★. Jusques à ce que nous les ayez rendues, nous ne cesse-
rons de crier apres vous, comme un aveugle qui a

---

quotté : noté | *paperat* : papier | *faisois diables* : faisais merveille
| *cropiere* : croupière (sangle qui passe sous la queue) | *cymbales* :
clochettes

perdu son baston, de braisler★ comme un asne sans
cropiere, et de bramer, comme une vache sans cym-
bales.

« Un quidam latinisateur★ demourant près l'Hostel
Dieu, dist une foys, allegant l'autorité d'ung Taponus[1]
(je faulx : c'estoit Pontanus, poete seculier), qu'il des-
iroit qu'elles feussent de plume et le batail★ feust
d'une queue de renard : pource qu'elles luy engen-
droient la chronique★ aux tripes du cerveau quand il
composoit ses vers carminiformes★. Mais nac petitin
petetac, ticque, torche, lorne[2], il feut declairé heretic-
que ; nous les faisons comme de cire★. Et plus n'en
dict le deposant. *Valete et plaudite. Calepinus
recensui*[3]. »

---

braisler : braire | *latinisateur* : latiniste | *batail* : battant | *chronique* :
calembour avec *colique* / *carminiformes* : en forme de poèmes | *comme
de cire* : facilement

*Comment le sophiste emporta son drap, et comment
il eut procès contre les aultres maistres.*

CHAPITRE XX

Le sophiste n'eut si toust achevé que Ponocrates et
Eudemon s'eclafferent de rire tant profondement, que
en cuiderent rendre l'ame à Dieu, ne plus ne moins
que Crassus voyant un asne couillart qui mangeoit des
chardons : et comme Philemon, voyant un asne qui
mangeoit les figues qu'on avoit apresté pour le disner,
mourut de force* de rire[1]. Ensemble eulx, commença
rire Maistre Janotus, à qui mieulx mieulx, tant que les
larmes leurs venoient es yeulx : par la vehemente
concution* de la substance du cerveau, à laquelle
furent exprimées ces humiditez lachrymales et trans-
coullées jouxte les nerfz optiques. En quoy par eulx
estoyt Democrite heraclitizant et Heraclyte democriti-
zant representé[2].

Ces rys du tout* sedez*, consulta Gargantua avecques ses gens sur ce qu'estoit de faire. Là feut Ponocrates d'advis, qu'on feist reboyre ce bel orateur. Et
veu qu'il leurs avoit donné de passetemps et plus faict
rire que n'eust Songecreux[3], qu'on luy baillast les dix
pans* de saulcice mentionnez en la joyeuse harangue,
avecques une paire de chausses, troys cens de gros
boys de moulle*, vingt et cinq muitz de vin, un lict à
triple couche de plume anserine*, et une escuelle bien

---

de force : à force | *concution :* choc | *du tout :* entièrement | *sedez :*
apaisés | *pans :* empans | *de moulle :* calibré | *anserine :* d'oie

capable* et profonde, lesquelles disoit estre à sa vieillesse necessaires.

Le tout fut faist ainsi que avoit esté déliberé*.
Excepté que Gargantua doubtant que on ne trouvast
à l'heure chausses commodes pour ses jambes :
doubtant aussy de quelle façon mieulx duyroient*
audict orateur, ou à la martingualle[4] qui est un pont
levis de cul pour plus aisement fianter, ou à la mari-
niere pour mieulx soulaiger les roignons*, ou à la
Souice pour tenir chaulde la bedondaine, ou à queue
de merluz* de peur d'eschauffer les reins, luy feist
livrer sept aulnes de drap noir, et troys de blanchet*
pour la doubleure. Le boys feut porté par les
guaingne deniers*, les maistres ez ars porterent les
saulcices et escuelles. Maistre Janot voulut porter le
drap.

Un desdictz maistres nommé Maistre Jousse Bandouille luy remonstroit que ce n'estoit honeste ny
decent son estat et qu'il le baillast à quelq'un d'entre
eulx.

« Ha ! (dit Janotus). Baudet, Baudet, tu ne concluds
poinct *in modo et figura**. Voylà de quoy servent les
suppositions et *parva logicalia. Panus pro quo supponit ?*

— *Confuse* (dist Bandouille) *et distributive.*

— Je ne te demande pas (dist Janotus) Baudet, *quo
modo supponit*, mais *pro quo ;* c'est, baudet, *pro tibiis
meis*. Et pour ce le porteray je *egomet, sicut suppositum
portat adpositum*[5]. »

Ainsi l'emporta en tapinois, comme feist Patelin son
drap[6].

Le bon feut quand le tousseux glorieusement en
plein acte tenu chez les Mathurins[7] requist ses
chausses et saulcisses. Car peremptoirement luy feurent deniez*, par autant qu'il les avoit eu de Gargantua selon les informations sur ce faictes. Il leurs
remonstra que ce avoit esté de *gratis* et de sa liberalité,

---

capable : vaste | *deliberé* : décidé | *duyroient* : conviendraient | *roi-
gnons* : reins | *merluz* : morue | *blanchet* : lainage blanc | *gaigne
deniers* : gagne-petit | *in modo et figura* : en bonne forme | *deniez* :
refusées

par laquelle ilz n'estoient mie absoubz* de leurs promesses.

Ce nonobstant luy fut respondu qu'il se contentast de raison, et que aultre bribe n'en auroit.

« Raison ? (dist Janotus. Nous n'en usons poinct ceans. Traistres malheureux*, vous ne valez rien. La terre ne porte gens plus meschans que vous estes, je le sçay bien : ne clochez* pas devant les boyteux. J'ai exercé la meschanceté avecques vous. Par la ratte* Dieu, je advertiray le Roy des enormes abus que sont forgez ceans et par voz mains et meneez. Et que je soye ladre* s'il ne vous faict tous vifz brusler comme bougres*, traistres, herectiques et seducteurs*, ennemys de Dieu et de vertus ! »

A ces motz prindrent articles* contre luy ; luy, de l'aultre costé, les feist adjourner*. Somme, le procès fut retenu par la Court, et y est encores. Les magistres sur ce poinct feirent veu de ne soy descroter, Maistre Janot avecques ses adherens* feist veu de ne se moucher, jusques à ce qu'en feust dict par arrest definitif.

Par ces veuz sont jusques à present demourez et croteux et morveux, car la Court n'a encores bien grabelé* toutes les pieces ; l'arrest sera donné es prochaines calendres Grecques. C'est à dire jamais : comme vous sçavez qu'ilz font plus* que nature et contre leurs articles propres. Les articles de Paris chantent que Dieu seul peult faire choses infinies. Nature rien ne faict immortel : car elle mect fin et periode à toutes choses par elles produictes : car *omnia orta cadunt**, etc.

Mais ces avalleurs de frimars* ont les procès davant eux pendens* et infiniz et immortelz. Ce que faisans, ont donné lieu et verifié le dict de Chilon, Lacedemonien, consacré en Delphes, disant Misere estre compaigne de Procès et gens playdoiens miserables. Car plus tost ont fin de leur vie que de leur droict pretendu.

---

absoubz : dispensés | *malheureux* : méchants | *clochez* : boitez | *ratte* : rate | *ladre* : lépreux | *bougres* : sodomites | *seducteurs* : tentateurs | *articles* : accusations | *feist adjourner* : somma de comparaître | *adherens* : partisans | *grabelé* : examiné | *plus* : mieux | *omnia... cadunt* : tout ce qui naît doit mourir | *frimars* : brouillards | *pendens* : en suspens

L'estude de Gargantua, selon la discipline
de ses precepteurs sophistes.

CHAPITRE XXI

Les premiers jours ainsi passez, et les cloches remises en leur lieu : les citoyens de Paris, par recongnoissance de ceste honnesteté se offrirent d'entretenir et nourrir sa jument tant qu'il luy plairoit. Ce que Gargantua print bien à gré. Et l'envoyerent vivre en la forest de Biere[1]. Je croy qu'elle n'y soyt plus maintenant.

Ce faict voulut de tout son sens estudier à la discretion* de Ponocrates. Mais icelluy, pour le commencement, ordonna qu'il feroit à sa maniere accoustumée, affin d'entendre par quel moyen, en si long temps, ses antiques* precepteurs l'avoient rendu tant fat*, niays, et ignorant.

Il dispensoit doncques son temps en telle façon, que ordinairement il s'esveilloit entre huyt et neuf heures, feust jour ou non, ainsi l'avoient ordonné ses regens antiques, alleguans ce que dict David : *Vanum est vobis ante lucem surgere*.

Puis se guambayoit*, penadoit* et paillardoit* parmy le lict quelque temps, pour mieulx esbaudir* ses esperitz animaulx*, et se habiloit selon la saison, mais volontiers portoit il une grande et longue robbe de grosse frize* fourrée de renards ; après se peignoit

---

à la discretion : selon le jugement | *antiques* : anciens | *fat* : sot | *Vanum... surgere* : il est vain de vous lever avant le jour | *se guambayoit* : gambadait | *penadoit* : sautait | *paillardoit* : faisait le paillard | *esbaudir* : réjouir | *esperitz animaulx* : esprits de l'âme | *frize* : grosse laine

du peigne de Almain², c'estoit des quatre doigtz et le poulce. Car ses precepteurs disoient que soy aultrement pigner, laver et nettoyer estoit perdre temps en ce monde.

Puis fiantoit, pissoyt, rendoyt sa gorge, rottoit, pettoyt, baisloyt★, crachoyt, toussoyt, sangloutoyt, esturnuoit, et se morvoyt en archidiacre★, et desjeunoyt pour abatre la rouzée et maulvais aer : belles tripes, frites, belles charbonnades★, beaulx jambons, belles cabirotades★, et force soupes de prime★.

Ponocrates luy remonstroit, que tant soubdain ne debvoit repaistre au parti du lict, sans avoir premierement faict quelque exercice. Gargantua respondit :

« Quoy : n'ay je faict suffisant exercice ? Je me suis vaultré six ou sept tours parmy le lict davant que me lever. Ne est ce assez ? Le pape Alexandre³ ainsi faisoit, par le conseil de son medicin Juif, et vesquit jusques à la mort en despit des envieux : mes premiers maistres me y ont accoustumé, disans que le desjeuner faisoit bonne memoire, pourtant★ y beuvoient les premiers. Je m'en trouve fort bien et n'en disne que mieulx.

Et me disoit Maistre Tubal (qui feut premier de sa licence à Paris) que ce n'est tout l'advantaige de courir bien toust, mais bien de partir de bonne heure : aussi n'est ce la santé totale de nostre humanité boyre à tas, à tas, à tas, comme canes, mais ouy bien de boyre matin. *Unde versus*★.

Lever matin n'est poinct bon heur ;
Boire matin est le meilleur. »

Après avoir bien apoinct desjeuné, alloit à l'eglise, et luy pourtoit on dedans un grand penier un gros breviaire empantophlé★, pesant tant en gresse que en fremoirs★ et parchemin, poy plus poy moins, unze

baisloyt : bâillait | *se... archidiacre* : se mouchait en archidiacre (supérieur des curés) | *charbonnades* : grillades | *cabirotades* : pièces de chevreau | *soupes de prime* : tranches de pain dans le bouillon (mangées par les moines à l'aube) | *pourtant* : aussi | *Unde versus* : d'où le refrain | *empantophlé* : dans sa housse comme dans une pantoufle | *fremoirs* : fermoirs

quintaulx six livres. Là oyoit vingt et six ou trente messes, ce pendent venoit son diseur d'heures en place★, empalectocqué★ comme une duppe, et très bien antidoté★ son alaine à force syrop vignolat. Avecques icelluy marmonnoit toutes ces kyrielles, et tant curieusement les espluchoit qu'il n'en tomboit un seul grain en terre.

Au partir de l'eglise, on luy amenoit sur une traine★ à beufz un faratz★ de patenostres★ de Sainct Claude[4], aussi grosses chascune qu'est le moulle d'un bonnet, et se pourmenant par les cloistres, galeries ou jardin en disoit plus que seze hermites.

Puis estudioit quelque meschante demye heure, les yeulx assis dessus son livre ; mais (comme dict le comicque[5]) son ame estoit en la cuysine.

Pissant doncq plein urinal★ se asseoyt à table. Et par ce qu'il estoit naturellement phlegmaticque[6] commençoit son repas par quelques douzeines de jambons, de langues de beuf fumées, de boutargues, d'andouilles, et telz aultres avant coureurs de vin.

Ce pendent quatre de ses gens luy gettoient en la bouche, l'un après l'aultre continuement moustarde à pleines palerées★. Puis beuvoit un horrificque traict de vin blanc, pour luy soulaiger les roignons★. Après mangeoit selon la saison viandes★ à son appetit, et lors cessoit de manger quand le ventre luy tiroit.

A boyre n'avoit poinct fin, ni canon★. Car il disoit que les metes★ et bournes de boyre estoient quand, la personne beuvant, le liege de ses pantoufles enfloit en hault d'un demy pied.

---

en place : en titre | *empaletocqué* : emmitouflé | *antidoté* : immunisé | *traine* : charrette | *faratz* : tas | *patenostres* : chapelets | *urinal* : urinoir | *palerées* : pelletées | *roignons* : reins | *viandes* : mets | *canon* : règle | *metes* : limites

Les jeux de Gargantua.

CHAPITRE XXII

Puis tout lordement grignotant d'un transon★ de graces★, se lavoit les mains de vin frais, s'escuroit les dens avec un pied de porc et devisoit joyeusement avec ses gens : puis le verd★ estendu l'on desployoit force chartes, force dez, et renfort de tabliers★. Là jouoyt[1] :

Au flux,
à la prime,
à la vole,
à la pille,
à la triumphe,
à la picardie,
au cent,
à l'espinay,
à la malheureuse,
au fourby,
à passe dix,
à trente et ung,
à pair et sequence,
à troys cens,
au malheureux,
à la condemnade,

à la charte virade,
au maucontent,
au lansquenet,
au cocu,
à *qui a si parle*,
à *pille, nade, jocque, fore,*
à mariaige,
au gay,
à l'opinion,
à *qui faict l'ung faict l'aultre,*
à la sequence,
au luettes,
au tarau,
à *coquinbert, qui gaigne perd,*

---

transon : morceau | *graces :* prières après le repas | *verd :* tapis de jeu | *tabliers :* damiers

au beliné,
au torment,
à la ronfle,
au glic,
aux honneurs,
à la mourre,
aux eschetz,
au renard,
au marelles,
au vasches,
à la blanche,
à la chance,
à trois dez,
au tables,
à la nicnocque,
au lourche,
à la renette,
au barignin,
au trictrac,
à toutes tables,
au tables rabattues,
au reniguebieu,
au forcé,
au dames,
à la babou,
à *primus, secundus*,
au pied du cousteau,
au clefz,
au franc du carreau,
à pair ou non,
à croix ou pille,
au martres,
au pingres,
à la bille,
au savatier,
au hybou,
au dorelot du lievre,
à la tirelitantaine,
à *cochonnet va devant*,
au pies,

à la corne,
au beuf violé,
à la cheveche,
à *je te pinse sans rire*,
à picoter,
à deferrer l'asne,
à laiau tru,
au *bourry, bourryzou*,
à *je m'assis*,
à la barbe d'oribus,
à la bousquine,
à *tire la broche*,
à la boutte foyre,
à *compere, prestez moy
vostre sac*,
à la couille de belier,
à boute hors,
à figues de Marseille,
à la mousque,
à l'archer tru,
à escorcher le renard,
à la ramasse,
au croc madame,
à vendre l'avoine,
à souffler le charbon,
au responsailles,
au juge vif et juge mort,
à tirer les fers du four,
au fault villain,
au cailleteaux,
au bossu aulican,
à Sainct Trouvé,
à *pinse m'orille*,
au poirier,
à pimpompet,
au triori,
au cercle,
à la truye,
à ventre contre ventre,
aux combes,

à la vergette,
au palet,
au *j'en suis*,
à Foucquet,
au quilles,
au rapeau,
à la boulle plate,
au vireton,
au picqu' à Rome,
à rouchemerde,
à Angenart,
à la courte boulle,
à la griesche,
à la recoquillette,
au cassepot,
à mon talent,
à la pyrouète,
au jonchées,
au court baston,
au pyrevollet,
à clinemuzete,
au picquet,
à la blancque,
au furon,
à la seguette,
au chastelet,
à la rengée,
à la foussette,
au ronflart,
à la trompe,
au moyne,
au tenebry,
à l'esbahy,
à la soulle,
à la navette,
à fessart,
au ballay,
à *Sainct Cosme, je te viens adorer*,
à escharbot le brun,
à *je vous prends sans verd*,
à *bien et beau s'en va Quaresme*,
au chesne forchu,
au cheveau fondu,
à la queue au loup,
à pet en gueulle,
à *Guillemin ballie my ma lance*,
à la brandelle,
au treseau,
au bouleau,
à la mousche,
à la *migne, migne beuf*,
au propous,
à neuf mains,
au chapifou,
au pontz cheuz,
à Colin bridé,
à la grolle,
au cocquantin,
à Colin Maillard,
à myrelimofle,
à mouschart,
au crapault,
à la crosse,
au piston,
au bille boucquet,
au roynes,
au mestiers,
à *teste à teste bechevel*,
au pinot,
à male mort,
aux croquinolles,
à laver la coiffe Madame,
au belusteau,
à semer l'avoyne,
à briffault,
au molinet,
à *defendo*,

à la virevouste,
à la bacule,
au laboureur,
à la cheveche,
au escoublettes enraigées,
à la beste morte,
à *monte, monte l'eschelette*,
au pourceau mory,
à cul sallé,
au pigonnet,
au tiers,
à la bourrée,
au sault du buisson,
à croyzer,
à la cutte cache,
à la maille, bourse en cul,
au nid de la bondrée,
au passavant,
à la figue,
au petarrades,
à pille moustarde,
à cambos,
à la recheute,
au picandeau,
à croqueteste,
à la grolle,
à la grue,
à taille coup,
au nazardes,
aux allouettes,
aux chinquenaudes.

Après avoir bien joué, sessé*, passé et beluté* temps, convenoit boire quelque peu (c'estoient unze peguadz* pour l'homme) et, soubdain après bancqueter c'estoit sus un beau banc ou en beau plein lict s'estendre et dormir deux ou troys heures, sans mal penser, ny mal dire.

Luy esveillé secouoit un peu les aureilles : ce pendent estoit apporté vin frais, là beuvoyt mieulx que jamais.

Ponocrates luy remonstroit, que c'estoit mauvaise diete* ainsi boyre après dormir.

« C'est (respondist Gargantua) la vraye vie des Peres, car de ma nature je dors sallé, et le dormir m'a valu autant de jambon[2]. »

Puis commençoit estudier quelque peu, et patenostres en avant, pour lesquelles mieulx en forme expedier, montoit sus une vieille mulle, laquelle avoit servy neuf Roys. Ainsi marmotant de la bouche et dodelinant de la teste, alloit veoir prendre quelque connil* aux filletz.

Au retour se transportoit en la cuysine pour sçavoir quel roust* estoit en broche.

---

sessé : passé | *beluté* : tamisé (le temps est passé comme de la farine) | *peguadz* : mesures de vin | *diete* : régime | *connil* : lapin | *roust* : rôti

Et souppoit très bien, par ma conscience, et voluntiers convioit quelques beuveurs de ses voisins, avec
lesquelz beuvant d'autant, comptoient des vieux jusques es nouveaulx.

Entre aultres avoit pour domesticques les seigneurs
du Fou, de Gourville, de Grignault et de Marigny.

Après souper venoient en place les beaux Évangiles
de boys, c'est à dire force tabliers, ou le beau flux *Un,
deux, troys*, ou *A toutes restes*[3] pour abreger, ou bien
alloient voir les garses d'entour, et petitz bancquetz
parmy, collations et arriere collations*. Puis dormoit
sans desbrider jusques au lendemain huict heures.

---

arriere collations : ce qui suit la collation

Comment Gargantua feut institué par Ponocrates
en telle discipline, qu'il ne perdoit heure du jour.

Quand Ponocrates congneut la vitieuse maniere de vivre de Gargantua, delibera aultrement le instituer* en lettres, mais pour les premiers jours le tolera : considerant que Nature ne endure mutations soubdaines sans grande violence.

Pour doncques mieulx son œuvre commencer, supplia un sçavant medicin de celluy temps, nommé Maistre Theodore[1], à ce qu'il considerast si possible estoit remettre Gargantua en meilleure voye. Lequel le purgea canonicquement avec elebore de Anticyre[2], et par ce medicament luy nettoya toute l'alteration et perverse habitude du cerveau. Par ce moyen aussi Ponocrates luy feist oublier tout ce qu'il avoit appris soubz ses antiques* precepteurs, comme faisoit Timothé à ses disciples qui avoient esté instruictz soubz aultres musiciens[3].

Pour mieulx ce faire, l'introduisoit es compaignies des gens sçavans, que là estoient, à l'emulation desquelz luy creust l'esperit et le desir de estudier aultrement et se faire valoir*.

Apres un tel train d'estude le mist qu'il ne perdoit heure quelconques du jour : ains tout son temps consommoit en lettres et honeste sçavoir.

Se esveilloit doncques Gargantua environ quatre

---

instituer : instruire / *antiques* : anciens / *se faire valoir* : progresser heures du matin[4]. Ce pendent qu'on le frotoit*, luy estoit leue quelque pagine* de la divine Escripture haultement et clerement, avec pronunciation competente* à la matiere, et à ce estoit commis un jeune paige, natif de Basché, nommé Anagnostes[5]. Selon le propos et argument de ceste leçon, souventesfoys se adonnoit à reverer, adorer, prier et supplier le bon Dieu : duquel la lecture monstroit la majesté et jugemens merveilleux.

Puis alloit es lieux secretz faire excretion des digestions naturelles. Là son precepteur repetoit ce que avoit esté leu : luy exposant les poinctz plus obscurs et difficiles.

Eulx retornans, consideroient l'estat du ciel, si tel estoit comme l'avoient noté au soir precedent : et quelz signes entroit le soleil, aussi la lune, pour icelle journée.

Ce faict, estoit habillé, peigné, testonné*, accoustré et parfumé, durant lequel temps on luy repetoit les leçons du jour d'avant. Luy mesmes les disoit par cueur : et y fondoit* quelque cas practicques et concernens l'estat humain, lesquelz ilz estendoient aulcunes foys jusques deux ou troys heures, mais ordinairement cessoient lors qu'il estoit du tout* habillé.

Puis par troys bonnes heures luy estoit faicte lecture.

Ce faict, yssoient hors, tousjours conferens des propoz de la lecture : et se desportoient en Bracque[6], ou es prez, et jouoient à la balle, à la paulme, à la pile trigone*, galentement* se exercens les corps comme ilz avoient les ames auparavant exercé.

Tout leur jeu n'estoit qu'en liberté, car ilz laissoient la partie quant leur plaisoit, et cessoient ordinairement lors que suoient parmy le corps, ou estoient aultrement las. Adoncq estoient tres bien essuez, et frottez, changeoint de chemise : et doulcement se pourme-

---

frotoit : frictionnait | *pagine* : page | *competente* : convenable | *testonné* : coiffé | *fondoit* : appliquait | *du tout* : entièrement | *pile trigome* : balle à trois joueurs | *galentement* : avec élégance

nans, alloient veoir sy le disner estoit prest. Là attendens, recitoient clerement et eloquentement quelques
sentences retenues de la leçon.

Ce pendent Monsieur l'Appetit venoit, et par bonne
opportunité* s'asseoient à table.

Au commencement du repas estoit leue quelque
histoire plaisante des anciennes prouesses : jusques à
ce qu'il eust prins son vin. Lors (si bon sembloit) on
continuoit la lecture, ou commenceoient à diviser
joyeusement ensemble, parlans pour les premiers
moys de la vertu, proprieté, efficace et nature de tout
ce que leur estoit servy à table : du pain, du vin, de
l'eau, du sel, des viandes, poissons, fruictz, herbes,
racines, et de l'aprest d'icelles. Ce que faisant aprint
en peu de temps tous les passaiges à ce competens en
Pline, Athené, Dioscorides, Jullius Pollux, Galen, Porphyre, Opian, Polybe, Heliodore, Aristoteles, Aelian
et aultres. Iceulx propos tenus faisoient souvent, pour
plus estre asseurez, apporter les livres susdictz à table.
Et si bien et entierement retint en sa memoire les
choses dictes, que pour lors n'estoit medicin, qui en
sceust à la moytié tant comme il faisoit.

Apres devisoient des leçons leues au matin, et, para-
chevant leur repas par quelque confection de
cotoniat*, se couroit* les dens avecques un trou de
lentisce*, se lavoit les mains et les yeulx de belle eaue
fraische : et rendoient graces à Dieu par quelques
beaulx canticques faictz à la louange de la munificence
et benignité divine. Ce faict on apportoit des chartes,
non pour jouer, mais pour y apprendre mille petites
gentillesses, et inventions nouvelles. Lesquelles toutes
yssoient* de arithmetique.

En ce moyen entra en affection de icelle science
numerale, et tous les jours apres disner et souper, y
passoit temps aussi plaisantement qu'il souloit en dez
ou es chartes. A tant* sceut d'icelle et theoricque et

---

par bonne opportunité : au bon moment | *confection de cotoniat* :
confiture de coing | *couroit* : curait | *trou de lentisce* : trognon de
lentisque (brin de bois) | *yssoient* : sortaient | *A tant* : par suite

practicque, si bien que Tunstal[7], Angloys, qui en avoit amplement escript, confessa que vrayement, en comparaison de luy, il n'y entendoit que le hault alemant.

Et non seulement d'icelle, mais des aultres sciences mathematicques, comme Geometrie, Astronomie et Musicque[8]. Car, attendens la concoction* et digestion de son past*, ilz faisoient mille joyeux instrumens et figures geometricques, et de mesmes pratiquoient les canons* astronomicques. Apres, se esbaudissoient* à chanter musicalement à quatre et cinq parties, ou sus un theme à plaisir de gorge.

Au reguard des instrumens de musicque, il aprint jouer du luc, de l'espinette, de la harpe, de la flutte de Alemant* et à neuf trouz, de la viole, et de la sacqueboutte*.

Ceste heure ainsi employée, la digestion parachevée, se purgoit des excremens naturelz : puis se remettoit à son estude principal par troys heures ou davantaige, tant à repeter la lecture matutinale que à poursuyvre le livre entrepins, que aussi à escripre et bien traire* et former les antiques et romaines lettres.

Ce faict yssoient* hors leur hostel, avecques eulx un jeune gentilhomme de Touraine, nommé l'escuyer Gymnaste, lequel luy monstroit l'art de chevalerie.

Changeant doncques de vestemens monstoit sus un coursier, sus un roussin, sus un genet*, sus un cheval barbe, cheval legier, et luy donnoit cent quarieres*, le faisoit voltiger en l'air, franchir le fossé, saulter le palys*, court tourner en un cercle, tant à dextre comme à senestre.

Là rompoit non la lance. Car c'est la plus grande resverye du monde dire : « J'ay rompu dix lances en tournoy ou en bataille » : un charpentier le feroit bien. Mais louable gloire est d'une lance avoir rompu dix de ses ennemys.

---

concoction : digestion | *past* : repas | *canons* : lois | *esbaudissoient* : réjouissaient | *flutte de Alemant* : flûte traversière | *sacqueboutte* : trombone | *traire* : tracer | *yssoient* : sortaient | *genet* : cheval d'Espagne | *quarieres* : courses dans le manège | *palys* : marais, *d'où* fossé

De sa lance doncq asserée, verde, et roide, rompoit un huys★, enfonçoit un harnoys★, acculloyt★ une arbre, enclavoyt★ un aneau, enlevoit une selle d'armes, un aubert, un gantelet.

Le tout faisoit armé de pied en cap. Au reguard de fanfarer★ et faire les petitz popismes★ sus un cheval, nul ne le feist mieulx que luy. Le voltigeur de Ferrare[9] n'estoit qu'un singe en comparaison. Singulierement estoit aprins à saulter hastivement d'un cheval sus l'aultre sans prendre terre. Et nommoit on ces chevaulx desultoyres★, et de chascun cousté, la lance au poing, monter sans estriviers★, et sans bride guider le cheval à son plaisir. Car telles choses servent à discipline militaire.

Un aultre jour se exerceoit à la hasche. Laquelle tant bien coulloyt★, tant verdement de tous pics reserroyt, tant soupplement avalloit★ en taille ronde, qu'il feut passé chevalier d'armes en campaigne et en tous essays.

Puis bransloit la picque, sacquoit★ de l'espée à deux mains, de l'espée bastarde★, de l'espagnole, de la dague, et du poignard, armé, non armé★, au boucler★, à la cappe★, à la rondelle★.

Couroit le cerf, le chevreuil, l'ours, le dain, le sanglier, le lievre, la perdrys, le faisant, l'otarde★. Jouoit à la grosse balle et la faisoit bondir en l'air, autant du pied, que du poing.

Luctoit, couroit, saultoit, non à troys pas un sault★, non à clochepied, non au sault d'Alemant. Car (disoit Gymnaste) telz saulx sont inutiles et de nul bien en guerre. Mais d'un sault persoit un foussé, volloit sus une haye, montoit six pas encontre une muraille et rampoit en ceste façon à une fenestre de la haulteur d'une lance.

---

huys : porte | *harnoys* : armure | *acculloyt* : renversait | *enclavoyt* : enfilait | *fanfarer* : faire des fanfares | *popismes* : claquements de langue | *desultoyres* : chevaux de voltige | *estriviers* : étriers | *coulloyt* : glissait | *avalloit* : faisait descendre (assénait ses coups) | *sacquoit* : frappait | *bastarde* : bonne pour frapper de la pointe et du tranchant | *non armé* : sans armure | *boucler* : bouclier | *à la cappe* : en enroulant une cape autour de son bras | *rondelle* : bouclier rond | *otarde* : outarde (échassier) | *à troys pas un sault* : avec trois pas d'élan

Nageoit en parfonde eau, à l'endroict, à l'envers, de
cousté, de tout le corps, des seulz pieds, une main en
l'air, en laquelle tenant un livre transpassoit toute la
rivière de Seine sans icelluy mouiller, et tyrant par les
dens son manteau, comme faisoit Jules Cesar, puis
d'une main entroit par grande force en basteau ;
d'icelluy se gettoit de rechief en l'eaue, la teste premiere, sondoit le parfond*, creuzoyt* les rochiers,
plongeoit es abysmes et goufres. Puis icelluy basteau
tournoit, gouvernoit, menoit hastivement, lentement,
à fil d'eau, contre cours, le retenoit en pleine escluse*,
d'une main le guidoit, de l'aultre s'escrimoit avec un
grand aviron, tendoit le vele*, montoit au matz par les
traictz*, courroit sus les brancquars*, adjoustoit* la
boussole, contreventoit les bulines*, bendoit le gouvernail.

Issant de l'eau roidement montoit encontre la montaigne, et devalloit aussi franchement, gravoit* es
arbres comme un chat, saultoit de l'une en l'aultre
comme un escurieux, abastoit les gros rameaulx
comme un aultre Milo[10] : avec deux poignards asserez
et deux poinsons esprouvez* montoit au hault d'une
maison comme un rat, descendoit puis du hault en
bas en telle composition des membres que de la
cheute n'estoit aulcunement grevé*.

Jectoit le dart, la barre, la pierre, la javeline, l'es-
pieu, la halebarde, enfonceoit l'arc, bandoit es reins
les fortes arbalestes de passe*, visoit de l'arquebouse à
l'œil*, affeustoit* le canon, tyroit à la butte*, au
papeguay*, du bas en mont, d'amont en val, devant,
de cousté, en arriere comme les Parthes.

On luy atachoit un cable en quelque haulte tour,
pendent en terre : par icelluy avecques deux mains

parfond : fond | creuzoyt : explorait le fond | en pleine escluse : au
milieu d'une écluse | tendoit le vele : hissait la voile | traictz : cordages
| brancquars : vergues (bois perpendiculaires au mât, qui soutiennent
la voile) | adjoustoit : réglait | contreventoit les bulines : tendait les
boulines contre le vent | gravoit : montait | esprouvez : à toute
épreuve | grevé : meurtri | arbalestes de passe : arbalètes à treuil | à
l'œil : en l'épaulant (malgré la lourdeur) | affeustoit : mettait sur son
affût | butte : cible | papeguay : perroquet

montoit, puis devaloit sy roidement et sy asseurement
que plus ne pourriez parmy un pré bien eguallé.

On lui mettoit une grosse perche apoyée à deux
arbres, à icelle se pendoit par les mains, et d'icelle
alloit et venoit sans des pieds à rien toucher, que à
grande course on ne l'eust peu aconcepvoir*.

Et, pour se exercer le thorax et pulmon, crioit
comme tous les diables. Je l'ouy une foys appellant
Eudemon, depuis la porte Sainct Victor jusques à
Montmartre ; Stentor n'eut oncques telle voix à la
bataille de Troye.

Et pour gualentir les nerfz*, on luy avoit faict deux
grosses saulmones* de plomb, chascune du poys de
huyt mille sept cens quintaulx, lesquelles il nommoit
alteres. Icelles prenoit de terre en chascune main et
les elevoit en l'air au dessus de la teste, et les tenoit
ainsi, sans soy remuer, troys quars d'heure et davantaige, que estoit une force inimitable.

Jouoit aux barres avecques les plus fors. Et, quand
le poinct advenoit, se tenoit sus ses pieds tant roiddement qu'il se abandonnoit es plus adventureux* en
cas qu'ilz* le feissent mouvoir de sa place. Comme
jadis faisoit Milo.

A l'imitation duquel aussi tenoit une pomme de gre-
nade en sa main, et la donnoit à qui luy pourroit ouster.

Le temps ainsi employé, luy froté, nettoyé, et
refraischy d'habillemens, tout doulcement retournoit,
et, passans par quelques prez, ou aultres lieux herbuz,
visitoient les arbres et plantes, les conferens avec les
livres des anciens qui en ont escript, comme Theo-
phraste, Dioscorides, Marinus, Pline, Nicander,
Macer et Galen, et en emportoient leurs plenes mains
au logis, desquelles avoit la charge un jeune page,
nommé Rhizotome[11], ensemble des marrochons*, des
pioches, cerfouettes*, beches, tranches* et aultres instrumens requis à bien arborizer.

---

aconcepvoir : atteindre, égaler | *gualentir les nerfz* : fortifier les mus-
cles | *saulmones* : saumons | *il... adventureux* : il se donnait aux plus
téméraires | *en cas qu'ilz* : pour voir s'ils | *marrochons* : houes | *cer-
fouettes* : serfouettes (sorte de houes) | *tranches* : sarcloirs

Eulx arrivez au logis ce pendent qu'on aprestoit le souper repetoient quelques passaiges de ce qu'avoit esté leu et s'asseoient à table.

Notez icy que son disner estoit sobre et frugal, car tant seulement mangeoit pour refrener les haboys de l'estomach, mais le soupper estoit copieux et large. Car tant en prenoit que luy estoit de besoing à soy entretenir et nourrir. Ce que est la vraye diete* prescripte par l'art de bonne et seure medicine, quoy q'un tas de badaulx medicins, herselez* en l'officine des sophistes, conseillent le contraire.

Durant icelluy repas estoit continuée la leçon du disner tant que bon sembloit ; le reste estoit consommé en bons propous tous lettrez et utiles.

Apres graces rendues se adonnoient à chanter musicalement, à jouer d'instrumens harmonieux, ou de ces petitz passetemps qu'on faict es chartes, es dez et guobeletz : et là demouroient faisans grand chere et s'esbaudissans aulcunes foys jusques à l'heure de dormir ; quelques foys alloient visiter les compaignies des gens lettrez, ou de gens que eussent veu pays estranges*.

En pleine nuict davant que soy retirer, alloient au lieu de leur logis le plus descouvert veoir la face du ciel : et là notoient les cometes, sy aulcunes estoient, les figures, situations, aspectz, oppositions et conjunctions des astres.

Puis avec son precepteur recapituloit briefvement, à la mode des Pythagoricques, tout ce qu'il avoit leu, veu, sceu, faict et entendu au decours de toute la journée.

Si prioient Dieu le createur en l'adorant et ratifiant* leur foy envers luy : et le glorifiant de sa bonté immense, et, luy rendant grace de tout le temps passé, se recommandoient à sa divine clemence pour tout l'advenir. Ce faict, entroient en leur repous.

---

diete : régime | *herselez* : harcelés (*d'où* rassotés) | *estranges* : étrangers | *ratifiant* : affirmant

*Comment Gargantua employoit le temps
quand l'air estoit pluvieux.*

CHAPITRE XXIV

S'il advenoit que l'air feust pluvieux et intemperé,
tout le temps d'avant disner estoit employé comme de
coustume, excepté qu'il faisoit allumer un beau et
clair feu, pour corriger l'intemperie de l'air. Mais
apres disner, en lieu des exercitations* : ilz demouroient en la maison et par maniere de apotherapie*
s'esbatoient à boteler du foin, à fendre et scier du
boys, et à batre les gerbes en la grange. Puys estu-
dioient en l'art de paincture et sculture, ou
revocquoient* en usage l'anticque jeu des tales* ainsi
qu'en a escript Leonicus[1] et comme y joue nostre bon
amy Lascaris.

En y jouant recoloient* les passaiges des auteurs
anciens esquelz est faicte mention ou prinse quelque
metaphore sus iceluy jeu. Semblablement ou alloient
veoir comment on tiroit* les metaulx, ou comment on
fondoit l'artillerye : ou alloient veoir les lapidaires,
orfevres et tailleurs de pierreries, ou les alchymistes et
monoyeurs, ou les haultelissiers*, les tissotiers*, les
velotiers*, les horologiers, miralliers*, imprimeurs,
organistes*, tinturiers, et aultres telles sortes d'ou-

---

exercitations : exercices | *apotherapie* : régime fortifiant | *revocquoient* :
remettaient | *tales* : osselets | *recoloient* : renvoyaient | *tiroit* : tirait
| *haultelissiers* : qui font les tapisseries de haute lisse (*lisse : pièce du
métier à tisser) | *tissotiers* : tisserands | *velotiers* : veloutiers | *mirail-
liers* : miroitiers | *organistes* : facteurs d'orgues

vriers, et, partout donnans le vin*, aprenoient et consideroient l'industrie et invention des mestiers.

Alloiens ouïr les leçons publiques, les actes solennelz*, les repetitions, les declamations*, les play-doyez des gentilz advocatz, les concions* des prescheurs evangeliques.

Passoit par les salles et lieux ordonnez pour l'escrime, et là contre les maistres essayoit de tous bastons*, et leurs monstroit par evidence que autant voyre plus, en sçavoit que iceulx.

Et, au lieu de arboriser, visitoient les bouticques des drogueurs*, herbiers* et apothecaires, et soigneusement consideroient les fruictz, racines, fueilles, gommes, semences, axunges peregrines*, ensemble aussi comment on les adulteroit*.

Alloit veoir les basteleurs, trejectaires* et theriacleurs*, et consideroit leurs gestes, leurs ruses, leurs sobresaulx et beau parler : singulierement de ceux de Chaunys en Picardie, car ilz sont de nature grands jaseurs et beaulx bailleurs de baillivernes, en matiere de cinges verds[2].

Eulx retournez pour soupper, mangeoient plus sobrement que es aultres jours, et viandes* plus desiccatives* et extenuantes* : affin que l'intemperie humide de l'air, communicqué au corps par necessaire confinité, feust par ce moyen corrigée, et ne leurs feust incommode par ne soy estre exercitez comme avoient de coustume.

Ainsi fut gouverné Gargantua, et continuoit ce procès* de jour en jour, profitant comme entendez que peut faire un jeune homme, scelon son aage, de bon sens, en tel exercice ainsi continué. Lequel, combien que semblast pour le commencement difficile, en la

---

vin : pourboire / *actes solennelz* : soutenances en Sorbonne / *repetition... declamations* : exercices oratoires / *concions* : sermons / *bastons* : armes / *drogueurs* : droguistes / *herbiers* : herboristes / *axunges peregrines* : onguents exotiques / *adulteroit* : modifiait / *trejectaires* : jongleurs / *theriacleurs* : charlatans (de *theriacle*, médicament miracle) / *viandes* : mets / *dessiccatives* : desséchantes / *exténuantes* : amaigrissantes / *procès* : méthode

continuation tant doulx fut, legier, et delectable, que mieulx ressembloit un passetemps de roy que l'estude d'un escholier.

Toutesfoys Ponocrates, pour le sejourner* de ceste vehemente intention* des esperitz, advisoit une foys le moys quelque jour bien clair et serain, auquel bougeoient au matin de la ville, et alloient ou à Gentily, ou à Boloigne, ou à Montrouge, ou au pont Charanton, ou à Vanves, ou à Sainct Clou. Et là passoient toute la journée à faire la plus grande chère dont ilz se pouvoient adviser, raillans gaudissans*, beuvans d'aultant, jouans, chantans, dansans, se voytrans en quelque beau pré, denichans des passeraulx, prenans des cailles, peschans aux grenoilles et escrevisses.

Mais encores que icelle journée feust passée sans livres et lectures, poinct elle n'estoit passée sans proffit. Car en beau pré ilz recoloient* par cueur quelques plaisans vers de l'*Agriculture* de Virgile, de Hesiode, du *Rusticque* de Politian[3], descripvoient* quelques plaisans epigrammes en latin : puis les mettoient par rondeaux et ballades en langue françoyse.

En banquetant du vin aisgué* separoient l'eau : comme l'enseigne Cato, *De re rust.*, et Pline, avecques un guobelet de lyerre ; lavoient* le vin en plain bassin d'eau, puis le retiroient avec un embut* ; faisoient aller l'eau d'un verre en aultre ; bastisoient plusieurs petitz engins automates, c'est à dire soy mouvens eulx mesmes.

---

sejourner : reposer / *intention :* tension / *gaudissans :* plaisantant / *recoloient :* récitaient / *descripvoient :* écrivaient / *aisgué :* coupé d'eau / *lavoient :* diluaient / *embut :* entonnoir

Comment feut meu entre les fouaciers*
de Lerné et ceux du pays de Gargantua
le grand debat, dont furent faictes grosses guerres.

CHAPITRE XXV

En cestuy temps qui fut la saison de vendanges, au commencement de automne, les bergiers de la contrée estoient à guarder les vines, et empescher que les estourneaux ne mangeassent les raisins.

Onquel temps les fouaciers de Lerné[1] passoient le grand quarroy*, menans dix ou douze charges de fouaces à la ville.

Lesdictz bergiers les requirent courtoisement leurs en bailler pour leur argent, au pris du marché. Car notez que c'est viande celeste manger à desjeuner raisins avec fouace fraiche, mesmement des pineaulx, des fiers, des muscadeaulx, de la bicane, et des foyrars[2] pour ceulx qui sont constipez de ventre. Car ilz les font aller long comme un vouge*, et souvent, cuidans peter, ilz se conchient, dont sont nommez les cuideurs* des vendanges.

A leur requeste ne feurent aulcunement enclinez les fouaciers, mais (que pis est) les oultragerent grandement, les appelans Tropditeulx*, Breschedens, Plaisans Rousseaulx*, Galliers*, Chienlictz, Averlans*, Limes Sourdes*, Faictneans, Friandeaulx*, Busta-

---

fouaciers : marchands de fouaces (galettes épaisses cuites au four) | *quarroy* : carrefour | *vouge* : pique | *cuideurs* : penseurs | *Tropditeulx* : fardeaux de la terre | *Rousseaulx* : rouquins | *Galliers* : plaisantins | *Averlans* : coquins | *Limes Sourdes* : hypocrites | *Friandeaulx* : goulus

rins*, Talvassiers*, Riennevaulx*, Rustres, Challans*, Hapelopins*, Trainneguainnes*, Gentilz Flocquetz*, Copieux*, Landores*, Malotruz, Dendins*, Baugears*, Tezez*, Gaubregeux*, Gogueluz*, Claquedans, Boyers* d'etrons, Bergiers de merde, et aultres telz epithetes diffamatoires, adjoustans que poinct à eulx n'apartenoit manger de ces belles fouaces : mais qu'ilz se debvoient contenter de gros pain ballé* et de tourte.

Auquel oultraige un d'entr'eulx, nommé Frogier, bien honneste homme de sa personne, et notable bacchelier*, respondit doulcement :

« Depuis quand avez vous prins cornes qu'estes tant rogues devenuz ? Dea vous nous en souliez* voluntiers bailler, et maintenant y refusez. Ce n'est faict de bons voisins, et ainsi ne vous faisons nous, quand venez icy achapter nostre beau frument, duquel vous faictes voz gasteaux et fouaces. Encores par le marché* vous eussions nous donné de noz raisins : mais, par la mer Dé*, vous en pourriez repentir et aurez quelque jour affaire de nous, lors nous ferons envers vous à la pareille, et vous en soubvienne. »

Adoncq Marquet, grand bastonnier[3] de la confrairie des fouaciers, luy dist :

« Vrayement, tu es bien acresté* à ce matin : tu mangeas her soir trop de mil. Vien çà, vien çà, je te donnerai de ma fouace. »

Lors Forgier en toute simplesse approcha, tirant un unzain de son baudrier*, pensant que Marquet luy deust deposcher de ses fouaces, mais il luy bailla de son fouet à travers les jambes si rudement que les noudz* y apparoissoient. Puis voulut gaigner à la

---

Bustarins : ventrus | *Talvassiers* : fanfarons | *Riennevaulx* : vauriens | *Challans* : acheteurs | *Hapelopins* : parasites | *Trainneguainnes* : traîneurs de sabre | *Flocquetz* : ornements de braguettes | *Copieux* : copieurs | *Landores* : paresseux | *Dendins* : balourds | *Baugears* : crétins | *Tezez* : drôles | *Gaubregeux* : jouisseurs | *Goqueluz* : plaisantins | *Boyers* : bouviers | *ballé* : grossier (qui contient la balle du blé) | *bacchelier* : jeune homme | *souliez* : aviez l'habitude de | *par le marché* : par-dessus le marché | *la mer Dé* : la Mère de Dieu | *acresté* : fiérot (comme un coq) | *baudrier* : courroie portée en bandoulière | *les noudz* : la marque des nœuds

fuyte : mais Forgier s'escria au meurtre et à la force*
tant qu'il peut, ensemble luy getta un gros tribard*
qu'il portoit soubz son escelle, et le attainct par la
joincture coronale* de la teste, sus l'artere
crotaphique*, du cousté dextre, en telle sorte que
Marquet tomba de sa jument ; mieulx sembloit
homme mort que vif.

Ce pendent les mestaiers, qui là auprès challoient*
les noiz, accoururent avec leurs grandes gaules et frap-
perent sus ces fouaciers comme sus seigle verd. Les
aultres bergiers et bergieres, ouyans le cry de Forgier,
y vindrent avec leurs fondes et brassiers*, et les suyvirent à grands coups de pierres tant menuz qu'il sembloit que ce feust gresle. Finablement les
aconceurent*, et ousterent de leurs fouaces environ
quatre ou cinq douzeines, toutesfoys ilz les payerent
au pris acoustumé et leur donnerent un cens de
quecas*, et troys panerées* de francs aubiers*. Puis
les fouaciers ayderent à monter Marquet, qui estoit
villainement blessé, et retournerent à Lerné sans poursuivre le chemin de Pareillé, menassans fort et ferme
les boviers, bergiers et mestaiers de Seuillé et de
Synays.

Ce faict et bergiers et bergieres feirent chere lye*
avecques ces fouaces et beaulx raisins, et se rigollerent
ensemble au son de la belle bouzine* : se mocquans
de ces beaulx fouaciers glorieux, qui avoient trouvé
male encontre* par faulte de s'estre seignez de la
bonne main au matin. Et avec gros raisins chenins
estuverent* les jambes de Forgier mignonnement*, si
bien qu'il feut tantost* guery.

à la force : au secours | *tribard* : gourdin | *coronale* : à la partie
antérieure de la tête | *crotaphique* : de la tempe | *challoient* : écalaient,
ôtaient l'écorce | *fondes et brassiers* : frondes et lance-pierres
| *aconceurent* : rejoignirent | *quecas* : noix | *panerées* : paniers | *francs
aubiers* : raisins blancs | *chere lye* : chère joyeuse | *bouzine* : musette
| *male encontre* : mauvaise rencontre | *estuverent* : baignèrent
| *mignonnement* : délicatement | *tantost* : vite

Comment les habitans de Lerné par
le commandement de Picrochole[1] leur roi
assaillirent au despourveu les bergiers de Gargantua.

CHAPITRES XXVI

Les fouaciers retournez à Lerné soubdain davant
boyre ny manger, se transporterent au Capitoly[2], et là,
davant leur roy nommé Picrochole, tiers* de ce nom,
proposerent* leur complainte*, monstrans leurs
paniers rompuz, leurs bonnetz foupiz*, leurs robbes
dessirées, leurs fouaces destroussées*, et singulierement* Marquet blessé enormement, disant le tout
avoir esté faict par les bergiers et mestaiers de Grandgousier, pres le grand carroy* par delà Seuillé.

Lequel incontinent entra en courroux furieux, et
sans plus oultre se interroguer quoy ne comment, feist
crier par son pays ban et arriere ban[3], et que un
chascun sur peine de la hart* convint* en armes en la
grande place, devant le Chasteau, à heure de midy.

Pour mieulx conffermer son entreprise envoya
sonner le tabourin*, à l'entour de la ville, luy mesmes,
ce pendent qu'on aprestoit son disner, alla faire
affuster* son artillerie, desployer son enseigne et oriflant*, et charger force munitions, tant de harnoys*
d'armes que de gueulles*.

En disnant bailla les comissions*, et feut par son
edict constitué le seigneur Trepelu sus l'avant guarde,

---

tiers : troisième | *proposerent* : exposèrent | *complainte* : plainte
| *foupiz* : chiffonnés | *destroussées* : volées | *singulierement* : surtout
| *carroy* : carrefour | *hart* : corde | *convint* : s'assemblât | *tabourin* :
tambour | *affuster* : placer sur affût | *oriflant* : oriflamme | *harnoys* :
armures | *de gueulles* : provisions de bouche | *comissions* : postes

en laquelle furent contez seize mille quatorze hacquebutiers*, trente cinq mille et unze avanturiers*.

A l'artillerie fut commis le Grand Escuyer Toucquedillon, en laquelle feurent contées neuf cens quatorze pieces de bronze, en canons, doubles canons, baselicz, serpentines, couleuvrines, bombardes, faulcons, passevolans*, spiroles et aultres pieces[4]. L'arriere guarde feut baillée au duc Racquedenare. En la bataille se tint le roy et les princes de son royaulme.

Ainsi sommairement acoustrez davant que se mettre en voye, envoyerent troys cens chevaulx legiers, soubz la conduicte du capitaine Engoulevent, pour descouvrir le pays, et sçavoir si embuche* auculne estoyt par la contrée. Mais, apres avoir diligemment recherché, trouverent tout le pays à l'environ en paix et silence, sans assemblée quelconque.

Ce que entendent, Picrochole commenda q'un chascun marchast soubz son enseigne hastivement.

Adoncques sans ordre et mesure prindrent les champs les uns parmy les aultres, gastans et dissipans tout par où ilz passoient, sans espargner ny pauvre, ny riche, ny lieu sacré, ny prophane ; emmenoient beufz, vaches, thoreaux, veaulx, genisses, brebis, moutons, chevres et boucqs, poulles, chappons, poulletz, oysons, jards, oyes, porcs, truyes, guoretz ; abastans les noix, vendeangeans les vignes, emportans les seps, croullans* tous les fruictz des arbres. C'estoit un desordre incomparable de ce qu'ilz faisoient.

Et ne trouverent personne qui leurs resistast, mais un chascun se mettoit à leur mercy, les suppliant estre traictez plus humainement, en consideration de ce qu'ilz avoient de tous temps esté bons et amiables* voisins, et que jamais envers eulx ne commirent excès ne oultraige pour ainsi soubdainement estre par iceulx mal vexez*, et que Dieu les en puniroit de brief. Es quelles remonstrances rien plus ne respondoient, sinon qu'ilz leurs vouloient aprendre à manger de la fouace.

---

hacquebutiers : arquebusiers | *avanturiers* : fantassins | *passevolans* : mortiers | *embuche* : embuscade | *croullans* : secouant | *amiables* : aimables | *vexez* : maltraités

*Comment un moine de Seuillé saulva le cloz
de l'abbaye du sac des ennemys.*

CHAPITRE XXVII

Tant feirent et tracasserent pillant et larronnant,
qu'ilz arriverent à Seuillé : et detrousserent hommes et
femmes, et prindrent ce qu'ilz peurent, rien ne leurs
feut ne trop chault ne trop pesant. Combien que la
peste y feust par la plus grande part des maisons, ilz
entroient partout, ravissoient tout ce qu'estoit dedans,
et jamais nul n'en print dangier. Qui est cas assez
merveilleux : car les curez, vicaires, prescheurs, medicins, chirurgiens et apothecaires qui alloient visiter,
penser, guerir, prescher et admonester les malades,
estoient tous mors de l'infection, et ces diables pilleurs
et meurtriers oncques n'y prindrent mal. Dont* vient
cela, Messieurs : pensez y, je vous pry.

Le bourg ainsi pillé, se transporterent en l'abbaye
avecques horrible tumulte, mais la trouverent bien
reserrée* et fermée, dont l'armée principale marcha
oultre vers le gué de Vede[1] : exceptez sept enseignes*
de gens de pied* et deux cens lances qui là resterent et
rompirent les murailles du cloz affin de guaster toute
la vendange.

Les pauvres diables de moines ne sçavoient auquel
de leurs saincts se vouer. A toutes adventures feirent
sonner *ad capitulum capitulantes** : là feut decreté

Dont : d'où | *reserrée :* close | *enseignes :* compagnies | *gens de pied :*
fantassins | *ad capitulum capitulantes :* au chapitre les capitulants

qu'ilz feroient une belle procession, renforcée de beaulx preschans*, et letanies *contra hostium insidias**, et beaulx responds *pro pace**.

En l'abbaye estoit pour lors un moine claustrier*, nommé Frere Jean des Entommeures[2], jeune, guallant*, frisque*, de hayt*, bien à dextre*, hardy, adventureux*, deliberé*, hault, maigre, bien fendu de gueule, bien advantagé en nez, beau despescheur d'heures, beau desbrideur de messes, beau descroteur de vigiles*, pour tout dire sommairement vray moyne si oncques en feut depuys que le monde moynant moyna de moynerie. Au reste : clerc jusques ès dents* en matiere de breviaire*.

Icelluy entendent le bruyt que faisoyent les ennemys par le cloz de leur vine, sortit hors pour veoir ce qu'ilz faisoient. Et, advisant qu'ilz vendangeoient leur cloz auquel estoyt leur boyte* de tout l'an fondée, retourne au cueur de l'eglise, où estoient les aultres moynes tous estonnez comme fondeurs de cloches, lesquelz voyant chanter *Ini nim, pe, ne, ne, ne, ne, ne, ne, tum, ne, num, num, ini, i, mi, i, mi, co, o, ne, no, o, o, ne, no, ne, no, no, no, rum, ne, num, num*[3] : « C'est, dist il, bien bien chanté. Vertus Dieu : que ne chantez vous :

> Adieu, paniers, vendanges sont faictes ?

Je me donne au Diable, s'ilz ne sont en nostre cloz, et tant bien couppent et seps et raisins, qu'il n'y aura par le corps Dieu de quatre années que halleboter* dedans. Ventre sainct Jacques ! que boyrons nous ce pendent, nous aultres pauvres diables ? Seigneur Dieu *da mihi potum**. »

Lors dist le prieur claustral :

---

preschans : chants d'église | *contra... insidias* : contre les embûches de l'ennemi | *pro pace* : pour la paix | *claustrier* : cloîtré | *guallant* : de fière allure | *frisque* : alerte | *de hayt* : joyeux | *à dextre* : adroit | *adventureux* : entreprenant | *deliberé* : décidé | *vigiles* : veilles de fêtes religieuses | *jusques ès dents* : clerc savant (jeu sur « armé jusqu'aux dents ») | *breviaire* : bréviaire, livre contenant les offices que le prêtre doit lire chaque jour | *boyte* : boisson | *halleboter* : grappiller | *da... potum* : donne-moi à boire

« Que fera cest hyvrogne icy ? Qu'on me le mene en prison, troubler ainsi le service divin ?

— Mais (dist le moyne) le service du vin faisons tant qu'il ne soit troublé, car vous mesmes, Monsieur le Prieur, aymez boyre du meilleur. Sy faict tout homme de bien. Jamais homme noble ne hayst le bon vin, c'est un apophthegme* monachal. Mais ces responds* que chantez ycy ne sont, par Dieu ! poinct de saison.

« Pourquoy sont noz heures* en temps de moissons et vendenges courtes, en l'advent* et tout hyver longues ?

« Feu de bonne memoire Frere Macé Pelosse, vray zelateur* (ou je me donne au diable) de nostre religion, me dist, il m'en soubvient, que la raison estoyt affin qu'en ceste saison nous facions bien serrer* et faire le vin, et qu'en hyver nous le humons*.

« Escoutez Messieurs vous aultres, qui aymez le vin, le corps Dieu sy me suyvez : car, hardiment, que sainct Antoine me arde* sy ceulx tastent du pyot* qui n'auront secouru la vigne. Ventre Dieu, les biens de l'Eglise : ha, non, non ! Diable ! sainct Thomas l'Angloys[4] voulut bien pour yceulx mourir, si je y mouroys, ne seroys je sainct de mesmes ? Je n'y mourray jà pourtant, car c'est moy qui le foys es aultres[5]. »

Ce disant mist bas son grand habit et se saisist du baston de la croix, qui estoyt de cueur de cormier* long comme une lance, rond à plain poing et quelque peu semé de fleurs de lys, toutes presque effacées. Ainsi sortit en beau sayon*, mist son froc en escharpe. Et de son baston de la croix donna sy brusquement sus les ennemys, qui, sans ordre, ne enseigne*, ne trompette, ne tabourin, parmy le cloz vendangeoient. Car les

---

apophthegme : précepte / *responds* : répons (réponses chantées dans l'office catholique) / *heures* : heures, différentes parties du bréviaire / *advent* : Avent (préparation de Noël) / *zelateur* : soutien fervent / *serrer* : enfermer / *humons* : buvons / *que Sainct Antoine me arde* : que l'ergotisme (produit par du seigle avarié) me brûle / *pyot* : vin / *cormier* : sorbier / *sayon* : tunique / *enseigne* : étendard

porteguydons* et port'enseignes avoient mys leurs
guidons* et enseignes l'orée des murs*, les
tabourineurs* avoient defoncé leurs tabourins d'un
cousté, pour les emplir de raisins, les trompettes
estoient chargez de moussines* : chascun estoyt
desrayé*. Il chocqua doncques si roydement sus eulx,
sans dyre guare, qu'il les renversoyt comme porcs, frapant à tors et à travers à vieille escrime*.

Es uns escarbouilloyt la cervelle, es aultres rompoyt
bras et jambes, es aultres deslochoyt* les spondyles*
du coul, es aultres demoulloyt* les reins, avalloyt* le
nez, poschoyt les yeulx, fendoyt les mandibules*,
enfonçoyt les dens en la gueule, descroulloyt* les
omoplates, sphaceloyt* les greves*, desgondoit* les
ischies*, debezilloit* les fauciles*.

Si quelq'un se vouloyt cascher entre les sepes plus
espès, à icelluy freussoit toute l'areste du douz* : et
l'esrenoit* comme un chien.

Si aulcun saulver se vouloyt en fuyant, à icelluy
faisoyt voler la teste en pieces par la commissure
lambdoïde*.

Si quelq'un gravoyt* en une arbre, pensant y estre
en seureté, icelluy de son baston empaloyt par le fondement.

Si quelqu'un de sa vieille congnoissance luy crioyt :
« Ha, Frere Jean, mon amy, Frere Jean, je me rend ! »
— Il t'est (disoyt il) bien force. Mais ensemble tu
rendras l'ame à tous les diables. »

Et soubdain luy donnoit dronos*. Et si personne
tant feust esprins* de temerité qu'il luy voulust resister
en face, là monstroyt il la force de ses muscles. Car il

---

porteguydons : porte-drapeau / guidons : drapeaux / l'orée des murs : le
long des murs / tabourineurs : tambours / moussines : branches de vigne
/ desrayé : sorti du rang / à vieille escrime : comme les vieux escrimeurs
/ deslochoyt : disloquait / spondyles : vertèbres / demoulloyt : brisait
/ avalloyt : descendait / mandibules : mâchoires / descroulloyt : écrasait
/ sphaceloyt : meurtrissait / greves : jambes / desgondoit : démettait
/ ischies : hanches / debezilloit : écrabouillait (terme créé) / fauciles : os
/ douz : dos / esrenoit : éreintait / commissure lambdoïde : jonction des os
du crâne (en forme de lambda) / gravoyt : montait / donnoit dronos :
frappait / esprins : pris

leurs transperçoyt la poictrine par le mediastine★ et par le cueur. A d'aultres donnant suz la faulte des coustes★, leurs subvertissoyt★ l'estomach, et mouroient soubdainement, es aultres tant fierement★ frappoyt par le nombril qu'il leurs faisoyt sortir les tripes, es aultres parmy les couillons persoyt le boiau cullier. Croiez que c'estoyt le plus horrible spectacle qu'on veit oncques.

Les uns cryoient : Saincte Barbe,

les aultres : Sainct George,

les aultres : Saincte Nytouche,

les aultres : Nostre Dame de Cunault, de Laurette, de Bonnes-Nouvelles, de la Lenou, de Riviere.

les ungs se vouoyent à sainct Jacques.

les aultres au sainct suaire de Chambery, mais il brusla troys moys apres, si bien qu'on n'en peut saulver un seul brin.

les aultres à Cadouyn.

les aultres à sainct Jean d'Angery.

les aultres à sainct Eutrope de Xainctes, à sainct Mesmes de Chinon, à sainct Martin de Candes, à sainct Clouaud de Sinays, es reliques de Javrezay : et mille aultres bons petits sainctz.

Les ungs mouroient sans parler. Les aultres parloient sans mourir. Les ungs mouroient en parlant, les aultres parloient en mourant.

Les aultres crioient à haulte voix : « Confession ! Confession ! *Confiteor ! Miserere ! In manus !* »

Tant fut grand le cris des navrez★ que le prieur de l'abbaye avec tous ses moines sortirent. Lesquelz, quand apperceurent ces pauvres gens ainsi ruez★ parmy la vigne et blessez à mort, en confesserent quelques ungs. Mais ce pendent que les prebstres se amusoient à confesser, les petits moinetons coururent au lieu où estoit Frere Jean, et luy demanderent en quoy il vouloit qu'ilz luy aydassent.

---

mediastine : mediastin | *la faulte des coustes* : le départ des côtes | *subvertissoyt* : retournait | *fierement* : férocement | *navrez* : blessés | *ruez* : abattus

A quoy respondit, qu'ilz esguorgetassent ceulx qui estoient portez par terre. Adoncques, laissans leurs grandes cappes sus une treille au plus pres, commencerent esgourgeter et achever ceulx qu'il avoit desjà meurtriz. Sçavez vous de quels ferremens★ ? A beaulx gouvetz★, qui sont petitz demy cousteaux dont les petit enfans de nostre pays cernent★ les noix.

Puis à tout★ son baston de croix guaingna la breche qu'avoient faict les ennemys. Aulcuns des moinetons emporterent les enseignes et guydons en leurs chambres pour en faire des jartiers★. Mais quand ceulx qui s'estoient confessez vouleurent sortir par icelle bresche, le moyne les assommoit de coups, disant :

« Ceulx cy sont confès★ et repentans, et ont guaigné les pardons : ilz s'en vont au paradis, aussy droict comme une faucille, et comme est le chemin de Faye. »

Ainsi par sa prouesse, feurent desconfiz tous ceulx de l'armée qui estoient entrez dedans le clous★, jusques au nombre de treze mille six cens vingt et deux, sans les femmes et petitz enfans, cela s'entend tousjours.

Jamais Maugis⁶ hermite ne se porta sy vaillamment à tout son bourdon contre les Sarrasins, desquelz est escript es gestes des quatre filz Haymon, comme feist le moine à l'encontre des ennemys avec le baston de la croix.

---

ferremens : armes / *gouvetz* : petits couteaux / *cernent* : sortent la chair (des noix) / *à tout* : avec / *jartiers* : jarretières / *confès* : confessés / *clous* : clos

*Comment Picrochole print d'assault La Roche Clermauld
et le regret et difficulté que feist Grandgousier
de entreprendre guerre.*

CHAPITRE XXVIII

Cependent que le moine s'escarmouchoit comme
avons dict contre ceulx qui estoient entrez le clous,
Picrochole à grande hastiveté passa le gué de Vede
avec ses gens et assaillit La Roche Clermauld[1], auquel
lieu ne luy feut faicte resistance quelconques, et par ce
qu'il estoit jà nuict delibera* en icelle ville se heberger
soy et ses gens, et refraischir* de sa cholere
pungitive*.

Au matin print d'assault les boullevars* et chasteau,
et le rempara* tres bien : et le proveut* de munitions
requises*, pensant là faire sa retraicte si d'ailleurs
estoit assailly. Car le lieu estoit fort et par art et par
nature, à cause de la situation et assiete*.

Or laissons les là et retournons à nostre bon Gargantua qui est à Paris, bien instant* à l'estude de
bonnes lettres et exercitations athletiques, et le vieux
bon homme Grandgousier, son pere, qui apres souper
se chauffe les couiles à un beau, clair et grand feu, et,
attendent graisler* des chastaines, escript au foyer
avec un baston bruslé d'un bout, dont on escharbotte*
le feu : faisant à sa femme et famille de beaulx contes
du temps jadis.

delibera : décida | *refraischir* : calmer | *pungitive* : piquante | *boulle-
vars* : remparts | *rempara* : entoura de remparts | *proveut* : pourvut
| *requises* : nécessaires | *assiete* : configuration | *instant* : appliqué
| *graisler* : griller | *escharbotte* : fourrage dans

Un des bergiers qui guardoient les vignes, nommé Pillot, se transporta devers luy en icelle heure, et raconta entierement les excès et pillaiges que faisoit Picrochole, roy de Lerné, en ses terres et dommaines, et comment il avoit pillé, gasté, saccagé tout le pays, excepté le clous de Seuillé que Frere Jean des Entommeures avoit saulvé à son honneur, et de present estoit ledict roy en La Roche Clermaud : et là en grande instance* se remparoit*, luy et ses gens.

« Holos, holos, dist Grandgousier, qu'est cecy, bonnes gens ? Songé je, ou si vray est ce qu'on me dict ? Pricrochole, mon amy ancien de tout temps, de toute race et alliance, me vient il assaillir ? Qui le meut ? Qui le poinct* ? Qui le conduict ? Qui l'a ainsi conseillé ? Ho ! ho ! ho ! ho ! ho ! mon Dieu, mon Saulveur, ayde moy, inspire moy, conseille moy à ce qu'est de faire !

« Je proteste, je jure davant toy, ainsi me soys tu favorable, sy jamais à luy desplaisir, ne à ses gens dommaige, ne en ses terres je feis pillerie, mais, bien au contraire, je l'ay secouru de gens, d'argent, de faveur et de conseil, en tous cas que ay peu congnoistre son adventaige. Qu'il me ayt doncques en ce poinct oultraigé, ce ne peut estre que par l'esprit maling. Bon Dieu, tu congnois mon couraige, car à toy rien ne peut estre celé. Si par cas* il estoit devenu furieux, et que, pour luy rehabiliter son cerveau, tu me l'eusse icy envoyé : donne moy et pouvoir et sçavoir le rendre au joug de ton sainct vouloir par bonne discipline.

« Ho, ho, ho, mes bonnes gens, mes amys, et mes feaulx* serviteurs, fauldra il que je vous empesche* à me y ayder ? Las, ma vieillesse ne requerroit dorenavant que repous, et toute ma vie n'ay rien tant procuré que paix. Mais il fault, je le voy bien, que maintenant de harnoys* je charge mes pauvres espaules lasses et foibles, et en ma main tremblante je preigne la lance

---

instance : diligence | *se remparoit* : se retranchait | *poinct* : pique | *par cas* : par hasard | *feaulx* : loyaux | *empesche* : importune | *harnoys* : armure

et la masse pour secourir et guarantir mes pauvres subjectz. La raison le veult ainsi, car de leur labeur je suis entretenu, et de leur sueur je suis nourry, moy, mes enfans et ma famille.

« Ce non obstant, je n'entreprendray guerre que je n'aye essayé tous les ars et moyens de paix, là je me resouls*. »

Adoncques feist convocquer son conseil et proposa l'affaire tel comme il estoit. Et fut conclud qu'on envoiroit quelque homme prudent* devers Picrochole, sçavoir pourquoy ainsi soubdainement estoit party de son repous et envahy les terres es quelles n'avoit droict quicquonques, davantaige* qu'on envoyast querir Gargantua et ses gens, affin de maintenir le pays, et defendre à ce besoing. Le tout pleut à Grandgousier et commenda que ainsi feust faict. Dont sus l'heure envoya le Basque son laquays querir à toute diligence Gargantua. Et luy escripvoit comme s'ensuit.

---

là je me resouls : c'est à cela que je me résous | *prudent* : sage | *davantaige* : de plus

Le teneur des lettres* que Grandgousier
escripvoit à Gargantua.

CHAPITRE XXIX

La ferveur de tes estudes requeroit que de long temps ne te revocasse de cestuy philosophicque repous, sy la confiance de noz amys et anciens confederez n'eust de present frustré la seureté de ma vieillesse. Mais puis que telle est ceste fatale destinée que par iceulx soye inquieté es quelz plus je me repousoye, force me est te rappeller au subside* des gens et biens qui te sont par droict naturel affiez*.

Car ainsi comme debiles* sont les armes au dehors si le conseil n'est en la maison : aussi vaine est l'estude et le conseil inutile qui en temps oportun par vertus n'est executé et à son effect reduict.

Ma deliberation* n'est de provocquer, ains de apaiser ; d'assaillir, mais defendre ; de conquester, mais de guarder mes feaulx* subjectz et terres hereditaires. Es quelles est hostillement entré Picrochole sans cause ny occasion, et de jour en jour poursuit sa furieuse entreprinse avecques excès non tolerables à personnes liberes*.

Je me suis en devoir mis pour moderer sa cholere tyrannicque, luy offrent tout ce que je pensois luy povoir estre en contentement, et par plusieurs foys ay envoyé amiablement devers luy pour entendre en

---

des lettres : de la lettre | *subside :* secours | *affiez :* confiés | *debiles :* faibles | *deliberation :* décision | *feaulx :* loyaux | *liberes :* libres

quoy, par qui et comment il se sentoit oultragé, mais de luy n'ay eu responce que de voluntaire deffiance, et que en mes terres pretendoit seulement droict de bienseance★. Dont j'ay congneu que Dieu eternel l'a laissé★ au gouvernail de son franc arbitre et propre sens, qui ne peult estre que meschant sy par grâce divine n'est continuellement guidé[1] et pour le contenir en office★ et reduire★ à congnoissance, me l'a icy envoyé à molestes enseignes★.

Pourtant★ mon filz bien aymé le plus tost que faire pouras, ces lettres veues retourne à diligence★ secourir non tant moy (ce que toutesfoys par pitié naturellement tu doibs) que les tiens, lesquelz par raison tu peuz saulver et guarder. L'exploict sera faict à moindre effusion de sang que sera possible. Et si possible est par engins plus expediens★, cauteles★ et ruzes de guerre, nous saulverons toutes les ames : et les envoyerons joyeux à leurs domiciles.

Tres chier filz la paix de Christ, nostre redempteur, soyt avecques toy. Salue Ponocrates, Gymnaste et Eudemon de par moy. Du vingtiesme de Septembre.

Ton pere Grandgousier.

---

bienseance : d'y être comme chez lui | *laissé* : abandonné | *office* : devoir | *reduire* : ramener | *molestes enseignes* : signes fâcheux | *Pourtant* : c'est pourquoi | *à diligence* : en toute hâte | *engins plus expediens* : procédés plus efficaces | *cauteles* : ruses

Comment Ulrich Gallet fut envoyé devers Picrochole.

CHAPITRE XXX

Les lettres dictées et signées, Grandgousier ordonna que Ulrich Gallet, maistre de ses requestes, homme saige et discret*, duquel en divers et contentieux* affaires il avoit esprouvé la vertus et bon advis*, allast devers Picrochole, pour luy remonstrer* ce que par eux avoit esté decreté.

En celle heure partit le bon homme Gallet, et, passé le gué demanda au meusnier de l'estat de Picrochole : lequel luy feist responce que ses gens ne luy avoient laissé ny coq ny geline*, et qu'ilz s'estoient enserrez* en La Roche Clermauld et qu'il ne luy conseilloit poinct de proceder oultre*, de peur du guet, car leur fureur estoit enorme. Ce que facilement il creut, et pour celle nuict herbergea avecques le meusnier.

Au lendemain matin, se transporta avecques la trompette* à la porte du chasteau, et requist es guardes qu'ilz le feissent parler au roy pour son profit.

Les parolles annoncées au roy ne consentit aulcunement qu'on luy ouvrist la porte, mais se transporta sus le bolevard* et dist à l'embassadeur : « Qu'i a il de nouveau ? Que voulez vous dire ? »

Adoncques l'embassadeur propousa* comme s'ensuit :

discret : avisé | *contencieux* : litigieux | *advis* : jugement | *remonstrer* : exposer | *geline* : poule | *enserrez* : retranchés | *proceder oultre* : aller plus loin | *la trompette* : un trompette | *bolevard* : terre-plein d'un rempart | *propousa* : exposa

La harangue faicte par Gallet à Picrochole.

CHAPITRE XXXI

« Plus juste cause de douleur naistre ne peut entre les humains, que si du lieu dont par droicture* esperoient grace et benevolence*, ilz recepvent ennuy* et dommaige. Et non sans cause (combien que sans raison) plusieurs, venuz en tel accident, ont ceste indignité moins estimé tolerable, que leur vie propre, et en cas que* par force ny aultre engin* ne l'ont peu corriger, se sont eulx mesmes privez de ceste lumiere.

« Doncques merveille n'est* si le roy Grandgousier mon maistre est à ta furieuse et hostile venue saisy de grand desplaisir et perturbé en son entendement. Merveille seroit si ne l'avoient esmeu les excès incomparables, qui en ses terres, et subjectz ont esté par toy et tes gens commis, es quelz n'a esté obmis exemple aulcun d'inhumanité. Ce que luy est tant grief* de soy, par la cordiale affection, de laquelle tousjours a chery ses subjectz, que à mortel homme plus estre ne sçauroit. Toutesfoys sus l'estimation humaine plus grief luy est en tant que par toy et les tiens ont esté ces griefz* et tords faictz.

« Qui de toute memoire et ancienneté aviez, toy et tes peres, une amitié avecques luy et tous ses encestres

---

par droicture : de bonne foi | *benevolence :* bienveillance | *ennuy :* tracas | *en cas que :* lorsque | *engin :* moyen | *merveille n'est :* il n'est pas surprenant | *grief :* pénible | *griefz :* outrages

conceu, laquelle jusques à present comme sacrée
ensemble aviez inviolablement maintenue, guardée, et
entretenue, si bien que non luy seulement, ny les
siens, mais les nations barbares, Poictevins, Bretons,
Manseaux[1] et ceulx qui habitent oultre les isles de
Canarre et Isabella[2], ont estimé aussi facile demollir le
firmament et les abysmes eriger au dessus des nues
que desemparer★ vostre alliance : et tant l'ont
redoubtée en leurs entreprinses que n'ont jamais auzé
provoquer, irriter ny endommaiger l'ung, par craincte
de l'aultre.

« Plus y a. Ceste sacrée amitié tant a emply ce ciel
que peu de gens sont aujourd'huy habitans par tout le
continent et isles de l'ocean, qui ne ayent ambitieuse-
ment aspiré estre receuz en icelle à pactes par vous
mesmes conditionnez, autant estimans vostre confederation que leurs propres terres, et dommaines. En
sorte que de toute memoire n'a esté prince ny ligue
tant efferée★, ou superbe qui ait auzé courir sus, je ne
dis poinct voz terres, mais celles de voz confederez.
Et, si par conseil★ precipité, ont encontre eulx
attempté★ quelque cas de nouvelleté,★ le nom et tiltre
de vostre alliance entendu, ont soubdain desisté★ de
leurs entreprinses. Quelle furie doncques te esmeut
maintenant, toute alliance brisée, toute amitié
conculquée★, tout droict trespassé, envahir hostile-
ment ses terres, sans en rien avoir esté par luy ny les
siens endommaigé, irrité ny provocqué ? Où est foy ?
Où est loy ? Où est raison ? Où est humanité ? Où est
craincte de Dieu ? Cuyde tu ces oultraiges estre
recellés es esperitz eternelz, et au Dieu souverain, qui
est juste retributeur de noz entreprinses ? Si le cuyde,
tu te trompe, car toutes choses viendront à son jugement. Sont ce fatales destinées, ou influences des astres
qui voulent mettre fin à tes ayzes et repous ? Ainsi ont
toutes choses leur fin et periode★, et, quand elles sont

---

desemparer : défaire | efferée : orgueilleuse | conseil : décision
| attempté : tenté | cas de nouvelleté : entreprise imprévue | desisté :
renoncé | conculquée : foulée | periode : cycle d'évolution

venues à leur poinct suppellatif*, elles sont en bas
ruinées, car elles ne peuvent long temps en tel estat
demourer. C'est la fin de ceulx qui leurs fortunes et
prosperitez ne peuvent par rayson et temperance
moderer.

« Mais si ainsi estoit phée*, et deust ores ton heur*
et repos prendre fin, falloit il que ce feust en
incommodant à mon Roy, celluy par lequel tu estois
estably ? Si ta maison debvoit ruiner, failloit il qu'en sa
ruine elle tombast suz les atres* de celluy qui l'avoit
aornée ? La chose est tant hors les metes* de raison,
tant abhorrente* de sens commun, que à peine peut
elle estre par humain entendement conceue, et jusques à ce demourera non croiable entre les estrangiers, que l'effect asseuré et tesmoigné leur donne à
entendre que rien n'est ny sainct, ny sacré à ceulx qui
se sont emancipez de Dieu et Raison, pour suyvre
leurs affections* perverses.

« Si quelque tort eust esté par nous faict en tes
subjectz, et dommaines, si par nous eust esté porté
faveur à tes mal vouluz,* si en tes affaires ne te eussions secouru, si par nous ton nom et honneur eust
esté blessé. Ou, pour mieulx dire : si l'esperit calum-
niateur, tentant à mal te tirer, eust par fallaces espe-
ces* et phantasmes ludificatoyres* mis en ton entendement que envers toy eussions faict choses non
dignes de nostre ancienne amitié, tu debvois premier
enquerir de la verité, puis nous en admonester*. Et
nous eussions tant à ton gré satisfaict, que eusse eu
occasion de toy contenter. Mais (ô Dieu eternel)
quelle est ton entreprinse ?

« Vouldroys tu, comme tyrant perfide, pillier ainsi et
dissiper le royaulme de mon maistre ? Le as tu
esprouvé tant ignave*, et stupide qu'il ne voulust, ou
tant destitué* de gens, d'argent, de conseil, et d'art

---

suppellatif : maximum | *phée* : ordonné par le destin *(fatum)* | *heur* :
bonheur | *atres* : foyer | *metes* : limites | *abhorrente* : divergent
| *affections* : passions | *mal vouluz* : ennemis | *fallaces especes* : fausses
apparences | *ludificatoyres* : illusoires | *admonester* : faire remontrance
| *ignave* : paresseux | *destitué* : dépourvu

militaire, qu'il ne peust resister à tes iniques assaulx ? Depars★ d'icy presentement, et demain pour tout le jour soye retiré en tes terres, sans par le chemin faire aulcun tumulte★ ne force★. Et paye mille bezans★ d'or pour les dommaiges que as faict en ces terres. La moytié bailleras demain, l'aultre moytié payeras es ides de May prochainement venant : nous delaissant ce pendent pour houltaige les ducs de Tournemoule, de Basdefesses et de Menuail, ensemble le prince de Gratelles et le viconte de Morpiaille. »

Depars : pars | *tumulte* : trouble | *force* : violence | *bezans* : besants (monnaie d'origine byzantine)

*Comment Grandgousier pour achapter paix
feist rendre les fouaces.*

CHAPITRE XXXII

A tant* se teut le bon homme Gallet, mais Picrochole
à tous ses propos ne respond aultre chose sinon : « Venez
les querir, venez les querir. Ilz ont belle couille et molle[1].
Ilz vous brayeront* de la fouace. »

Adoncques retourne vers Grandgousier, lequel
trouva à genous, teste nue, encliné* en un petit coing
de son cabinet, priant Dieu, qu'il vouzist amollir la
cholere de Picrochole, et le mettre au poinct de
raison, sans y proceder par force. Quand veit le bon
homme de retour il luy demanda :

« Ha mon amy, mon amy, quelles nouvelles m'ap-
portez vous ?

— Il n'y a, dist Gallet, ordre*, cest homme est du
tout* hors du sens et delaissé de Dieu.

— Voyre mais*, dist Grandgousier, mon amy,
quelle cause pretend il de cest excès ?

— Il ne me a, dist Gallet, cause quecconques
exposé. Sinon qu'il m'a dict en cholere quelques motz
de fouaces. Je ne sçay si l'on auroit poinct faict oultrage à ses fouaciers.

— Je le veulx, dist Grandgousier, bien entendre davant
qu'aultre chose deliberer* sur ce que seroit de faire. »

A tant : alors | *brayeront* : broieront | *encliné* : agenouillé | *Il n'y a …
ordre* : rien n'est en ordre | *du tout* : entièrement | *Voyre mais* : certes,
mais | *deliberer* : décider

Alors manda sçavoir de cest affaire : et trouva pour vray qu'on avoit prins par force quelques fouaces de ses gens et que Marquet avoit repceu un coup de tribard* sus la teste. Toutesfoys que le tout avoit esté bien payé, et que le dict Marquet avoit premier blessé Forgier de son fouet par les jambes. Et sembla à tout son conseil que en toute force il se doibvoit defendre. Ce non ostant, dist Grandgousier :

« Puis qu'il n'est question que de quelques fouaces, je essayeray le contenter, car il me desplaist par trop de lever* guerre. »

Adoncques s'enquesta combien on avoit prins de fouaces, et entendent quatre ou cinq douzaines, commenda qu'on en feist cinq charretées en icelle nuict, et que l'une feust de fouaces faictes à beau beurre, beau moyeux* d'eufz, beau saffran, et belles espices pour estre distribuées à Marquet, et que pour ses interestz il luy donnoit sept cens mille et troys philippus pour payer les barbiers qui l'auroient pensé, et d'abondant* luy donnoit la mestayrie de la Pomardiere à perpetuité, franche² pour luy et les siens. Pour le tout conduyre et passer fut envoyé Gallet. Lequel par le chemin, feist cuillir pres de la Sauloye force grands rameaux de cannes et rouzeaux, et en feist armer autour leurs charrettes, et chascun des chartiers, luy mesmes en tint un en sa main : par ce voulant donner à congnoistre qu'ilz ne demandoient que paix et qu'ilz venoient pour l'achapter. Eulx venuz à la porte, requirent parler à Picrochole de par Grandgousier. Picrochole ne voulut oncques les laisser entrer, ny aller à eulx parler, et leurs manda qu'il estoit empesché, mais qu'ilz dissent ce qu'ilz vouldroient au capitaine Toucquedillon, lequel affustoit* quelque piece sus les murailles. Adonc luy dict le bon homme :

« Seigneur, pour vous retirer de tout ce debat et ouster toute excuse que ne retournez en nostre premiere alliance, nous vous rendons presentement les

---

tribard : gourdin | *lever* : entreprendre | *moyeux* : jaune | *d'abondant* : de plus | *affustoit* : plaçait sur l'affût

fouaces dont est la controverse. Cinq douzaines en prindent noz gens ; elles furent tres bien payées ; nous aymons tant la paix que nous en rendons cinq charrettes : desquelles ceste icy sera pour Marquet, qui plus se plainct. Dadvantaige pour le contenter entierement, voy là sept cens mille et troys philippus★ que je luy livre, et pour l'interest qu'il pourroit pretendre, je luy cede la mestayrie de la Pomardiere, à perpetuité, pour luy et les siens, possedable en franc alloy★ ; voyez cy le contract de la transaction. Et pour Dieu vivons dorenavant en paix, et vous retirez en vos terres joyeusement : cedans ceste place icy, en laquelle n'avez droict quelconques, comme bien le confessez, et amis comme par avant. »

Toucquedillon raconta le tout à Picrochole, et de plus en plus envenima son couraige★ luy disant :

« Ces rustres ont belle paour. Par Dieu Grandgousier se conchie, le pouvre beuveur, ce n'est son art aller en guerre, mais ouy bien vuider les flascons. Je suis d'opinion que retenons ces fouaces et l'argent, et au reste nous hastons de remparer★ icy et poursuivre nostre fortune. Mais pensent ilz bien avoir affaire à une duppe, de vous paistre de ces fouaces : voylà que c'est, le bon traictement et la grande familiarité que leurs avez par cy davant tenue vous ont rendu envers eulx comtemptible★. Oignez★ villain, il vous poindra★, poignez villain, il vous oindra.

— Çà, çà, çà, dist Picrochole, sainct Jacques, ilz en auront. Faictes ainsi qu'avez dict.

— D'une chose, dist Toucquedillon, vous veux je advertir. Nous sommes icy assez mal avituaillez★ et pourveuz maigrement des harnoys de gueule★. Si Grandgousier nous mettoit siege, des à présent m'en irois faire arracher les dents toutes, seulement que troys me restassent, autant, à voz gens comme à

philippus : pièces d'or | *franc alloy* : franc-alleu (non dépendant d'un seigneur) | *couraige* : son état d'esprit | *remparer* : retrancher | *contemptible* : méprisable | *Oignez* : flattez | *poindra* : piquera | *avituaillez* : ravitaillés | *de gueule* : de bouche (provisions)

moy : avec icelles nous n'avangerons★ que trop à manger noz munitions★.

— Nous, dist Picrochole, n'aurons que trop mangeailles. Sommes nous icy pour manger ou pour batailler ?

— Pour batailler vrayement, dist Toucquedillon. Mais de la pance vient la dance. Et où faim regne, force exule★.

— Tant jazer, dist Picrochole. Saisissez ce qu'ilz ont amené. »

Adoncques prindrent argent et fouaces et beufz et charrettes, et les renvoyerent sans mot dire, sinon que plus n'aprochassent de si pres pour la cause qu'on leur diroit demain. Ainsi sans rien faire retournerent devers Grandgousier, et luy conterent le tout : adjoustans qu'il n'estoit aulcun espoir de les tirer à paix, sinon à vive et forte guerre.

avangerons : arriverons | *munitions* : provisions | *exule* : s'exile

Comment certains gouverneurs de Picrochole par conseil
precipité le mirent au dernier peril.

CHAPITRE XXXIII

Les fouaces destroussées★ comparurent davant
Picrochole les duc de Menuail, comte Spadassin, et
capitaine Merdaille, et luy dirent :
« Cyre aujourd'huy nous vous rendons le plus heureux, plus chevaleureux prince qui oncques feust
depuis la mort de Alexandre Macedo.
— Couvrez, couvrez vous, dist Picrochole.
— Grand mercy (dirent ilz), Cyre, nous sommes à
nostre debvoir. Le moyen est tel, vous laisserez icy
quelque capitaine en garnison avec petite bande★ de
gens, pour garder la place, laquelle nous semble assez
forte, tant par nature, que par les rampars faictz à
vostre invention. Vostre armée partirez★ en deux,
comme trop mieulx l'entendez.
« L'une partie ira ruer★ sur ce Grandgousier, et ses
gens. Par icelle sera de prime abordée★ facilement desconfit. Là recouvrerez argent à tas. Car le vilain en a du
content ; vilain, disons nous, parce que un noble prince
n'a jamais un sou. Thesauriser est faict de vilain.
« L'aultre partie, cependent, tirera vers Onys, Sanc-
tonge, Angomoys et Gascoigne, ensemble Perigot★,
Medoc et Elanes★. Sans resistence prendront villes,

---

destroussées : dérobées | *bande* : troupe | *partirez* : diviserez | *ruer* : se
précipiter | *de prime abordée* : au premier assaut | *Perigot* : Périgord
| *Elanes* : Landes

chasteaux et forteresses. A Bayonne, à Sainct Jean de
Luc et Fontarabie sayzirez toutes les naufz, et, coustoyant vers Galice, et Portugal, pillerez tous les lieux
maritimes jusques à Ulisbonne*, où aurez renfort de
tout equipage requis* a un conquerent. Par le corbieu,
Hespaigne se rendra, car ce ne sont que madourrez* !
Vous passerez par l'estroict de Sibyle*, et là erigerez
deux colonnes[1], plus magnificques que celles de Hercules, à perpetuelle memoire de vostre nom. Et sera
nommé cestuy destroict la mer Picrocholine. Passée la
mer Picrocholine, voicy Barberousse[2] qui se rend
vostre esclave.

— Je (dist Picrochole) le prendray à mercy*.

— Voyre* (dirent ilz), pourveu qu'il se face bap-
tiser. Et oppugnerez* les royaulmes de Tunic*, de
Hippes*, Argiere*, Bone, Corone*, hardiment toute
Barbarie. Passant oultre retiendrez en vostre main
Majorque, Minorque, Sardaine, Corsicque*, et aultres
isles de la mer Ligusticque* et Baleare. Coustoyant* à
gausche, dominerez toute la Gaule Narbonicque, Provence et Allobroges, Genes, Florence, Lucques, et à
Dieu seas Rome*. Le pauvre Monsieur du Pape meurt
desjà de peur.

— Par ma foy, dist Picrochole, je ne lui baiseray jà
sa pantoufle.

— Prinze* Italie, voylà Naples, Calabre, Appoulle*
et Sicile toutes à sac, et Malthe avec. Je vouldrois bien
que les plaisans chevaliers jadis Rhodiens vous resis-
tassent, pour veoir de leur urine.

— Je iroys (dict Picrochole) voluntiers à Laurette.

— Rien, rien (dirent ilz), ce sera au retour. De là,
prendrons Candie*, Cypre, Rhodes, et les isles
Cyclades, et donnerons sus la Morée. Nous la tenons.

Ulisbonne : Lisbonne / *requis* : nécessaire / *madourrez* : lourdauds
/ *estroict de Sibyle* : détroit de Séville (Gibraltar) / *le prendray à
mercy* : lui ferai grâce / *Voyre* : oui / *oppugnerez* : attaquerez / *Tunic* :
Tunis / *Hippes* : Bizerte / *Argière* : Alger / *Corone* : Cyrène / *Corsicque* : la Corse / *mer Ligusticque* : golfe de Gênes / *Coustoyant* :
longeant la côté / *à Dieu seas Rome* : à Dieu sois, Rome / *Prinze* :
prise / *Appoulle* : les Pouilles / *Candie* : la Crète

Sainct Treignan, Dieu gard Hierusalem, car le Soubdan* n'est pas comparable à vostre puissance.

— Je (dist il) feray doncques bastir le temple de Salomon.

— Non (dirent ils) encores, attendez un peu : ne soyez jamais tant soubdain à vos entreprinses. Sçavez vous que disoit Octavian Auguste ? *Festina lente**. Il vous convient premierement avoir l'Asie Minor, Carie, Lycie, Pamphile*, Celicie*, Lydie, Phrygie, Mysie, Betune*, Charazie*, Satalie, Samagarie, Castamena, Luga, Savasta* jusques à Euphrates.

— Voyrons nous (dist Picrochole) Babylone et le Mont Sinay ?

— Il n'est (dirent ilz) jà besoing pour ceste heure. N'est ce pas assez tracassé dea avoir transfreté* la mer Hircane*, chevauché les deux Armenies, et les troys Arabies ?

— Par ma foy, dist il, nous sommes affolez. Ha, pauvres gens !

— Quoy ? dirent ilz.

— Que boyrons nous par ces desers ? Car Julian Auguste* et tout son oust* y moururent de soif, comme l'on dict.

— Nous (dirent ilz) avons jà donné ordre à tout. Par la mer Siriace* vous avez neuf mille quatorze grands naufz, chargées des meilleurs vins du monde, elles arriverent à Japhes*. Là se sont trouvez vingt et deux cens mille chameaulx, et seize cens elephans, lesquelz aurez prins à une chasse environ Sigeilmes*, lorsque entrastes en Libye, et d'abondant eustes toute la garavane de la Mecha*. Ne vous fournirent ilz de vin à suffisance ?

— Voire, mais, dist il, nous ne beumes poinct frais.

— Par la vertus, dirent ilz, non pas d'un petit

Soubdan : Sultan | *Festina lente* : hâte-toi lentement | *Pamphile* : Pamphilie / *Celicie* : Cilicie | *Betune* : Bithynie | *Charazie* : Carrasie | *Savasta* : Sébassa | *transfreté* : traversé | *mer Hircane* : mer Caspienne | *Julian Auguste* : l'empereur Auguste | *oust* : armée | *Siriace* : Syriaque | *Japhes* : Jaffa | *Sigeilmes* : Sidjilmassa (au Maroc) | *Mecha* : Mecque

poisson, un preux, un conquerent, un pretendent et aspirant à l'empire univers ne peut tousjours avoir ses aizes. Dieu soit loué que estes venu vous et voz gens saufz et entiers jusques au fleuve du Tigre.

— Mais, dist il, que faict ce pendent la part de nostre armée qui desconfit ce villain humeux* Grandgousier ?

— Ilz ne chomment pas (dirent ilz) ; nous les rencontrerons tantost. Ilz vous ont pris Bretaigne, Normandie, Flandres, Haynault, Brabant, Artoys, Hollande, Selande, ilz ont passé le Rhin par sus le ventre des Suices et Lansquenetz, et part d'entre eulx ont dompté Luxembourg, Lorraine, la Champaigne, Savoye jusques à Lyon, auquel lieu ont trouvé voz garnisons retournans des conquestes navales de la mer Mediterranée. Et se sont reassemblez en Boheme, apres avoir mis à sac Soueve*, Vuitemberg*, Bavieres, Austriche, Moravie et Stirie. Puis ont donné fierement ensemble sus Lubek, Norwerge, Swedenrich*, Dace*, Gotthie, Engroneland, les Estrelins*, jusques à la mer Glaciale*. Ce faict conquesterent les isles Orchades et subjuguerent Escosse, Angleterre et Irlande. De là navigans par la mer Sabuleuse*, et par les Sarmates*, ont vaincu et dominé Prussie, Polonie, Litwanie, Russie, Valache*, la Transsilvane et Hongrie, Bulgarie, Turquie, et sont à Constantinoble.

— Allons nous, dist Picrochole, rendre à eulx le plus toust, car je veulx estre aussi empereur de Thebizonde*. Ne tuerons nous pas tous ces chiens turcs et Mahumetistes ?

— Que diable, dirent ilz, ferons nous doncques ? Et donnerez leurs biens et terres à ceulx qui vous auront servy honnestement.

— La raison (dist il) le veult, c'est équité. Je vous donne la Carmaigne*, Surie et toute Palestine.

humeux : ivrogne | *Soueve* : la Souabe | *Vuitemberg* : Wurtemberg | *Swedenrich* : Suède | *Dace* : Danemark | *Estrelins* : la Hanse | *mer Glaciale* : mer Arctique | *mer Sabuleuse* : mer Baltique | *Sarmates* : Sarmates, sur la Baltique | *Valache* : Valachie | *Thebizonde* : Trébizonde (empire byzantin médiéval) | *Carmaigne* : Caramanie

— Ha, dirent ilz, Cyre, c'est du bien de vous : grand mercy. Dieu vous face bien tousjours prosperer. »

Là present estoit un vieux gentilhomme esprouvé en divers hazars et vray routier de guerre, nommé Echephron, lequel ouyant ces propous, dist :

« J'ay grand peur que toute ceste entreprinse sera semblable à la farce du pot au laict, duquel un cordouannier se faisoit riche par resverie : puis, le pot cassé, n'eut de quoy disner. Que pretendez vous par ces belles conquestes ? Quelle sera la fin de tant de travaulx et traverses ?

— Ce sera, dist Picrochole que nous retournez repouserons à noz aises. »

Dont dist Echephron :

« Et si par cas jamais n'en retournez, car le voyage est long et pereilleux, n'est ce mieulx que des maintenant nous repousons, sans nous mettre en ces hazars ?

— O, dist Spadassin, par Dieu voicy un bon resveux ! Mais allons nous cacher au coing de la cheminée, et là passons avec les dames nostre vie et nostre temps à enfiller des perles, ou à filler comme Sardanapalus. Qui ne se adventure, n'a cheval ny mule, ce dist Salomon.

— Qui trop (dist Echephron) se adventure perd cheval et mulle, respondit Malcon.

— Baste* ! dist Picrochole, passons oultre. Je ne crains que ces diables de legions de Grandgousier. Ce pendent que nous sommes en Mesopotamie, s'ilz nous donnoient sus la queue, quel remede ?

— Tres bon, dist Merdaille, une belle petite commission*, laquelle vous envoirez es Moscovites, vous mettra en camp pour un moment quatre cens cinquante mille combatans d'eslite. O si vous me y faictes vostre lieutenant, je tueroys un pigne pour un mercier[3] ! Je mors, je rue, je frappe, je attrape, je tue, je renye !

— Sus, sus, dict Picrochole, qu'on despesche tout, et qui me ayme si me suyve ! »

Baste : suffit / *commission* : ordre de lever des troupes

Comment Gargantua laissa la ville de Paris pour secourir son païs et comment Gymnaste rencontra les ennemys.

CHAPITRE XXXIV

En ceste mesmes heure Gargantua, qui estoyt yssu de Paris soubdain les lettres de son pere leues sus sa grand jument venant, avoit jà passé le pont de la Nonnain, luy, Ponocrates, Gymnaste et Eudemon, lesquelz pour le suivre avoient prins chevaulx de poste. Le reste de son train* venoit à justes journées, amenent tous ses livres et instrument philosophique. Luy arrivé à Parillé, fut adverty par le mestayer de Gouguet, comment Picrochole s'estoit remparé* à La Roche Clermaud et avoit envoyé le capitaine Tripet avec grosse armée assaillir le boys de Vede[1] et Vaugaudry, et qu'ilz avoient couru la poulle[2] jusques au Pressouer Billard : et que c'estoit chose estrange et difficile à croyre des excès qu'ilz faisoient par le pays. Tant qu'il luy feist paour, et ne sçavoit bien que dire ny que faire. Mais Ponocrates luy conseilla qu'ilz se transportassent vers le seigneur de La Vauguyon, qui de tous temps avoit esté leur amy et confederé, et par luy seroient mieulx advisez de tous affaires, ce qu'ilz feirent incontinent, et le trouverent en bonne deliberation* de leur secourir, et feut de opinion que il envoyroit quelq'un de ses gens pour descouvrir le pays et sçavoir en quel estat estoient les ennemys, affin de y proceder par conseil* prins scelon la forme de l'heure presente. Gymnaste se

train / suite | *remparé* : retranché | *deliberation* : disposition | *conseil* : décision

offrit d'y aller, mais il feut conclud que pour le meilleur il menast avecques soy quelq'un qui congneust les voyes et destorses*, et les rivieres de l'entour.

Adoncques partirent luy et Prelinguand escuyer de Vauguyon, et sans effroy espierent de tous coustez. Ce pendent Gargantua se refraischit*, et repeut quelque peu avecques ses gens, et feist donner à sa jument un picotin d'avoyne, c'estoient soisante et quatorze muys troys boisseaux. Gymnaste et son compaignon tant chevaucherent qu'ilz rencontrerent les ennemys tous espars et mal en ordre, pillans et desrobans tout ce qu'ilz povoient : et, de tant loing qu'ilz l'aperceurent, accoururent sus luy à la foulle pour le destrouser. Adonc il leurs cria :

« Messieurs je suys pauvre diable ; je vous requiers qu'ayez de moy mercy. J'ay encores quelque escu : nous le boyrons, car c'est *aurum potabile**, et ce cheval icy sera vendu pour payer ma bien venue : cela faict, retenez moy des vostres, car jamais homme ne sceut mieulx prendre, larder, roustir et aprester, voyre par Dieu demembrer et gourmander* poulle que moy qui suys icy, et pour mon *proficiat** je boy à tous bons compaignons. »

Lors descouvrit sa ferriere* et, sans mettre le nez dedans, beuvoyt assez honnestement. Les maroufles* le regardoient ouvrans la gueule d'un grand pied, et tirans les langues comme levriers, en attente de boyre apres : mais Tripet le capitaine sus ce poinct accourut veoir que c'estoit. A luy Gymnaste offrit sa bouteille, disant :

« Tenez, capitaine, beuvez en hardiment, j'en ay faict l'essay, c'est vin de La Faye Monjau[3].

— Quoy, dist Tripet, ce gautier* icy se guabele* de nous ! Qui es tu ?

— Je suis (dist Gymnaste) pauvre diable.

---

destorses : détours | *refraischit* : refit | *aurum potabile* : or potable (potion) | *gourmander* : apprêter finement | *proficiat* : cadeau à un nouvel évêque | *ferriere* : gourde | *maroufles* : marauds | *gautier* : gaillard | *guabele* : moque

— Ha ! (dist Tripet) puisque tu es pauvre diable, c'est raison que passes oultre, car tout pauvre diable passe partout sans peage ny gabelle. Mais ce n'est de coustume que pauvres diables soient si bien monstez : pour tant, Monsieur le diable, descendez que je aye le roussin*, et, si bien il ne me porte, vous, Maistre diable, me porterez. Car j'ayme fort q'un diable tel m'emporte. »

---

roussin : roussin (grand cheval de guerre)

Comment Gymnaste soupplement tua le capitaine Tripet
et aultres gens de Picrochole.

CHAPITRE XXXV

Ces motz entenduz, aulcuns d'entre eulx commencerent avoir frayeur, et se seignoient de toutes mains,
pensans que ce feust un diable desguisé, et quelq'un
d'eulx, nommé Bon Joan, capitaine des Franc
Topins[1], tyra ses heures de sa braguette et cria assez
hault : « *Agios ho Theos*[2]. Si tu es de Dieu, sy parle, sy
tu es de l'Aultre, sy t'en va ! » Et pas ne s'en alloit, ce
que entendirent plusieurs de la bande, et departoient
de la compaignie. Le tout notant et considerant Gymnaste. Pour tant feist semblant descendre de cheval,
et, quand feut pendent du cousté du montouer, feist
soupplement le tour de l'estriviere*, son espée
bastarde* au cousté, et, par dessoubz passé, se lança
en l'air, et se tint des deux piedz sus la scelle le cul
tourné vers la teste du cheval. Puis dist : « Mon cas va
au rebours[3]. »

Adoncq en tel poinct qu'il estoit, feist la guambade
sus un pied, et tournant à senestre, ne faillit* oncq de
rencontrer sa propre assiete* sans en rien varier. Dont
dist Tripet :

« Ha ne feray pas cestuy là pour ceste heure, et pour
cause.

---

estriviere : étrivière, courroie de l'étrier | *espée bastarde* : apte à
frapper du tranchant et de la pointe | *faillit* : manqua | *rencontrer...*
assiete : reprendre sa première position

— Bren* (dist Gymnaste) j'ay failly*, je voys defaire* cestuy sault. »

Lors par grande force et agilité feist en tournant à dextre la gambade comme davant. Ce faict mist le poulce de la dextre sus l'arçon de la scelle, et leva tout le corps en l'air, se soustenant tout le corps sus le muscle et nerf dudict poulce : et ainsi se tourna troys foys. A la quatriesme, se renversant tout le corps sans à rien toucher, se guinda* entre les deux aureilles du cheval, soudant* tout le corps en l'air sus le poulce de la senestre : et en cest estat feist le tour du moulinet*, puis, frappant du plat de la main dextre sus le meillieu de la selle, se donna tel branle* qu'il se assist sus la crope, comme font les damoiselles. Ce faict tout à l'aise passe la jambe droicte par sus la selle, et se mist en estat de chevaucheur sus la croppe.

« Mais (dist il) mieulx vault que je me mette entre les arsons. »

Adoncq se appoyant sus les poulces des deux mains à la crope davant soy, se renversa cul sus teste en l'air et se trouva entre les arsons en bon maintien, puis d'un sobresault leva tout le corps en l'air, et ainsi se tint piedz joinctz entre les arsons, et là tournoya plus de cent tours, les bras estenduz en croix, et crioit ce faisant à haulte voix : « J'enrage, diables, j'enrage, j'enrage, tenez moy, diables, tenez moy, tenez ! »

Tandis qu'ainsi voltigeoit, les marroufles* en grand esbahissement disoient l'ung à l'aultre : « Par la mer Dé c'est un lutin ou un diable ainsi deguisé. *Ab hoste maligno, libera nos, Domine**. » Et fuyoient à la route, regardans darriere soy, comme un chien qui emporte un plumail*. Lors Gymnaste voyant son advantaige, descend de cheval : desguaigne * son espée et à grands

---

Bren : merde | *j'ai failly* : je me suis trompé | *defaire* : reprendre à zéro | *guinda* : éleva | *soudant* : soulevant (de *sourdre*) | *feist... moulinet* : tourna (sur son pouce) comme aile de moulin | *branle* : mouvement | *mourroufles* : marauds | *Ab hoste... Domine* : délivre-nous de l'ennemi malin, Seigneur | *plumail* : bout de l'aile d'une volaille | *desguaigne* : dégaine

coups chargea sus les plus huppés*, et les ruoit* à grands monceaulx, blessez, navrez* et meurtriz, sans que nul luy resistast, pensans que ce feust un diable affamé, tant par les merveilleux voltigemens qu'il avoit faict que par les propos que luy avoit tenu Tripet, en l'appellant *pauvre diable*. Sinon que Tripet en trahison luy voulut fendre la cervelle de son espée lansquenette*, mais il estoit bien armé, et de cestuy coup ne sentit que le chargement, et soubdain se tournant, lancea un estoc* volant audict Tripet, et ce pendent que icelluy se couvroit en hault, luy tailla d'un coup l'estomac, le colon, et la moytié du foye, dont tomba par terre, et tombant, rendit plus de quatre potées de souppes, et l'ame meslée parmy les souppes.

Ce faict[4] Gymnaste se retyre considerant que les cas* de hazart jamais ne fault poursuyvre jusques à leur periode*, et qu'il convient à tous chevaliers reverentement traicter leur bonne fortune, sans la molester ny gehainer*. Et monstant sus son cheval luy donne des esperons, tyrant droict son chemin vers La Vauguyon, et Prelinguand avecques luy.

---

huppés : ceux qui avaient le plus d'allure / *ruoit* : renversait / *navrez* : blessés / *lansquenette* : de lansquenet / *estoc* : coup de pointe / *cas* : occasions / *jusques à leur periode* : jusqu'au bout / *gehainer* : tourmenter

*Comment Gargantua demollit le chasteau du gué de Vede,
et comment ilz passerent le gué.*

CHAPITRE XXXVI

Venu que fut raconta l'estat onquel avoit trouvé les
ennemys et du stratageme qu'il avoit faict, luy seul
contre toute leur caterve★, afferment que ilz n'estoient
que maraulx, pilleurs et brigans, ignorans de toute
discipline militaire, et que hardiment ilz se missent en
voye, car il leurs seroit tres facile de les assommer
comme bestes.

Adoncques monta Gargantua sus sa grande jument,
accompaigné comme davant avons dict. Et trouvant
en son chemin un hault et grand arbre (lequel
communement on nommoit l'Arbre de sainct Martin,
pource qu'ainsi estoit creu un bourdon★ que jadis
sainct Martin y planta), dist : « Voicy ce qu'il me
falloit : cest arbre me servira de bourdon et de lance. »
Et l'arrachit facilement de terre, et en ousta les
rameaux, et le para★ pour son plaisir[1]. Ce pendent sa
jument pissa pour se lascher le ventre : mais ce fut en
telle abondance, qu'elle en feist sept lieues de deluge,
et deriva tout le pissat au gué de Vede, et tant l'enfla
devers le fil de l'eau, que toute ceste bande★ des
ennemys furent en grand horreur noyez, exceptez aulcuns qui avoient prins le chemin vers les cousteaux à
gauche.

caterve : troupe | *bourdon* : bâton (de pèlerin) | *para* : arrangea
| *bande* : troupe

Gargantua[2] venu à l'endroit du boys de Vede, feust advisé par Eudemon que dedans le chasteau estoit quelque reste des ennemys, pour laquelle chose sçavoir Gargantua s'escria tant qu'il peut :

« Estez vous là, ou n'y estez pas ? Si vous y estez, n'y soyez plus ; si n'y estez, je n'ay que dire. »

Mais un ribauld canonnier qui estoit au machicoulys, luy tyra un coup de canon, et le attainct par la temple* dextre furieusement : toutesfoys ne luy feist pour ce mal en plus que s'il luy eust getté une prune.

« Qu'est ce là ? (dist Gargantua). Nous gettez vous icy des grains de raisins ? La vendange vous coustera cher. » Pensant de vray que le boulet feust un grain de raisin.

Ceulx qui estoient dedans le chasteau amuzez à la pille*, entendant le bruit coururent aux tours et forteresses, et luy tirerent plus de neuf mille vingt et cinq coups de faulconneaux* et arquebouzes, visans tous à sa teste, et si menu tirioent contre luy qu'il s'escria :

« Ponocrates, mon amy, ces mousches icy me aveuglent, baillez moy quelque rameau de ces saulles pour les chasser. » Pensant des plombées* et pierres d'artillerie* que feussent mousches bovines*.

Ponocrates l'advisa que n'estoient aultres mousches que les coups d'artillerye que l'on tiroit du chasteau. Alors chocqua de son grand arbre contre le chasteau, et à grans coups abastit et tours, et forteresses, et ruyna* tout par terre. Par ce moyen feurent tous rompuz, et mis en pieces ceulx qui estoient en icelluy. De là partans, arriverent au pont du moulin, et trouverent tout le gué couvert de corps mors, en telle foulle qu'ilz avoient engourgué le cours du moulin, et c'estoient ceulx qui estoient peritz au deluge urinal de la jument. Là feurent en pensement comment ils pourroient passer, veu l'empeschement de ces cadavres. Mais Gymnaste dist :

---

temple : tempe | *amuzez à la pille* : en train de jouer à la pile (balle, avec calembour sur *pille*) | *faulconneaux* : petites pièces d'artillerie légère | *plombées* : volées de plomb | *pierres d'artillerie* : boulets de pierre | *bovines* : à bœufs | *ruyna* : effondra

« Si les diables y ont passé, je y passeray fort bien.

— Les diables (dist Eudemon) y ont passé pour en emporter les âmes damnées.

— Sainct Treignan (dist Ponocrates) par doncques consequence necessaire il y passera.

— Voyre, voyre, dist Gymnaste, ou je demoureray en chemin. »

Et donnant des esperons à son cheval passa franchement oultre, sans que jamais son cheval eust fraieur des corps mors. Car il l'avoit acoustumé (selon la doctrine de Ælian[3]) à ne craindre les ames ny corps mors. Non en tuant les gens comme Diomedes tuoyt les Traces et Ulysses mettoit les corps de ses ennemys es pieds de ses chevaulx, ainsi que raconte Homere, mais en luy mettant un phantosme★ parmy son foin et le faisant ordinairement passer sus icelluy quand il luy bailloit son avoyne.

Les troys aultres le suyvirent sans faillir, excepté Eudemon, duquel le cheval enfoncea le pied droict jusques au genoil dedans la pance d'un gros et gras villain qui estoit là noyé à l'envers, et ne le povoit tirer hors : ainsi demoureroit empestré jusques à ce que Gargantua du bout de son baston enfondra★ le reste des tripes du villain en l'eau, ce pendant que le cheval levoit le pied. Et (qui est chose merveilleuse en hippiatrie★) feut ledict cheval guery d'un surot★ qu'il avoit en celluy pied, par l'atouchement des boyaux de ce gros marroufle★.

---

phantosme : mannequin | *enfondra* : enfonça | *hippiatrie* : médecine des chevaux | *surot* : tumeur | *marroufle* : maraud

*Comment Gargantua soy peignant faisoit tomber
de ses cheveulx les boulletz d'artillerye.*

CHAPITRE XXXVII

Issuz* la rive de Vede, peu de temps apres aborderent au chasteau de Grandgousier, qui les attendoit en grand desir. A sa venue ilz le festoyerent à tour de bras, jamais on ne veit gens plus joyeux, car *Supplementum Supplementi Chronicorum*[1] dict que Gargamelle y mourut de joye, je n'en sçay rien de ma part, et bien peu me soucie ny d'elle ny d'aultre. La verité fut que Gargantua se refraischissant d'habillemens et se testonnant* de son pigne (qui estoit grand* de cent cannes, appoincté de grandes dents de elephans toutes entieres) faisoit tomber à chascun coup plus de sept balles de bouletz qui luy estoient demourez entre ses cheveulx à la demolition du boys de Vede. Ce que voyant Grandgousier son pere pensoit que feussent pous, et luy dist :

« Dea, mon bon filz, nous as tu aporté jusques icy des esparviers de Montagu[2] ? Je n'entendoys que là tu feisse residence. »

Adonc Ponocrates respondit :

« Seigneur ne pensez que je l'aye mis au colliege de pouillerie qu'on nomme Montagu, mieulx le eusse voulu mettre entre les guenaux* de Sainct Innocent[3], pour l'enorme cruaulté et villennie que je y ay congneu. Car trop mieulx sont traictez les forcez*

Issuz : étant sortis de / *testonnant* : peignant / *grand* : long / *guenaux* : mendiants / *forcez* : forçats

entre les Maures et Tartares, les meurtriers en la
prison criminelle, voyre certes les chiens en vostre
maison, que ne sont ces malautruz audict colliege. Et
si j'estoys roy de Paris, le diable m'emport si je ne
metoys le feu dedans et faisoys brusler et principal et
regens qui endurent ceste inhumanité davant leurs
yeulx estre exercée. »

Lors levant un de ces boulletz, dist :

« Ce sont coups de canon que n'a guyeres a repceu
vostre filz Gargantua passant davant le Boys de Vede,
par la trahison de vos ennemys. Mais ilz en eurent
telle recompense qu'ilz sont tous periz en la ruine du
chasteau : comme les Philistins par l'engin* de
Sanson, et ceulx que opprima* la tour de Siloé, desquelz est escript *Luce, xiij*[4]. Iceulx je suis d'advis que
nous poursuyvons, ce pendent que l'heur* est pour
nous. Car l'occasion a tous ses cheveulx au front,
quand elle est oultre passée, vous ne la povez plus
revocquer*, elle est chauve par le darrière de la teste,
et jamais plus ne retourne[5].

— Vrayement, dist Grandgousier, ce ne sera pas à
ceste heure, car je veulx vous festoyer pour ce soir, et
soyez les tres bien venuz. »

Ce dict on apresta le soupper, et de surcroist feurent roustiz : seze beufz, troys genisses, trente et deux
veaux, soixante et troys chevreaux moissonniers*,
quatre vingt quinze moutons, troys cens gourretz de
laict à beau moust*, unze vingt perdrys, sept cens
becasses, quatre cens chappons de Loudunoys et Cor-
nouaille, six mille poulletz et autant de pigeons, six
cens gualinottes, quatorze cens levraux, troys cens et
troys hostardes*, et mille sept cens hutaudeaux*. De
venaison l'on ne peut tant soubdain recouvrir, fors*
unze sangliers qu'envoya l'abbé de Turpenay[6], et dix
et huict bestes fauves que donna le seigneur de
Grandmont, ensemble sept vingt faisans qu'envoya le

---

engin : ruse | *opprima* : écrasa | *heur* : chance | *revocquer* : rappeler
| *moissonniers* : de l'été | *moust* : moût de raisin | *hostardes* : outardes
(échassiers) | *hutaudeaux* : petits chapons | *fors* : sauf

seigneur des Essars, et quelques douzaines de ramiers, de oiseaux de riviere, de cercelles*, buours*, courtes*, pluviers, francolys*, cravans*, tyransons*, vanereaux*, tadournes*, pochecullieres*, pouacres*, hegronneaux, foulques*, aigrettes, cigouingnes, cannes petieres*, oranges flammans* (qui sont phœnicopteres), terrigoles, poulles de Inde*, force coscossons*, et renfort* de potages. Sans poinct de faulte y estoit de vivres abondance et feurent aprestez honnestement par Fripesaulce, Hoschepot et Pilleverjus, cuisiniers de Grandgousier. Janot, Micquel et Verrenet apresterent fort bien à boyre.

---

cercelles : sarcelles (oiseaux palmipèdes) | *buours* : butors | *courtes* : courlis (échassiers) | *francolys* : francolins (genre de perdrix) | *cravans* : oies sauvages (sortes d'oies) | *tyransons* : sortes de bécassines | *vanereaux* : vanneaux (échassiers) | *tadournes* : tadornes (sortes de canards) | *pochecullières* : spatules (échassiers à bec en forme de spatule) | *pouacres* : hérons tachetés | *foulques* : poules d'eau | *cannes petieres* : canepetières (outardes) | *oranges flammans* : flamants orangés | *poulles de Inde* : dindes | *coscossons* : couscous | *renfort* : quantité

Comment Gargantua mangea en sallade six pelerins.

CHAPITRE XXXVIII

Le propos requiert★ que racontons ce qu'advint à six pelerins qui venoient de Sainct Sebastien, pres de Nantes, et pour soy herberger celle nuict de peur des ennemys s'estoient mussez★ au jardin dessus les poyzars★, entre les choulx et lectues. Gargantua se trouva quelque peu alteré et demanda si l'on pourroit trouver de lectues pour faire sallade. Et entendent qu'il y en avoit des plus belles et grandes du pays, car elles estoient grandes comme pruniers ou noyers, y voulut aller luy mesmes et en emporta en sa main ce que bon luy sembla, ensemble emporta les six pelerins, lesquelz avoient si grand paour qu'ilz ne ausoient ny parler ny tousser.

Les lavant doncques premierement en la fontaine, les pelerins disoient en voix basse l'un à l'autre : « Qu'est il de faire ? Nous noyons★ icy, entre ces lectues. Parlerons nous ? Mais si nous parlons, il nous tuera comme espies.★ » Et comme ilz deliberoient ainsi, Gargantua les mist avecques ses lectues dedans un plat de la maison, grand comme la tonne de Cisteaulx[1], et, avecques huille, et vinaigre et sel, les mangeoit pour soy refraischir davant souper, et avoit jà engoullé cinq des pelerins, le sixiesme estoit dedans

---

le propos requiert : notre histoire veut | *mussez :* cachés | *poyzars :* tiges de pois | *nous noyons :* nous nous noyons | *espies :* espions

le plat, caché soubz une lectue, excepté son bourdon qui apparoissoit au dessus.

Lequel voyant, Grandgousier dist à Gargantua :

« Je croy que c'est là une corne de limasson, ne le mangez poinct.

— Pourquoy ? (dist Gargantua). Ilz sont bons tout ce moys. »

Et tyrant le bourdon ensemble enleva le pelerin et le mangeoit tres bien. Puis beut un horrible traict de vin pineau* et attendirent que l'on apprestast le souper. Les pelerins ainsi devorez se tirerent hors les meulles de ses dentz le mieulx que faire peurent, et pensoient qu'on les eust mys en quelque basse fousse des prisons. Et lors que Gargantua beut le grand traict, cuyderent noyer en sa bouche, et le torrent du vin presque les emporta au gouffre de son estomach, toutesfoys, saultans avec leurs bourdons, comme font les micquelotz*, se mirent en franchise* l'orée des dentz*. Mais par malheur l'un d'eux, tastant avecques son bourdon le pays à sçavoir s'ilz estoient en sceureté, frappa rudement en la faulte* d'une dent creuse, et ferut* le nerf de la mandibule*, dont feist tres forte douleur à Gargantua, et commença crier de raige qu'il enduroit. Pour doncques se soulaiger du mal feist aporter son curedentz, et sortant vers le noyer grollier*, vous denigea* Messieurs les pelerins.

Car il arrapoit l'un par les jambes, l'aultre par les espaules, l'aultre par la bezace, l'aultre par la foilluze*, l'aultre par l'escharpe, et le pauvre haire qui l'avoit feru du bourdon, le accrochea par la braguette, toutesfoys ce luy fut un grand heur*, car il luy percea une bosse chancreuze*, qui le martyrisoit depuis le temps qu'ilz eurent passé Ancenys.

Ainsi les pelerins denigez s'enfuyrent à travers la

---

pineau : vin de Bourgogne | *micquelotz* : pèlerins de Saint-Michel | *se ... franchise* : s'enfuirent | *l'orée des dentz* : le long des dents | *faulte* : défaut | *ferut* : frappa | *mandibule* : mâchoire | *noyer grollier* : noyer à grosses noix | *denigea* : dénicha | *foilluze* : bourse | *heur* : chance | *bosse chancreuze* : abcès ulcéreux

plante* à beau trot, et appaisa* la douleur. En laquelle heure feut appellé par Eudemon pour soupper, car tout estoit prest :

« Je m'en voys doncques (dist il) pisser mon malheur. »

Lors pissa si copieusement, que l'urine trancha le chemin aux pelerins, et furent contrainctz passer la grande boyre*. Passans de là par l'orée de la Touche en plain chemin, tomberent tous, excepté Fournillier, en une trape*, qu'on avoit faict pour prandre les loups à la trainnée*. Dont escapperent moyennant l'industrie* dudict Fournillier, qui rompit tous les lacz* et cordages. De là issus, pour le reste de celle nuyct coucherent en une loge* près le Couldray.

Et là feurent reconfortez de leur malheur par les bonnes parolles d'un de leur compaignie, nommé Lasdaller, lequel leur remonstra que ceste adventure avoit esté predicte par David *Ps.* :

« *Cum exurgerent homines in nos, forte vivos deglutissent nos,* quand nous feusmes mangez en salade au grain du sel ; *cum irasceretur furor eorum in nos, forsitan aqua absorbuisset nos,* quand il beut le grand traict ; *torrentem pertransivit anima nostra,* quand nous passasmes la grande boyre ; *forsitan pertransisset anima nostra aquam intolerabilem* de son urine, dont il nous tailla le chemin. *Benedictus Dominus, qui non dedit nos in captionem dentibus eorum. Anima nostra, sicut passer erepta est de laqueo venantium,* quand nous tombasmes en la trape ; *laqueus contritus est* par Fournillier, *et nos liberati sumus. Adjutorium nostrum,* etc.[2] »

---

plante : vignes / *appaisa* : s'apaisa / *boyre* : ruisseau / *trape* : fosse / *à la trainnée* : au filet / *industrie* : ingéniosité / *lacz* : liens / *loge* : cabane

Comment le Moyne fut festoyé par Gargantua,
et des beaulx propos qu'il tint en souppant.

Quand Gargantua feut à table et la premiere poincte des morceaux feut baufrée, Grandgousier commença raconter la source et la cause de la guerre meue entre luy et Picrochole, et vint au poinct de narrer comment Frere Jean des Entommeures avoit triumphé à la defence du clous* de l'abbaye, et le loua au dessus des prouesses de Camille, Scipion, Pompée, Cesar et Themistocles. Adoncques requist Gargantua que sus l'heure feust envoyé querir, affin qu'avecques luy on consultast* de ce qu'estoit à faire. Par leur vouloir l'alla querir son maistre d'hostel et l'admena joyeusement avecques son baston de croix sus la mulle de Grandgousier. Quand il feut venu, mille charesses, mille embrassemens, mille bons jours feurent donnez :

« Hés, Frère Jean, mon amy, Frere Jean mon grand cousin, Ferre Jean de par le diable. L'acollée, mon amy !

— A moy la brassée !

— Cza*, couillon, que je te esrene* de force de t'acoller ! »

Et Frere Jean de rigoller, jamais homme ne feut tant courtoys ny gracieux.

« Cza, cza, dist Gargantua, une escabelle icy, aupres de moy, à ce bout.

---

clous : clos | *consultast :* delibérât | *Cza :* ici | *esrene :* éreinte

— Je le veulx bien (dist le Moyne) puis qu'ainsi vous plaist. Page, de l'eau ! Boute,★ mon enfant, boute, elle me refraischira le faye★. Baille icy que je guargarize.

— *Deposita cappa*★, dit Gymnaste[1], oustons ce froc.

— Ho, par Dieu (dist le Moyne) mon gentil-homme, il y a un chapitre *in statutis Ordinis*★ auquel ne plairoit le cas.

— Bren★ (dist Gymnaste) bren, pour vostre chapitre. Ce froc vous rompt les deux espaules. Mettez bas.

— Mon amy (dist le Moyne) laisse le moy, car par Dieu je n'en boy que mieulx. Il me faict le corps tout joyeux. Si je le laisse, Messieurs les pages en feront des jarretieres : comme il me feut faict une foys à Coulaines[2]. Davantaige★, je n'auray nul appetit. Mais, si en cest habit je m'assys à table, je boiray, par Dieu, et à toy et à ton cheval, et de hayt★. Dieu guard de mal la compaignie ! Je avoys souppé. Mais pour ce ne mangeray je poinct moins. Car j'ay un estomac pavé, creux comme la botte sainct Benoist[3], tousjours ouvert comme la gibbesiere d'un advocat. De tous poissons fors que la tanche, prenez l'aesle de la perdrys, ou la cuisse d'une nonnain, n'est ce falotement★ mourir quand on meurt le caiche★ roidde ? Nostre prieur ayme fort le blanc de chappon.

— En cela (dist Gymnaste) il ne semble poinct aux renars : car des chappons, poules, pouletz qu'ilz prenent jamais ne mangent le blanc.

— Pourquoy ? dist le moyne.

— Parce (respondit Gymnaste) qu'ilz n'ont poinct de cuisiniers à les cuyre. Et s'ilz ne sont competentement cuitz, il demeurent rouge et non blanc. La rougeur des viandes est indice qu'elles ne sont assez cuytes. Exceptez les gammares★ et escrivices, que l'on cardinalize★ à la cuyte★.

Boute : donne | *faye* : foie | *Deposita cappa* : pose la chape | *in statutis Ordinis* : dans les statuts de mon ordre | *Bren* : merde | *Davantaige* : de plus | *de hayt* : joyeusement | *falotement* : gaiement | *caiche* : queue | *gammares* : homards | *cardinalize* : fait rougir | *cuyte* : cuisson

— Feste Dieu Bayard⁴ ! (dist le moyne)
l'enfermier* de nostre abbaye n'a doncques la teste
bien cuyte, car il a les yeulx rouges comme un jadeau*
de vergne. Ceste cuisse de levrault est bonne pour les
goutteux. A propos truelle⁵, pourquoy est ce que les
cuisses d'une damoizelle sont tousjours fraisches ?

— Ce problesme (dist Gargantua) n'est ny en Aristoteles, ny en Alexandre Aphrodise, ny en Plutarque.

— C'est (dist le moyne) pour trois causes par lesquelles un lieu est naturellement refraischy. Primo,
pource que l'eau decourt tout du long. Secundo,
pource que c'est un lieu umbrageux, obscur et tene-
breux, auquel jamais le soleil ne luist. Et tiercement,
pource qu'il est continuellement esventé des ventz du
trou de bize, de chemise, et d'abondant* de la braguette. Et de hayt ! Page, à la humerie*... Crac, crac,
crac⁶... Que Dieu est bon, qui nous donne ce bon
piot*. J'advoue* Dieu, si j'eusse esté au temps de
Jesuchrist, j'eusse bien engardé que les Juifz ne l'eussent prins au jardin de Olivet.* Ensemble le diable me
faille* si j'eusse failly de coupper les jarretz à Messieurs les Apostres, qui fuyrent tant laschement apres
qu'ilz eurent bien souppé, et laisserent leur bon
maistre au besoing. Je hayz plus que poizon un
homme qui fuyt quand il fault jouer de cousteaux.
Hon que je ne suis roy de France pour quatre vingtz
ou cent ans ! Par Dieu je vous metroys en chien
courtault* les fuyars de Pavye⁷ ! Leur fiebvre
quartaine* ! Pourquoy ne mouroient ilz là plus tost
que laisser leur bon prince en ceste necessité ? N'est il
meilleur et plus honorable mourrir vertueusement
bataillant que vivre fuyant villainement ? Nous ne
mangerons gueres d'oysons ceste année. Ha, mon
amy, baille de ce cochon. Diavol ! il n'y a plus de
moust : *germinavit radix Jesse**. Je renye ma vie, je

---

enfermier : infirmier / *jadeau* : jatte (d'aune) / *d'abondant* : de plus
/ *humerie* : boisson / *piot* : vin / *J'advoue* : je confesse / *de Olivet* :
des Oliviers / *me faille* : m'abandonne / *chien courtault* : à qui on
a coupé la queue / *quartaine* : quarte / *germinavit ... Jesse* : la
souche de Jessé a poussé

meurs de soif. Ce vin n'est des pires. Quel vin beuviez
vous à Paris ? Je me donne au diable, si je n'y tins plus
de six moys pour un temps maison ouverte à tous
venens. Congnoissez vous Frere Claude des Haulx
Barrois ? O le bon compaignon que c'est. Mais quelle
mousche l'a picqué ? Il ne faict rien que estudier
depuis je ne sçay quand. Je n'estudie poinct, de ma
part. En nostre abbaye nous ne estudions jamais, de
peur des auripeaux*. Nostre feu abbé disoit que c'est
chose monstrueuse veoir un moyne sçavant. Par Dieu,
Monsieur mon amy, *magis magnos clericos non sunt
magis magnos sapientes**. Vous ne veistes oncques tant
de lievres comme il y en a cesté année. Je n'ay peu
recouvrir ny aultour, ni tiercelet* de lieu du monde.
Monsieur de la Bellonniere m'avoit promis un lanier*,
mais il m'escripvit n'a gueres qu'il estoit devenu
patays*. Les perdris nous mangeront les aureilles
mesouan*. Je ne prens poinct de plaisir à la tonnelle*.
Car je y morfonds. Si je ne cours, si je ne tracasse*, je
ne suis poinct à mon aize. Vray est que saultant les
hayes et buissons, mon froc y laisse du poil. J'ay
recouvert un gentil levrier. Je donne au diable si luy
eschappe lievre. Un lacquays le menoit à Monsieur de
Maulevrier[8] : je le destroussay. Feis je mal ?

— Nenny, Frere Jean (dist Gymnaste), nenny, de
par tous les diables, nenny.

— Ainsi (dist le moyne) à ces diables, ce pendent
qu'ilz durent ! Vertus Dieu, qu'en eust faict ce boyteux ? Le cor Dieu, il prent plus de plaisir quand on
luy faict present d'un bon couble* de beufz.

— Comment (dist Ponocrates) vous jurez, Frere
Jean ?

— Ce n'est (dist le moyne) que pour orner mon
langaige. Ce sont couleurs de rethorique Cicero-
niane. »

---

auripeaux : oreillons | *magis ... sapientes* : les plus grands clercs ne
sont pas les plus sages | *tiercelet* : mâle de l'autour | *lanier* : oiseau de
chasse | *patays* : pantelant | *mesouan* : cette année | *à la tonnelle* : à
guetter sous le feuillage | *tracasse* : m'agite | *couble* : couple

*Pourquoy les Moynes sont refuyz du monde, et pourquoy
les ungs ont le nez plus grand que les aultres.*

CHAPITRE XL

« Foy de christian (dist Eudemon) je entre en grande
resverie, considerant l'honnesteté★ de ce moyne. Car il
nous esbaudist★ icy tous. Et comment doncques est ce
qu'on rechasse les moynes de toutes bonnes compaignies, les appellans troublefeste, comme abeilles chas-
sent les freslons d'entour leurs rousches ?

> *Ignavum fucos pecus*
> (dist Maro),
> *a presepibus arcent★.* »

A quoy respondit Gargantua :
« Il n'y a rien si vray que le froc et la cogule tire à
soy les opprobres, injures et maledictions du monde,
tout ainsi comme le vent dict Cecias attire les nues. La
raison peremptoire est parce qu'ilz mangent la merde
du monde[1], c'est à dire les pechez, et comme mache-
merdes l'on les rejecte en leurs retraictz★ : ce sont
leurs conventz et abbayes, separez de conversation
politicque★ comme sont les retraictz d'une maison.
Mais si entendez pourquoy un cinge en une famille est
tousjours mocqué et herselé★ : vous entendrez pour-

---

honnesteté : qualités en société | *esbaudist* : réjouit | *ignavum...*
arcent : « elles éloignent de leurs ruches le troupeau paresseux »
(Virgile) | *retraictz* : latrines | *politicque* : publique | *herselé* : harcelé

quoy les moynes sont de tous refuys*, et des vieux et des jeunes. Le cinge ne guarde poinct la maison, comme un chien ; il ne tire pas l'aroy*, comme le beuf ; il ne produict ny laict ny layne, comme la brebis ; il ne porte pas le faiz, comme le cheval. Ce qu'il faict est tout conchier et degaster, qui est la cause pourquoy de tous repceoyt mocqueries et bastonnades. Semblablement, un moyne (j'entends de ces ocieux* moynes) ne laboure comme le paisant, ne garde le pays comme l'homme de guerre, ne guerist les malades comme le medicin, ne presche ny endoctrine le monde comme le bon docteur evangelicque et pedagoge, ne porte les commoditez et choses necessaires à la republicque* comme le marchant. Ce est la cause pourquoy de tous sont huez et abhorrys*.

— Voyre mais (dist Grandgousier) ilz prient Dieu pour nous.

— Rien moins (respondit Gargantua). Vray est qu'ilz molestent tout leur voisinage à force de trinqueballer* leurs cloches.

— Voyre (dist le moyne) une messe, unes matines, unes vespres bien sonnéez sont à demy dictes.

— Ilz marmonnent grand renfort de legendes et pseaulmes nullement par eulx entenduz*. Ilz content* force patenostres, entrelardées de longs *Ave Mariaz,* sans y penser ny entendre. Et ce je appelle mocquedieu, non oraison. Mais ainsi leurs ayde Dieu* s'ilz prient pour nous, et non par paour de perdre leurs miches et souppes grasses. Tous vrays Christians, de tous estatz, en tous lieux, en tous temps, prient Dieu, et l'esperit prie et interpelle* pour iceulx[2], et Dieu les prent en grace. Maintenant tel est nostre bon Frere Jean. Pourtant chascun le soubhaite en sa compaignie. Il n'est point bigot, il n'est poinct dessiré*, il est honeste*, joyeux, deliberé*, bon compaignon. Il tra-

---

refuys : fuis | *aroy* : charrue | *ocieux* : oisifs | *republicque* : communauté | *abhorrys* : abhorrés | *trinqueballer* : remuer | *entenduz* : compris | *content* : disent | *leur ayde Dieu* : que Dieu les aide | *interpelle* : intercède | *dessiré* : en guenilles | *honeste* : de bonne compagnie | *deliberé* : résolu

vaille, il labeure★, il defent les opprimez, il conforte★
les affligez, il subvient★ es souffreteux, il garde les
clous★ de l'abbaye.

— Je foys (dist le moyne) bien dadvantaige. Car,
en despeschant nos matines et anniversaires★ on
cueur★, ensemble★ je fois des chordes d'arbaleste, je
polys des matraz et guarrotz★, je foys des retz★ et des
poches à prendre les connis★. Jamais je ne suis oisif.
Mais or çzà, à boyre ! à boyre çzà ! Aporte le fruict :
ce sont chastaignes du boys d'Estrocz avec bon vin
nouveau. Voy vous là★ composeur de petz★, vous
n'estez encores ceans amoustillez★. Par Dieu je boy
à tous guez³, comme un cheval de promoteur★ ! »

Gymnaste luy dist :

« Frere Jean oustez ceste rouppie que vous pend au
nez.

— Ha, ha (dist le moyne) serois je en dangier de
noyer : veu que suis en l'eau jusques au nez ? Non,
non. *Quare ? Quia* elle en sort bien, mais poinct n'y
entre, car il est bien antidoté★ de pampre. O mon
amy, qui auroit bottes d'hyver de tel cuir : hardiment
pourroit il pescher aux huytres★, car jamais ne pren-
droient eau.

— Pourquoy (dist Gargantua) est ce que Frere Jean
a si beau nez ?

— Parce (respondit Grandgousier) que ainsi Dieu
l'a voulu, lequel nous faict en telle forme et telle fin,
selon son divin arbitre, que faict un potier ses
vaisseaulx★.

— Par ce (dist Ponocrates) qu'il feut des premiers à
la foyre des nez. Il print des plus beaulx et plus grands.

— Trut avant⁴ (dist le moyne). Selon vraye philosophie monasticque c'est parce que ma nourrice avoit
les tetins moletz : en la laictant, mon nez y

---

labeure : travaille / *conforte* : réconforte / *subvient* : aide / *clous* : clos
/ *anniversaires* : messes anniversaires (pour un mort) / *on cueur* : au
chœur / *ensemble* : en même temps / *matraz et guarrotz* : flèches d'arba-
lètes / *retz* : filets / *connis* : lapins / *Voy vous là* : vous voilà / *composeur de
petz* : juge de pets / *amoustillez* : émoustillés / *promoteur* : juge ecclésiastique / *antidoté* : immunisé / *aux huytres* : les huîtres / *vaisseaulx* : vases

enfondroit★ comme en beurre, et là s'eslevoit et crois-
soit comme la paste dedans la met★. Les durs tetins de
nourrices font les enfants camuz.★ Mais guay, guay,
Ad formam nasi cognoscitur ad te levavi[5]. Je ne mange
jamais de confitures. Page à la humerie★ ! Item★
rousties★ ! »

---

enfondroit : enfonçait | *met* : pétrin | *camuz* : camus (nez écrasé)
| *humerie* : boisson | *Item* : aussi | *rousties* : rôties

Comment le moyne feist dormir Gargantua,
et de ses heures et breviaire.

CHAPITRE XLI

Le souper achevé consulterent* sus l'affaire instant*
et feut conclud que environ la minuict ilz sortiroient à
l'escarmouche pour sçavoir quel guet et diligence faisoient leurs ennemys. En ce pendent*, qu'il se repo-
seroient quelque peu pour estre plus frais. Mais Gargantua ne povoit dormir en quelque façon qu'il se
mist. Dont luy dist le moyne :

« Je ne dors jamais bien à mon aise, sinon quand je
suis au sermon ou quand je prie Dieu. Je vous supplye, commençons vous et moy les sept pseaulmes[1],
pour veoir si tantost* ne serez endormy. »

L'invention pleut très bien à Gargantua.

Et, commenceant le premier pseaulme, sus le poinct
de *Beati quorum* s'endormirent et l'un et l'autre. Mais
le moyne ne faillit* oncques à s'esveiller avant la
minuict, tant il estoit habitué à l'heure des matines
claustralles. Luy esveillé tous les aultres esveilla, chan-
tant à pleine voix la chanson :

« *Ho, Regnault, reveille toy, veille ;*
O, Regnault, réveille toy. »

Quand tous furent esveillez, il dict :

___

consulterent : délibérèrent | *instant :* pressant | *En ce pendent :* pen-
dant ce temps | *tantost :* bientôt | *faillit :* manqua

« Messieurs l'on dict que matines commencent par tousser, et souper, par boyre. Faisons au rebours, commençons maintenant noz matines par boyre, et de soir à l'entrée de souper nous tousserons à qui mieulx mieulx. »

Dont dist Gargantua :

« Boyre si tost apres le dormir ? Ce n'est vescu en diete* de medicine. Il se fault premier escurer l'estomach des superfluitez et excremens.

— C'est (dist le moyne) bien mediciné. Cent diables me saultent au corps s'il n'y a plus de vieulx hyvrognes qu'il n'y a de vieulx medicins ! J'ay composé avecques mon appetit en telle paction*, que tousjours il se couche avecques moy, et à cela je donne bon ordre le jour durant, aussy avecques moy il se lieve. Rendez tant que vouldrez voz cures*, je m'en voys apres mon tyrouer*.

— Quel tyrouer (dist Gargantua) entendez vous ?

— Mon breviaire (dist le moyne). Car tout ainsi que les faulconniers, davant que paistre* leurs oyseaux, les font tyrer quelque pied* de poulle, pour leurs purger le cerveau des phlegmes* et pour les mettre en appetit, ainsi prenant ce joyeux petit breviaire au matin, je m'escure tout le poulmon, et voy me là prest à boyre.

— A quel usaige* (dist Gargantua) dictez vous ces belles heures ?

— A l'usaige (dist le moyne) de Fecan[2], à troys pseaulmes et troys leçons[3], ou rien du tout qui ne veult*. Jamais je ne me assubjectis à heures, les heures sont faictez pour l'homme, et non l'homme pour les heures. Pour tant je foys des miennes à guise d'estrivieres*, je les acourcis ou allonge quand bon me semble. *Brevis oratio penetrat celos, longa potatio evacuat cyphos.** Où est escript cela ?

---

diete : régime | *paction* : pacte | *cures* : purgatifs (pour les faucons) | *tyrouer* : apéritif | *paistre* : nourrir | *pied* : patte | *phlegmes* : humeurs | *usaige* : rite | *qui ne veult* : si on ne veut pas les dire | *estrivieres* : courroies des étriers | *brevis ... cyphos* : courte prière remplit le ciel, longue boisson vide les gobelets

— Par ma foy (dist Ponocrates) je ne sçay mon petit couillaust, mais tu vaulx trop !

— En cela (dist le moyne) je vous ressemble. Mais *venite apotemus**. »

L'on apresta carbonnades* à force* et belles souppes de primes*, et beut le moyne à son plaisir. Aulcuns luy tindrent compaignie, les aultres s'en deporterent*. Apres chascun commença soy armer et accoustrer, et armerent le moyne contre son vouloir, car il ne vouloit aultres armes que son froc davant son estomach, et le baston de la croix en son poing. Toutesfoys à leur plaisir feut armé de pied en cap, et monté sus un bon coursier du royaulme, et un gros braquemart* au cousté. Ensemble Gargantua, Ponocrates, Gymnaste, Eudemon et vingt et cinq des plus adventureux de la maison de Grandgousier, tous armez à l'advantaige, la lance au poing, montez comme sainct George : chascun ayant un harquebouzier en crope.

---

venite apotemus : venez que nous buvions | *carbonnades* : grillades | *à force* : en quantité | *souppes de primes* : tranches de pain trempées dans du bouillon | *s'en deporterent* : s'y refusèrent | *braquemart* : épée

Comment le moyne donne couraige à ses compaignons,
et comment il pendit à une arbre.

CHAPITRE XLII

Or s'en vont les nobles champions à leur adventure,
bien deliberez* d'entendre quelle rencontre fauldra
poursuyvre et de quoy se fauldra contregarder, quand
viendra la journée de la grande et horrible bataille[1]. Et
le Moyne leur donne couraige, disant :

« Enfans n'ayez ny paour ny doubte*, je vous
conduiray seurement. Dieu et sainct Benoist soient
avecques nous. Si j'avoys la force de mesmes le couraige, par la mort bieu, je vous les plumeroys comme
un canart ! Je ne crains rien fors* l'artillerie. Toutesfoys, je sçay quelque oraison que m'a baillé le
soubsecretain* de nostre abbaye, laquelle guarentist la
personne de toutes bouches à feu. Mais elle ne me
profitera de rien, car je n'y adjouste poinct de foy.
Toutesfoys, mon baston de croix fera diables*. Par
Dieu, qui fera la cane* de vous aultres, je me donne
au diable si je ne le fays moyne en mon lieu et
l'enchevestre* de mon froc. Il porte medicine* à cou-
hardise de gens. Avez point ouy parler du levrier de
Monsieur de Meurles, qui ne valloit rien pour les
champs ? Il luy mist un froc au col. Par le corps Dieu,
il n'eschappoit ny lievre ny regnard devant luy, et, que

---

deliberez : décidés | *doubte* : crainte | *fors* : sauf | *soubsecretain* :
sous-sacristain | *fera diables* : fera merveille | *la cane* : le couard
| *enchevestre* : enveloppe | *medicine* : remède

plus est couvrit toutes les chiennes du pays, qui auparavant estoit esrené* et *de frigidis et maleficiatis*[2]. »

Le Moyne, disant ces parolles en cholere passa soubz un noyer tyrant* vers la Saullaye, et embrocha la visiere de son heaulme à la roupte* d'une grosse branche du noyer. Ce non obstant donna fierement des esperons à son cheval, lequel estoit chastouilleur* à la poincte, en maniere que le cheval bondit en avant, et le Moyne, voulant deffaire sa visiere du croc*, lasche la bride, et de la main se pend aux branches : ce pendent que le cheval se desrobe dessoubz luy.

Par ce moyen demoura le Moyne pendent au noyer, et criant à l'aide et au meurtre, protestant aussi de trahison*. Eudemon premier l'aperceut, et appellant Gargantua : « Sire, venez et voyez Absalon pendu[3] ! » Gargantua, venu, considera la contenence du Moyne et la forme dont il pendoit, et dist à Eudemon :

« Vous avez mal rencontré, le comparant à Absalon, car Absalon se pendit par les cheveux, mais le Moyne, ras de teste, s'est pendu par les aureilles.

— Aydez moy (dist le Moyne), de par le diable ! N'est-il pas bien le temps de jazer ? Vous me semblez les prescheurs decretalistes[4], qui disent que quiconques voira son prochain en dangier de mort, il le doibt, sus peine d'excommunication trisulce*, plustoust admonnester de soy confesser et mettre en estat de grace que de luy ayder.

« Quand doncques je les voiray tombez en la riviere, et prestz d'estre noyez, en lieu de les aller querir et bailler la main, je leur feray un beau et long sermon *de contemptu mundi, et fuga seculi**, et, lorsqu'ilz seront roides mors, je les iray pescher.

— Ne bouge (dist Gymnaste), mon mignon je te voys querir, car tu es gentil petit *monachus* :

---

esrené : éreinté | *tyrant* : en allant | *roupte* : branche cassée | *chastouilleur* : chatouilleux | *croc* : crochet | *protestant ... trahison* : criant à la trahison | *trisulce* : triple | *de contemptu ... seculi* : du mépris du monde et de la fuite du siècle

« Monachus in claustro
Non valet ova duo ;
Sed, quando est extra
Bene valet triginta[5].

« J'ay veu des pendus plus de cinq cens, mais je n'en veis oncques qui eust meilleure grace en pendilant, et si je l'avoys aussi bonne, je vouldroys ainsi pendre toute ma vye.

— Aurez vous (dist le Moyne) tantost assez presché ? Aidez moy de par Dieu, puisque de par l'Aultre ne voulez. Par l'habit que je porte, vous en repentirez *tempore et loco prelibatis*★. »

Allors descendit Gymnaste de son cheval, et montant au noyer souleva le Moyne par les goussetz★ d'une main et de l'autre deffist sa visiere du croc de l'arbre, et ainsi le laissa tomber en terre et soy apres. Descendu que feut le Moyne se deffist de tout son arnoys★ et getta l'une piece apres l'autre parmy le champ et reprenant son baston de la croix, remonta sus son cheval, lequel Eudemon avoit retenu à la fuite. Ainsi s'en vont joyeusement, tenans le chemin de la Saullaye.

---

tempore ... prelibatis : en temps et lieu / *goussetz :* partie de l'armure sous les bras / *arnoys :* armure

Comment l'escharmouche de Picrochole feut rencontré par Gargantua. Et comment le moyne tua le capitaine Tyravant, et puis fut prisonnier entre les ennemys.

CHAPITRE XLIII

Picrochole à la relation de ceulx qui avoient evadé* à la roupte* lors que Tripet fut estripé, feut esprins* de grand courroux, ouyant que les diables avoient couru suz ses gens, et tint son conseil toute la nuict, auquel Hastiveau et Toucquedillon conclurent que sa puissance estoit telle qu'il pourroit defaire tous les diables d'enfer s'ilz y venoient. Ce que Picrochole ne croyoit du tout, aussy ne s'en defioit il.

Pourtant* envoya soubz la conduicte du conte Tyravant, pour descouvrir le pays, seize cens chevaliers, tous montez sus chevaulx legiers en escarmousche, tous bien aspergez d'eau beniste, et chascun ayant pour leur signe* une estolle en escharpe, à toutes adventures*, s'ilz rencontroient les diables, que par vertus tant de ceste eau Gringorienne*, que des estolles, yceulx feissent disparoir et esvanouyr. Coururent doncques jusques pres La Vauguyon, et la Maladerye, mais oncques ne trouverent personne à qui parler, dont repasserent par le dessus, et en la loge et tugure* pastoral*, pres le Couldray, trouverent les cinq pelerins. Lesquelz liez et baffouez* emmenerent

---

avoient evadé : s'étaient sauvés | *roupte* : déroute | *esprins* : pris | *Pourtant* : c'est pourquoi | *pour leur signe* : pour insigne | *à toutes adventures* : à tout hasard | *Gringorienne* : bénite selon la formule purificatrice de saint Grégoire | *loge et tugure* : cabane | *pastoral* : de berger | *baffouez* : attachés

comme s'ilz feussent espies★, non obstant les exclama-
tions, adjurations et requestes qu'ilz feissent. Des-
cendus de là vers Seuillé, furent entenduz par Gargantua. Lequel dist à ses gens :

« Compaignons il y a icy rencontre★, et sont en
nombre trop plus dix foys que nous. Chocquerons★
nous sus eulx ?

— Que diable (dist le Moyne) ferons nous doncq ?
Estimez vous les hommes par nombre, et non par
vertus et hardiesse ? » Puis s'escria : « Chocquons,
diables, chocquons ! »

Ce que entendens, les ennemys pensoient certainement que feussent vrays diables, dont commencerent
fuyr à bride avallée, excepté Tyravant, lequel coucha
sa lance en l'arrest, et en ferut★ à toute oultrance le
Moyne au milieu de la poictrine, mais, rencontrant le
froc horrifique, rebouscha★ par le fer, comme si vous
frappiez d'une petite bougie contre une enclume.
Adoncq le Moyne avec son baston de croix luy donna
entre col★ et collet★ sus l'os acromion★ si rudement
qu'il l'estonna et feist perdre tout sens et movement,
et tomba es piedz du cheval.

Et voyant l'estolle qu'il portoit en escharpe, dist à
Gargantua :

« Ceulx cy ne sont que prebstres, ce n'est qu'un
commencement de moyne, par sainct Jean, je suis
moyne parfaict, je vous en tueray comme de mousches. »

Puis le grand gualot courut apres, tant qu'il atrapa
les derniers et les abbastoit comme seille★, frapant à
tors et à travers.

Gymnaste interrogua sus l'heure Gargantua, s'ilz les
debvoient poursuyvre. A quoy dist Gargantua :

« Nullement. Car selon vraye discipline militaire,
jamais ne fault mettre son ennemy en lieu de deses-
poir. Parce que telle necessité luy multiplie sa force et

---

espies : espions / *rencontre* : affrontement militaire / *Chocquerons* :
cognerons / *ferut* : frappa / *reboucha par le fer* : épointa le fer / *col* :
cou / *collet* : partie entre la tête et les épaules / *os acromion* : bout de
l'omoplate / *seille* : seigle

accroist le couraige qui jà estoit deject* et failly. Et n'y
a meilleur remede de salut à gens estommiz* et
recreuz que de ne esperer salut aulcun. Quantes* victoires ont esté tollues* des mains des vaincqueurs par
les vaincuz, quand il ne se sont contentés de raison,
mais ont attempté* du tout mettre à internition* et
destruire totallement leurs ennemys, sans en vouloir
laisser un seul pour en porter les nouvelles ! Ouvrez
tousjours à vos ennemys toutes les portes et chemins,
et plustost leurs faictes un pont d'argent affin de les
renvoyer.

— Voyre mais (dist Gymnaste) ilz ont le moyne.

— Ont ilz (dist Gargantua) le moyne* ? Sus mon
honneur que ce sera à leur dommaige ! Mais affin de
survenir* à tous azars, ne nous retirons pas encores ;
attendons icy en silence. Car je pense jà assez
congnoistre l'engin* de noz ennemys, il se guident par
sort*, non par conseil*. »

Iceulx ainsi attendens soubz les noiers, ce pendent
le Moyne poursuyvoit chocquant tous ceulx qu'il rencontroit, sans de nully avoir mercy*. Jusque à ce qu'il
rencontra un chevalier qui portoit en crope un des
pauvres pelerins, et là, le voulent mettre à sac*, s'escria le pelerin :

« Ha Monsieur le Priour, mon amy, Monsieur le
Priour sauvez moy, je vous en prie ! »

Laquelle parolle entendue se retournerent arriere les
ennemys et voyans que là n'estoit que le Moyne, qui
faisoit cest esclandre, le chargerent de coups comme
on faict un asne de boys, mais de tout rien ne sentoit,
mesmement* quand ilz frapoient sus son froc, tant il
avoit la peau dure. Puis le baillerent à guarder à deux
archiers, et, tournans bride ne veirent personne contre
eulx*, dont existimerent* que Gargantua estoit fuy
avecques sa bande. Adoncques coururent vers les

---

deject : abattu | estommiz : accablés | *Quantes* : combien de | *tollues* :
ôtées | *attempté* : tenté | *internition* : massacre | *le moyne* : le guignon
| *survenir* : parer | *engin* : ruse | *par sort* : par hasard | *conseil* :
réflexion | *avoir mercy* : faire grâce | *mettre à sac* : massacrer | *mes-
mement* : surtout | *contre eulx* : face à eux | *existimerent* : estimèrent

Noyrettes tant roiddement qu'ilz peurent pour les rencontrer, et laisserent là le Moyne seul avecques deux archiers de guarde.

Gargantua entendit le bruit, et hennissement des chevaulx et dict à ses gens :

« Compaignons, j'entends le trac* de noz ennemys, et jà apperçoy aulcuns d'iceulx qui viennent contre nous à la foulle. Serrons nous icy, et tenons le chemin en bon ranc*, par ce moyen nous les pourrons recepvoir à leur perte et à nostre honneur. »

---

trac : train / *ranc* : ordre

*Comment le moyne se deffist de ses guardes,
et comment l'escarmouche de Picrochole feut deffaicte.*

CHAPITRE XLIV

Le Moyne les voyant ainsi departir en desordre, conjectura qu'ilz alloient charger sus Gargantua et ses gens, et se contristoit merveilleusement de ce qu'il ne les povoit secourir. Puis advisa la contenence de ses deux archiers de guarde, lesquelz eussent voluntiers couru apres la troupe pour y butiner* quelque chose et tousjours regardoient vers la vallée en laquelle ilz descendoient. Dadvantaige syllogisoit* disant :

« Ces gens icy sont bien mal exercez en faictz d'armes, car oncques ne me ont demandé ma foy*, et ne me ont ousté mon braquemart*. »

Soubdain apres tyra son dict braquemart, et en ferut* l'archier qui le tenoit à dextre, luy coupant entierement les venes jugulaires*, et arteres spagitides* du col, avecques le guarguareon*, jusques es deux adenes* : et retirant le coup, luy entreouvrit la mouelle spinale entre la seconde et tierce vertebre, là tomba l'archier tout mort. Et le moyne detournant son cheval à gauche courut sus l'aultre, lequel voyant son compaignon mort et le moyne adventaigé sus soy, cryoit à haulte voix :

---

butiner : faire butin | *syllogisoit* : raisonnait | *ma foy* : ma parole | *braquemart* : épée | *ferut* : frappa | *jugulaires* : de la gorge | *spagitides* : carotides | *guarguareon* : luette | *adenes* : amygdales

« Ha Monsieur le Priour, je me rendz. Monsieur le
Priour mon bon amy, Monsieur le Priour ! »

Et le moyne cryoit de mesmes :

« Monsieur le Posteriour mon amy, Monsieur le
Posteriour, vous aurez sus voz posteres*.

— Ha ! (disoit l'archier) Monsieur le Priour, mon
mignon, Monsieur le Priour, que Dieu vous face
abbé !

— Par l'habit (disoit le moyne) que je porte, je vous
feray icy cardinal. Rensonnez vous les gens de religion ? Vous aurez un chapeau rouge à ceste heure de
ma main. »

Et l'archier cryoit :

« Monsieur le Priour, Monsieur le Priour, Monsieur
l'Abbé futeur*, Monsieur le Cardinal, Monsieur le
tout ! Ha, ha, hés, non, Monsieur le Priour, mon bon
petit Seigneur le Priour, je me rends à vous.

— Et je te rends (dist le moyne) à tous les diables. »

Lors d'un coup luy tranchit la teste, luy coupant
le test* sur les os petrux*, et enlevant les deux os
bregmatis* et la commissure sagittale*, avecques
grande partie de l'os coronal*, ce que faisant luy
tranchit les deux meninges et ouvrit profondement
les deux posterieurs ventricules du cerveau, et
demoura le craine* pendent sus les espaules à la peau
du pericrane par derriere, en forme d'un bonnet doctoral, noir par dessus, rouge par dedans. Ainsi tomba
roidde mort en terre. Ce faict, le moyne donne des
esperons à son cheval et poursuyt la voye que
tenoient les ennemys, lesquelz avoient rencontré Gargantua et ses compaignons au grand chemin, et tant
estoient diminuez au nombre, pour l'enorme meurtre
que y avoit faict Gargantua avecques son grand
arbre, Gymnaste, Ponocrates, Eudemon, et les aultres, qu'ilz commençoient soy retirer à diligence, tous
effrayez et perturbez de sens et entendement comme

---

posteres : fesses | *futeur* : futur | *test* : crâne | *petrux* : os pétreux, partie
de l'os temporal | *bregmatis* : pariétaux | *commissure sagittale* : jonc-
tion des pariétaux (en forme de flèche) | *coronal* : frontal | *craine* :
crâne

s'ilz veissent la propre espece et forme de mort davant leurs yeulx.

Et comme vous voyez un asne, quand il a au cul un œstre Junonicque*, ou une mouche qui le poinct*, courir çà et là sans voye ny chemin, gettant sa charge par terre, rompant son frain et renes, sans aulcunement respirer ny prandre repos, et ne sçayt on qui le meut, car l'on ne veoit rien qui le touche, ainsi fuyoient ces gens, de sens desprouveuz, sans sçavoir cause de fuyr ; tant seulement les poursuit une terreur panice laquelle avoient conceue en leurs ames. Voyant le moyne que toute leur pensée n'estoit sinon à guaigner au pied*, descend de son cheval et monte sus une grosse roche qui estoit sus le chemin, et avecques son grand braquemart, frappoit sus ces fuyars à grand tour de bras, sans se faindre* ny espargner. Tant en tua et mist par terre, que son braquemart rompit en deux pieces. Adoncques pensa en soy mesmes que c'estoit assez massacré, et tué, et que le reste debvoit eschapper pour en porter les nouvelles. Pourtant* saisit en son poing une hasche de ceulx qui là gisoient mors, et se retourna derechief sus la roche, passant temps* à veoir fouyr les ennemys, et cullebuter entre les corps mors, excepté que à tous faisoit laisser leurs picques, espées, lances et hacquebutes*, et ceulx qui portoient les pelerins liez, il les mettoit à pied et delivroit* leurs chevaulx audictz pelerins, les retenent avecques soy l'orée de la haye*. Et Toucquedillon, lequel il retint prisonnier.

œstre *Junonicque* : taon de Junon (comme celui que Junon envoya à Io changée en vache) | *poinct* : pique | *au pied* : à la fuite | *faindre* : ménager | *Pourtant* : aussi | *temps* : un moment | *hacquebutes* : arquebuses | *delivroit* : donnait | *l'orée de la haye* : le long de la haie

*Comment le moyne amena les pelerins et les bonnes
parolles que leur dist Grandgousier*

CHAPITRE XLV

Ceste escarmouche parachevée se retyra Gargantua
avecques ses gens, excepté le Moyne, et sus la poincte
du jour se rendirent à Grandgousier, lequel en son lict
prioit Dieu pour leur salut et victoire, et les voyant
tous saultz* et entiers, les embrassa de bon amour, et
demanda nouvelles du moyne. Mais Gargantua luy
respondit que sans doubte* leurs ennemys avoient le
moyne* ; « Ilz auront (dist Grandgousier) doncques
male encontre* », ce que avoit esté bien vray. Pourtant
encores est le proverbe en usaige de bailler le moyne à
quelc'un. Adoncques commenda qu'on aprestast tres
bien à desjeuner, pour les refraischir*. Le tout apresté
l'on appella Gargantua, mais tant luy grevoit* de ce
que le moyne ne comparoit* aulcunement, qu'il ne
vouloit ny boyre ny manger. Tout soubdain le moyne
arrive, et dès la porte de la basse court, s'escria :
« Vin frays, vin frays, Gymnaste, mon amy ! »
Gymnaste sortit et veit que c'estoit Frere Jean qui
amenoit cinq pelerins et Toucquedillon prisonnier, dont
Gargantua sortit au davant, et luy feirent le meilleur
recueil* que peurent, et le menerent davant Grandgousier, lequel l'interrogea de toute son adventure. Le moyne

---

saultz : saufs | *sans doubte* : à coup sûr | *moyne* : guignon (calem-
bour) | *male encontre* : malchance | *refraischir* : ragaillardir | *grevoit* :
faisait peine | *comparoit* : apparaissait | *recueil* : accueil

luy disoit tout : et comment on l'avoit prins, et comment il s'estoit deffaict des archiers, et la boucherie qu'il avoit faict par le chemin, et comment il avoit recouvert* les pelerins et amené le capitaine Toucquedillon.

Puis se mirent à bancqueter joyeusement tous ensemble. Ce pendent Grandgousier interrogeoit les pelerins de quel pays ilz estoient, dont* il venoient et où ilz alloient.

Lasdaller pour tous respondit :

« Seigneur, je suis de Sainct Genou en Berry ;

cestuy cy est de Paluau ;

cestuy cy est de Onzay ;

cestuy cy est de Argy ;

et cestuy cy est de Villebrenin[1].

Nous venons de Sainct Sebastian pres de Nantes, et nous en retournons par noz petites journées*.

— Voyre, mais (dist Grandgousier) qu'alliez vous faire à Sainct Sebastian ?

— Nous allions (dist Lasdaller) luy offrir noz votes* contre la peste.

— O (dist Grandgousier) pauvres gens, estimez vous que la peste vienne de sainct Sebastian[2] ?

— Ouy vrayement (respondit Lasdaller) noz prescheurs nous l'afferment.

— Ouy ? (dist Grandgousier) les faulx prophetes vous annoncent ilz tels abuz* ? Blasphement ilz en ceste façon les justes et sainctz de Dieu qu'ilz les font semblables aux diables, qui ne font que mal entre les humains : comme Homere escript que la peste fut mise en l'oust* des Gregoys par Apollo, et comme les poëtes faignent un grand tas de Vejoves* et dieux malfaisans ? Ainsi preschoit à Sinays un caphart* que sainct Antoine mettoit le feu es jambes,

sainct Eutrope faisoit les hydropiques,

sainct Gildas les folz,

sainct Genou les gouttes.

---

recouvert : repris | *dont* : d'où | *par... journées* : par petites étapes | *votes* : vœux | *abuz* : inepties | *oust* : armée | *Vejoves* : dieux antiques, d'où démons | *caphart* : moine hypocrite

« Mais je le puniz en tel exemple quoy qu'il me appellast heretique, que depuis ce temps caphart quiconques n'est auzé entrer en mes terres. Et m'esbahys si vostre roy les laisse prescher par son royaulme telz scandales. Car plus sont à punir que ceulx qui, par art magicque ou aultre engin*, auroient mis la peste par le pays. La peste ne tue que le corps. Mais telz imposteurs empoisonnent les ames. »

Luy disans ces parolles entra le moyne tout deliberé, et leurs demanda :

« Dont este vous, vous aultres pauvres hayres ?

— De Sainct Genou, dirent ilz.

— Et comment (dist le moyne) se porte l'abbé Tranchelion³, le bon beuveur ? Et les moynes, quelle chere font ilz ? Le cor Dieu ilz biscotent* voz femmes, ce pendent que estes en romivage*.

— Hin hen* (dist Lasdaller) je n'ay pas peur de la mienne, car qui la verra de jour ne se rompera jà le col pour l'aller visiter la nuict.

— C'est (dist le moyne) bien rentré de picques*. Elle pourroit estre aussi layde que Proserpine, elle aura par Dieu la saccade* puisqu'il y a moynes autour, car un bon ouvrier mect indifferentement toutes pieces en œuvre. Que j'aye la verolle en cas que* ne les trouviez engroissées à vostre retour, car seulement l'ombre du clochier d'une abbaye est feconde.

— C'est (dist Gargantua) comme l'eau du Nile en Egypte, si vous croyez Strabo ; et Pline, *lib. vij*, chap. iij, advise que c'est de la miche*, des habitz et des corps. »

Lors dist Grandgousier :

« Allez vous en, pauvres gens, au nom de Dieu le createur, lequel vous soit en guide perpetuelle. Et dorenavant ne soyez faciles à ces otieux* et inutilles voyages. Entretenez voz familles, travaillez, chascun

---

engin : ruse | *biscotent* : font l'amour | *romivage* : pèlerinage | *Hin hen* : hum hum ! | *bien rentré de picques* : en voilà un jeu ! | *saccade* : secousse | *en cas que* : si | *miche* : pain | *otieux* : fainéants

en sa vocation, instruez voz enfans, et vivez comme vous enseigne le bon apostre sainct Paoul[4]. Ce faisans vous aurez la garde de Dieu, des anges et des sainctz avecques vous, et n'y aura peste ny mal qui vous porte nuysance. »

Puis les mena Gargantua prendre leur refection en la salle ; mais les pelerins ne faisoient que souspirer, et dirent à Gargantua :

« O que heureux est le pays qui a pour seigneur un tel homme. Nous sommes plus edifiez et instruictz en ces propos qu'il nous a tenu qu'en tous les sermons que jamais nous feurent preschez en nostre ville.

— C'est (dist Gargantua) ce que dict Platon, *lib. v. de Rep.* : que lors les republiques seroient heureuses quand les roys philosopheroient ou les philosophes regneroient. »

Puis leur feist emplir leurs bezaces de vivres, leurs bouteilles de vin, et à chascun donna cheval pour soy soulager au reste du chemin, et quelques carolus* pour vivre.

carolus : pièce d'argent

*Comment Grandgousier traicta humainement
Toucquedillon prisonnier.*

CHAPITRE XLVI

Toucquedillon fut presenté à Grandgousier, et
interrogé par icelluy sus l'entreprinze et affaires de
Picrochole, quelle fin il pretendoit par ce tumultuaire*
vacarme. A quoy respondit que sa fin et sa destinée
estoit de conquester tout le pays s'il povoit, pour l'in-
jure faicte à ses fouaciers.

« C'est (dist Grandgousier) trop entreprint, qui trop
embrasse peu estrainct. Le temps n'est plus d'ainsi
conquester les royaulmes avecques dommaige de son
prochain frere christian, ceste imitation des anciens
Hercules, Alexandres, Hannibalz, Scipions, Cesars et
aultres telz, est contraire à la profession* de l'evangile,
par lequel nous est commandé guarder, saulver, regir
et administrer chascun ses pays et terres, non hostile-
ment envahir les aultres. Et ce que les Sarazins et
Barbares jadis appelloient prouesses, maintenant nous
appellons briguanderies et mechansetez. Mieulx eust il
faict soy contenir* en sa maison royallement la gou-
vernant : que insulter en la mienne, hostillement la
pillant, car par bien la gouverner l'eust augmentée,
par me piller sera destruict. Allez vous en au nom de
Dieu : suyvez bonne entreprinse, remonstrez à vostre
roy les erreurs que congnoistrez, et jamais ne le

_____

tumultuaire : produit par un *tumulte,* c.à.d. (en latin) une attaque
soudaine | *profession* : le fait de professer | *soy contenir* : demeurer

conseillez, ayant esgard à vostre profit particulier, car
avecques le commun est aussy le propre perdu.
Quand est de vostre ranczon, je vous la donne entierement, et veulx que vous soient rendues armes et
cheval, ainsi fault il faire entre voisins et anciens amys,
veu que ceste nostre difference* n'est poinct guerre
proprement.

« Comme Platon, *li. v. de Rep.*, vouloit estre non
guerre nommée, ains sedition, quand les Grecz meu-
voient armes les ungs contre les aultres. Ce que, si
par male* fortune advenoit, il commande qu'on use
de toute modestie. Si guerre la nommez, elle n'est
que superficiaire* : elle n'entre poinct au profond
cabinet[1] de noz cueurs. Car nul de nous n'est oultraigé en son honneur : et n'est question, en somme
totale, que de rabiller* quelque faulte commise par
nos gens, j'entends et vostres et nostres. Laquelle,
encores que congneussiez, vous doibviez laisser
couler oultre, car les personnages querelans estoient
plus à contempner*, que à ramentevoir*, mesmement* leurs satisfaisant selon le grief, comme je me
suis offert. Dieu sera juste estimateur de nostre
different, lequel je supplye plus tost par mort me
tollir* de ceste vie, et mes biens deperir davant mes
yeulx, que par moy ny les miens en rien soit
offensé. »

Ces parolles achevées, appella le moyne, et davant
tous luy demanda :

« Frere Jean mon bon amy, estez vous qui avez prins
le capitaine Toucquedillon icy present ?

— Syre (dist le moyne) il est present, il a eage et
discretion*, j'ayme mieulx que le sachez par sa confession que par ma parolle. »

Adonques dist Toucquedillon ·

« Seigneur, c'est luy veritablement qui m'a prins, et
je me rends son prisonnier franchement.

---

difference : différend | *male* : mauvaise | *superficiaire* : superficielle
| *rabiller* : réparer | *contempner* : mépriser | *ramentevoir* : se rappeler
| *mesmement* : surtout | *tollir* : ôter | *discretion* : discernement

— L'avez vous (dist Grandgousier au moyne) mis à rançon ?

— Non (dist le moyne). De cela je ne me soucie.

— Combien (dist Grandgousier) vouldriez vous de sa prinse ?

— Rien rien (dist le moyen) ; cela ne me mène pas. »

Lors commenda Grandgousier, que present Toucquedillon feussent contez au moyne soixante et deux mille saluz* pour celle prinse. Ce que feut faict ce pendent qu'on feist la collation au dict Toucquedillon, auquel demanda Grandgousier s'il vouloit demourer avecques luy, ou si mieulx aymoit retourner à son roy.

Toucquedillon respondit, qu'il tiendroit le party lequel il luy conseilleroit.

« Doncques (dist Grandgousier) retournez à vostre roy, et Dieu soit avecques vous. »

Puis luy donna une belle espée de Vienne, avecques le fourreau d'or faict à belles vignettes* d'orfeverie, et un collier d'or pesant sept cens deux mille marcz, garny de fines pierreries à l'estimation de cent soixante mille ducatz, et dix mille escuz par present honorable. Apres ces propros monta Toucquedillon sus son cheval. Gargantua, pour sa seureté, luy bailla trente hommes d'armes, et six vingt archiers soubz la conduite de Gymnaste, pour le mener jusques es portes de La Roche Clermaud, si besoing estoit. Icelluy departy, le moyne rendit à Grandgousier les soixante et deux mille salutz qu'il avoit repceu, disant :

« Syre ce n'est ores que vous doibvez faire telz dons. Attendez la fin de ceste guerre, car l'on ne sçait quelz affaires pourroient survenir, et guerre faicte sans bonne provision d'argent n'a qu'un souspirail* de vigueur. Les nerfz des batailles sont les pecunes*.

— Doncques (dist Grandgousier) à la fin je vous contenteray par honneste recompense, et tous ceulx qui me auront bien servy. »

---

saluz : saluts (pièces anglaises) | *vignettes* : volutes | *souspirail* : souffle | *pecunes* : finances

*Comment Grandgousier manda querir ses legions,
et comment Toucquedillon tua Hastiveau, puis
fut tué par le commandement de Picrochole.*

CHAPITRE XLVII

En ces mesmes jours, ceulx de Bessé, du Marché
Vieux, du bourg Sainct Jacques, du Trainneau, de
Parillé, de Riviere, des Roches Sainct Paoul, du Vau-
breton, de Pautille, du Brehemont, du Pont de Clam,
de Cravant, de Grandmont, des Bourdes, de La Ville
au Mère, de Huymes, de Sergé, de Hussé, de Sainct
Louant, de Panzoust, des Coldreaux, de Verron, de
Coulaines, de Chosé, de Varenes, de Bourgueil, de
L'Isle Boucard, du Croulay, de Narsy, de Cande, de
Montsoreau et aultres lieux confins[1], envoierent
devers Grandgousier ambassades, pour luy dire qu'ilz
estoient advertis des tordz que luy faisoit Picrochole,
et pour leur ancienne confederation, ilz luy offroient
tout leur povoir, tant de gens que d'argent, et aultres
munitions de guerre. L'argent de tous montoit par les
pactes qu'ilz luy avoient, six vingt quatorze millions
deux escuz et demy d'or. Les gens estoient quinze
mille hommes d'armes, trente et deux mille chevaux
legiers*, quatre vingtz neuf mille harquebousiers, cent
quarante mille adventuriers*, unze mille deux cens
canons, doubles canons, basilicz* et spiroles,
pionniers* quarante sept mille ; le tout souldoyé* et

chevaux legiers : corps de cavaliers | *adventuriers* : fantassins | *basi-
licz* : petites pièces d'artillerie | *pionniers* : artilleurs | *souldoyé* :
soldé

avitaillé★ pour six moys et quatre jours. Lequel offre Gargantua ne refusa ny accepta du tout.

Mais, grandement les remerciant, dist, qu'il composeroit ceste guerre par tel engin★ que besoing ne seroit tant empescher★ de gens de bien. Seulement envoya qui ameneroit★ en ordre les legions, lesquelles entretenoit ordinairement en ses places de La Deviniere, de Chaviny, de Gravot et Quinquenays, montant en nombre deux mille cinq cens hommes d'armes, soixante et six mille hommes de pied, vingt et six mille arquebuziers, deux cens grosses pieces d'artillerye, vingt et deux mille pionniers et six mille chevaulx legiers, tous par bandes★ tant bien assorties de leurs thesauriers, de vivandiers★, de mareschaulx, de armuriers, et aultres gens necessaires au trac★ de bataille : tant bien instruictz en art militaire, tant bien armez, tant bien recongnoissans et suivans leurs enseignes, tant soubdains à entendre à obeir à leurs capitaines, tant expediez★ à courir, tant fors à chocquer★, tant prudens à l'adventure, que mieulx ressembloient une harmonie d'orgues et concordance d'horologe q'une armée ou gensdarmerie★.

Toucquedillon[2] arrivé se presenta à Picrochole, et luy compta au long ce qu'il avoit et faict et veu. A la fin conseilloit par fortes parolles qu'on feist apoinctement★ avecques Grandgousier, lequel il avoit esprouvé le plus homme de bien du monde, adjoustant que ce n'estoit ny preu★ ny raison molester ainsi ses voisins, desquelz jamais n'avoient eu que tout bien. Et au reguard du principal : que jamais ne sortiroient de ceste entreprinse que à leur grand dommaige et malheur. Car la puissance de Picrochole n'estoit telle que aisement ne les peust Grandgousier mettre à sac. Il n'eust achevé ceste parolle, que Hastiveau dist tout hault :

---

avitaillé : ravitaillé | *engin* : moyen | *empescher* : importuner | *qui ameneroit* : des gens pour ramener | *bandes* : compagnies | *vivandiers* : vivandiers (qui s'occupent des vivres) | *trac* : train | *expediez* : lestes | *chocquer* : frapper | *gensdarmerie* : troupe armée | *apoinctement* : accord | *preu* : profit

« Bien malheureux est le prince qui est de telz gens servy, qui tant facilement sont corrompuz, comme je congnoys Toucquedillon. Car je voy son couraige tant changé que voluntiers se feust adjoinct à noz ennemys pour contre nous batailler et nous trahir, s'ilz l'eussent voulu retenir : mais, comme vertus est de tous, tant amys que ennemys, louée et estimée, aussi meschanté est tost congneue et suspecte. Et posé* que d'icelle les ennemys se servent à leur profit, si ont ilz tousjours les meschans et traistres en abhomination. »

A ces parolles Toucquedillon impatient tyra son espée, et en transperça Hastiveau un peu au dessus de la mammelle guauche dont mourut incontinent ; et tyrant son coup du corps, dist franchement :

« Ainsi perisse qui feaulx* serviteurs blasmera ! »

Picrochole soubdain entra en fureur, et voyant l'espée et fourreau tant diapré, dist :

« Te avoit on donné ce baston*, pour en ma presence tuer malignement mon tant bon amy Hastiveau ? »

Lors commenda à ses archiers qu'ilz le meissent en pieces. Ce que feut faict sus l'heure, tant cruellement que la chambre estoit toute pavée de sang. Puis feist honorablement inhumer le corps de Hastiveau, et celluy de Toucquedillon getter par sus les murailles en la vallée. Les nouvelles de ces oultraiges feurent sceues par toute l'armée, dont plusieurs commencerent murmurer contre Picrochole, tant que Grippepinault luy dist :

« Seigneur je ne sçay quelle yssue sera de ceste entreprinse. Je voy voz gens peu confermés* en leurs couraiges. Ilz considerent que sommes icy mal pourveuz de vivres, et jà beaucoup diminuez en nombre par deux ou troys yssues*. Davantaige* il vient grand renfort de gens à vos ennemys. Si nous sommes assiegez une foys, je ne voy poinct comment ce ne soit à nostre ruyne totale.

— Bren*, bren ! dist Picrochole ; vous semblez les anguillez de Melun, vous criez davant qu'on vous escorche, laissés les seulement venir. »

---

posé que : à supposer que | *feaulx :* loyaux | *baston :* arme | *confermez :* assurés | *yssues :* sorties | *Davantaige :* de plus | *Bren :* merde

Comment Gargantua assaillit Picrochole dedans La Roche
Clermaud et defist l'armée dudict Picrochole.

CHAPITRE XLVIII

Gargantua eut la charge totale de l'armée, son pere demoura en son fort. Et leur donnant couraige par bonnes parolles, promist grandz dons à ceulx qui feroient quelques prouesses. Puis gaignerent le gué de Vede et, par basteaulx et pons legierement* faictz passerent oultre d'une traicte. Puis considerant l'assiete* de la ville que estoit en lieu hault et adventageux, delibera celle nuyct sus ce qu'estoit de faire. Mais Gymnaste luy dist :

« Seigneur telle est la nature et complexion des Françoys, que ilz ne valent que à la premiere poincte*. Lors ils sont pires que diables. Mais s'ilz sejournent* ilz sont moins que femmes. Je suis d'advis que à l'heure presente, apres que voz gens auront quelque peu respiré et repeu, faciez donner l'assault. »

L'advis feut trouvé bon. Adoncques produict* toute son armée en plain camp*, mettant les subsides* du cousté de la montée. Le moyne print avecques luy six enseignes de gens de pied, et deux cens hommes d'armes, et en grande diligence traversa les marays, et gaingna au dessus le Puy jusques au grand chemin de Loudun. Ce pendent l'assault continuoit, les gens de

legierement : en construction provisoire | *assiete* : situation | *poincte* : escarmouche | *sejournent* : demeurent, attendent | *produict* : fait apparaître | *camp* : champ | *subsides* : réserves

Picrochole ne sçavoient si le meilleur estoit sortir hors
et les recepvoir, ou bien guarder la ville sans bouger.
Mais furieusement sortit avecques quelque bande*
d'hommes d'armes de sa maison : et là feut receu et
festoyé à grandz coups de canon qui gresloient devers
les coustaux, dont les Gargantuistes se retirerent au
val, pour mieulx donner lieu* à l'artillerye. Ceulx de
la ville defendoient le mieulx que povoient, mais les
traictz passoient oultre par dessus sans nul ferir*. Aulcuns de la bande saulvez de l'artillerie donnerent fierement sus nos gens, mais peu profiterent, car tous
feurent repceuz entre les ordres*, et là ruez* par terre.
Ce que voyans se vouloient retirer, mais cependent le
moyne avoit occupé le passaige, par quoy se mirent en
fuyte sans ordre ny maintien*. Aulcuns vouloient leur
donner la chasse, mais le moyne les retint craignant
que. suyvant les fuyans, perdissent leurs rancz, et que
sus ce poinct ceulx de la ville chargeassent sus eulx.
Puis attendant quelque espace*, et nul ne comparant
à l'encontre*, envoya le duc Phrontiste pour admonnester Gargantua à ce qu'il avanceast pour gaigner le
cousteau à la gauche, pour empescher la retraicte de
Picrochole par celle porte. Ce que feist Gargantua en
toute diligence, et y envoya quatre legions de la
compaignie de Sebaste, mais si tost ne peurent gaigner le hault qu'ilz ne rencontrassent en barbe* Picrochole et ceulx qui avecques luy s'estoient espars*.
Lors chargerent sus roiddement, toutesfoys grandement feurent endommaigez par ceulx qui estoient sus
les murs, en coupz de traict et artillerie. Quoy voyant,
Gargantua en grande puissance alla les secourir, et
commença son artillerie à hurter sus ce quartier de
murailles, tant que toute la force de la ville y feut
revocquée*.[1]

Le moyne[1], voyant celluy cousté, lequel il tenoit
assiegé, denué de gens et guardes, magnanimement*

bande : troupe / donner lieu : laisser la place / ferir : blesser / ordres :
rangs / ruez : abattus / maintien : discipline / espace : temps / nul ...
encontre : personne en face / en barbe : face à face / espars : dispersés
/ revocquée : rappelée / magnanimement : bravement

tyra* vers le fort et tant feist qu'il monta sus luy, et
aulcuns de ses gens, pensant que plus de crainte et de
frayeur donnent ceulx qui surviennent* à un conflict,
que ceulx qui lors à leur force combattent. Toutesfoys
ne feist oncques effroy*, jusques à ce que tous les
siens eussent guaigné la muraille, excepté les deux
cens hommes d'armes qu'il laissa hors pour les
hazars*. Puis s'escria horriblement, et les siens
ensemble, et sans resistence tuerent les guardes
d'icelle porte et la ouvrirent es hommes d'armes, et en
toute fiereté* coururent ensemble vers la porte de
l'Orient, où estoit le desarroy. Et par derriere renver-
serent toute leur force. Voyans les assiegez de tous
coustez et les Gargantuistes avoir gaigné la ville, se
rendirent au moyne à mercy.

Le moyne leurs feist rendre les bastons* et armes et
tous retirer et reserrer* par les eglises, saisissant tous
les bastons des croix, et commettant* gens es portes
pour les garder de yssir*. Puis, ouvrant celle porte
orientale, sortit au secours de Gargantua. Mais Picrochole pensoit que le secours luy venoit de la ville et
par oultrecuidance se hazarda plus que devant*, jusques à ce que Gargantua s'escrya :

« Frere Jean mon amy, Frere Jean en bon heure
soyez venu.* »

Adoncques congnoissant Picrochole et ses gens que
tout estoit desesperé, prindrent la fuyte en tous
endroictz. Gargantua les poursuyvit jusques pres Vaugaudry tuant et massacrant, puis sonna la retraicte.

---

tyra : alla / *surviennent* : arrivent impromptu / *effroy* : assaut / *pour les
hazars* : en cas de besoin / *en toute fiereté* : à toute force / *bastons* :
armes offensives / *reserrer* : enfermer / *commettant* : plaçant / *yssir* :
sortir / *devant* : avant / *soyez venu* : soyez le bienvenu

*Comment Picrochole fuiant feut surprins de males fortunes
et ce que feit Gargantua apres la bataille.*

CHAPITRE XLIX

Picrochole ainsi desesperé, s'en fuyt vers l'Isle Bou-
chart, et au chemin de Riviere[1] son cheval bruncha
par terre, à quoy tant feut indigné que de son espée le
tua en sa chole*, puis ne trouvant personne qui le
remontast* voulut prendre un asne du moulin qui là
aupres estoit, mais les meusniers le meurtrirent tout
de coups et le destrousserent de ses habillemens, et
luy baillerent pour soy couvrir une meschante
sequenye.* Ainsi s'en alla le pauvre cholericque, puis
passant l'eau au Port Huaulx, et racontant ses males
fortunes feut advisé par une vieille lourpidon*, que
son royaulme luy seroit rendu, à la venue des cocquecigrues, depuis ne sçait on qu'il est devenu. Toutesfoys l'on m'a dict qu'il est de present pauvre
gaignedenier* à Lyon, cholere comme davant. Et
tousjours se guemente* à tous estrangiers de la venue
des cocquecigrues[2], esperant certainement, scelon la
prophetie de la vieille, estre à leur venue reintegré à
son royaulme.

Apres[3] leur retraicte, Gargantua premierement
recensa les gens, et trouva que peu d'iceulx estoient
peryz en la bataille, sçavoir est quelques gens de pied

---

chole : rage | *remontast* : lui donnât autre cheval | *sequenye* : souque-
nille | *lourpidon* : sorcière | *gaignedenier* : gagne-petit | *se guemente* :
s'enquiert

de la bande du capitaine Tolmere, et Ponocrates qui
avoit un coup de harquebouze en son pourpoinct.
Puis les feist refraischer*, chascun par sa bande*, et
commanda es thesauriers que ce repas leur feust
defrayé et payé, et que l'on ne feist oultrage quelconques en la ville, veu qu'elle estoit sienne, et apres
leur repas ilz comparussent en la place davant le chasteau, et là seroient payez pour six moys. Ce que feu
faict, puis feist convenir davant soy en ladicte place
tous ceulx qui là restoient de la part de Picrochole,
esquelz, presens tous ses princes et capitaines parla
comme s'ensuyt.

---

refraischer : restaurer / *bande :* compagnie militaire

La contion* que feist Gargantua es vaincus.

CHAPITRE L

« Nos peres, ayeulx, et ancestres de toute memoyre, ont esté de ce sens* et ceste nature* : que des batailles par eulx consommées ont, pour signe memorial des triumphes et victoires, plus voluntiers erigé trophées et monumens es cueurs des vaincuz par grace* que, es terres par eulx conquestées, par architecture. Car plus estimoient la vive souvenance des humains acquise par liberalité que la mute* inscription des arcs, colomnes, et pyramides, subjecte es calamitez de l'air, et envie d'un chascun. Souvenir assez vous peut de la mansuetude dont ilz userent envers les Bretons à la journée de Sainct Aubin du Cormier, et à la demolition de Parthenay[1]. Vous avez entendu et, entendent admirez le bon traictement qu'ilz feirent es barbares de Spagnola*, qui avoient pillé, depopulé, et saccaigé les fins maritimes de Olone* et Thalmondoys[2].

« Tout ce ciel a esté remply des louanges et gratulations que vous mesmes et vos peres feistes lorsque Alpharbal roy de Canarre[3], non assovy de ses fortunes, envahyt furieusement le pays de Onys* exer-

---

contion : harangue / *sens* : bon sens / *nature* : inclination naturelle / *par grace* : en leur faisant grâce / *mute* : muette / *Spagnola* : Hispaniola (Haïti) / *Olone* : Sables-d'Olonne (dans la région de Talmont, ou Talmondois) / *Onys* : Aunis (dans la région de La Rochelle)

cent la piraticque* en toutes les isles Armoricques et
regions confines*. Il feut en juste bataille navale prins
et vaincu de mon pere, auquel Dieu soit garde et protecteur. Mais quoy ? Au cas que* les aultres roys et
empereurs, voyre qui se font nommer catholicques,
l'eussent miserablement traicté, durement emprisonné, et rançonné extremement : il le traicta courtoisement, amiablement, le logea avecques soy en son
palays, et par incroyable debonnaireté le renvoya en
saufconduyt, chargé de dons, chargé de graces, chargé
de toutes offices d'amytié. Qu'en est il advenu ? Luy,
retourné en ses terres, feist assembler tous les princes
et estatz de son royaulme, leurs exposa l'humanité
qu'il avoit en nous congneu, et les pria sur ce deliberer
en façon que le monde y eust exemple, comme avoit
jà en nous de gracieuseté honeste : aussi eu eulx de
honesteté gracieuse. Là feut decreté par consentement
unanime que l'on offreroit entièrement leurs terres,
dommaines et royaulme, à en faire selon nostre
arbitre.

« Alpharbal, en propre personne, soubdain
retourna avecques neuf mille trente et huyt grandes
naufz oneraires*, menant non seulement les thesors
de sa maison et lignée royale, mais presque de tout
le pays. Car soy embarquant pour faire voille au
Vent[4] vesten Nordest*, chascun à la foulle gettoit
dedans icelle or, argent, bagues, joyaulx, espiceries*,
drogues* et odeurs aromaticques, papegays*, peli-
cans, guenons, civettes*, genettes*, porcz espicz.
Poinct n'estoit filz de bonne mere reputé, qui dedans
ne gettast ce que avoit de singulier*. Arrivé que feut,
vouloit baiser les piedz de mondict pere ; le faict fut
estimé indigne et ne feut toleré, ains fut embrassé
socialement* ; offrit ses presens ; ilz ne feurent

---

piraticque : piraterie / *confines* : voisines / *Au cas que* : alors que
/ *naufz oneraires* : navires de transport / *vesten Nordest* : ouest-
nord-est / *espiceries* : épices / *drogues* : substances aromatiques / *papegays* : perroquets / *civettes* : petits carnassiers qui produisent une
substance odorante / *genettes* : sorte de civettes / *singulier* : rare
/ *socialement* : amicalement

receupz par trop estre excessifz ; se donna mancipe*
et serf voluntaire, soy et sa postérité ; ce ne feut
accepté par ne sembler equitable ; ceda par le decret
des estatz ses terres et royaulme, offrant la transaction et transport, signée, seellé et ratifié de tous
ceulx qui faire le debvoient ; ce fut totalement refusé,
et les contractz gettés au feu. La fin feut que mon
dict pere commença lamenter de pitié et pleurer
copieusement, considerant le franc vouloir et simpli-
cité* des Canarriens : et par motz exquis et sentences
congrues* diminuoit le bon tour* qu'il leur avoit
faict, disant ne leur avoit faict bien qui feut à l'es-
timation* d'un bouton, et si rien* d'honnesteté leur
avoir monstré, il estoit tenu de ce faire. Mais tant
plus l'augmentoit Alpharbal. Quelle feut l'yssue ? En
lieu que pour sa rançon, prinze à toute extre-
mité, eussions peu tyrannicquement exiger vingt foys
cent mille escutz et retenir pour houstaigers* ses
enfants aisnez, ilz se sont faictz tributaires perpe-
tuelz et obligez nous bailler par chascun an deux millions d'or affiné à vingt quatre karatz. Ilz nous feurent l'année premiere icy payez ; la seconde, de franc
vouloir, en paierent xxiij cens mille escuz, la tierce
xxvj cens mille, la quarte troys millions, et tant tousjours croissent de leur bon gré, que serons
contrainctz leur inhiber* de rien plus nous apporter.
C'est la nature de gratuité*. Car le temps, qui toutes
choses ronge et diminue, augmente et accroist
les bienfaictz, parce q'un bon tour liberalement
faict à homme de raison croist continuement par
noble pensée et remembrance*. Ne voulant doncques aulcunement degenerer de la debonnaireté here-
ditaire de mes parens, maintenant je vous absoluz et
delivre, et vous rends francs et liberes comme par
avant.

« D'abondant*, serez à l'yssue des portes payez,

---

mancipe : esclave | *simplicité* : droiture | *congrues* : courtoises | *bon tour* : bonne action | *feut à l'estimation* : valût | *rien* : un peu | *houstaigers* : otages | *inhiber* : interdire | *gratuité* : générosité | *remembrance* : souvenirs | *D'abondant* : de plus

chascun pour troys moys, pour vous pouvoir retirer en
vos maisons et familles, et vous conduiront en saulveté
six cens hommes d'armes et huyct mille hommes de
pied, soubz la conduicte de mon escuyer Alexandre,
affin que par les païsans ne soyez oultragez. Dieu soit
avecques vous ! Je regrette de tout mon cueur que
n'est icy Picrochole. Car il luy eusse donné à entendre
que sans mon vouloir, sans espoir de accroistre ny
mon bien, ny mon nom, estoit faicte ceste guerre.
Mais, puis qu'il est esperdu*, et ne sçayt on où, ny
comment est esvanouy, je veulx que son royaulme
demeure entier à son filz. Lequel, parce qu'est par
trop bas d'eage (car il n'a encores cinq ans accomplyz)
sera gouverné* et instruict par les anciens princes et
gens sçavans du royaulme. Et par autant qu'un
royaulme ainsi desolé seroit facilement ruiné, si on ne
refrenoit la convoytise et avarice des administrateurs
d'icelluy : je ordonne et veux que Ponocrates soit sus
tous ses gouverneurs entendant*, avecques auctorité à
ce requise, et assidu avecques l'enfant jusques à ce
qu'il le congnoistra idoine* de povoir par soy regir et
regner.

« Je considere que facilité trop enervée* et disso-
lue* de pardonner es malfaisans, leur est occasion de
plus legierement derechief mal faire, par ceste per-
nicieuse confiance de grace. Je considere que Moyse,
le plus doulx homme qui de son temps feust sus la
terre, aigrement punissoit les mutins et seditieux au
peuple de Israel. Je considere que Jules Cesar, empereur tant debonnaire, que de luy dict Ciceron, que
sa fortune rien plus souverain n'avoit sinon qu'il pouvoit, et sa vertus meilleur n'avoit, sinon qu'il vouloit
tousjours sauver, et pardonner à un chascun. Icelluy
toutefois ce non obstant, en certains endroictz punit
rigoureusement les aucteurs de rebellion. A ces
exemples je veulx que me livrez avant le departir :
premierement ce beau Marquet, qui a esté source et

esperdu : perdu | _gouverné_ : dirigé | _entendant_ : ayant autorité sur
| _idoine_ : capable | _enervée_ : molle | _dissolue_ : faible

cause premiere de ceste guerre par sa vaine oultrecuidance. Secondement ses compaignons fouaciers, qui
feurent negligens de corriger sa teste folle sus l'instant.
Et finablement tous les conseillers, capitaines, officiers
et domestiques de Picrochole : lesquelz le auroient
incité, loué ou conseillé de sortir ses limites pour ainsi
nous inquieter. »

Comment les victeurs Gargantuistes
feurent recompensez apres la bataille.*

CHAPITRE LI

Ceste concion* faicte par Gargantua, feurent livrez
les seditieux par luy requis, exceptez Spadassin, Merdaille et Menuail, lesquels estoient fuyz six heures
davant la bataille, l'un jusques au col de Laignel,
d'une traicte, l'aultre jusques au val de Vyre, l'aultre
jusques à Logroine¹, sans derriere soy reguarder, ny
prandre alaine par chemin, et deux fouaciers, lesquelz
perirent en la journée. Aultre mal ne leurs feist Gargantua : sinon qu'il les ordonna pour tirer les presses à
son imprimerie, laquelle il avoit nouvellement insti-
tuée. Puis ceulx qui là estoient mors il feist honorablement inhumer en la vallée des Noirettes, et au
camp de Bruslevieille. Les navrés* ils feist panser et
traicter en son grand nosocome*. Apres advisa es
dommaiges faictz en la ville et habitans : et les feist
rembourcer de tous leurs interestz à leur confession*
et serment. E y feist bastir un fort chasteau : y
commettant* gens et guet pour à l'advenir mieulx soy
defendre contre les soubdaine esmeutes.

Au departir remercia gratieusement tous les
soubdars* de ses legions qui avoient esté à ceste
defaicte, et les renvoya hyverner en leurs stations* et

---

victeurs : vainqueurs / *concion* : harangue / *navrés* : blessés / *noso-
come* : hôpital / *à leur confession* : en se fiant à leurs propos / *commettant* : plaçant / *soubdars* : soldats / *stations* : postes

guarnisons. Exceptez aulcuns de la legion decumane[2], lesquelz il avoit veu en la journée faire quelques prouesses, et les capitaines des bandes*, lesquelz il amena avecques soy devers Grandgousier.

A la veue et venue d'iceulx le bon homme feut tant joyeux que possible ne seroit le descripre. Adonc leurs feist un festin le plus magnificque, le plus abundant et plus delitieux que feust veu depuis le temps du roy Assuere. A l'issue de table il distribua à chascun d'iceulx tout le parement* de son buffet qui estoit au poys de dis huyt cent mille quatorze bezans* d'or : en grands vases d'antique, grands poutz*, grans bassins, grands tasses, couppes, potetz*, candelabres, calathes*, nacelles*, violiers*, drageouoirs et aultre telle vaisselle, toute d'or massif, oultre la pierrerie, esmail et ouvraige, qui par estime* de tous excedoit en pris la matiere d'iceulx. Plus, leurs feist comter de ses coffres à chascun douze cents mille escutz contens. Et d'abundant* à chascun d'iceulx donna à perpetuité (excepté s'ilz mouroient sans hoirs*) ses chasteaulx, et terres voizines, selon que plus leurs estoient commodes. A Ponocrates donna La Roche Clermaud, à Gymnaste Le Couldray, à Eudemon Montpensier, Le Rivau à Tolmere, à Ithybole Montsoreau, à Acamas Cande, Varenes à Chironacte, Gravot à Sebaste, Quinquenays à Alexandre, Ligré à Sophrone, et ainsi de ses aultres places.

---

bandes : compagnies | *parement* : garniture | *bezans* : besants (monnaie byzantine) | *poutz* : pots | *potetz* : pichets | *calathes* : coupes | *nacelles* : surtouts de table | *violiers* : cache-pot (à violettes) | *estime* : estimation | *d'abundant* : de plus | *hoirs* : héritiers

Comment Gargantua feist bastir pour le moyne
l'abbaye de Theleme*.

CHAPITRE LII

Restoit seulement le moyne à pourvoir. Lequel Gartantua vouloit faire abbé de Seuillé : mais il le refusa. Il luy voulut donner l'abbaye de Bourgueil, ou de Sainct Florent[1], laquelle mieulx luy duiroit*, ou toutes deux, s'il les prenoit à gré. Mais le moyne luy fist responce peremptoire que de moyne il ne vouloit charge ny gouvernement :

« Car comment (disoit il) pourroy je gouverner aultruy, qui moy mesmes gouverner ne sçaurois ? Si vous semble que je vous aye faict, et que puisse à l'advenir faire service agreable, oultroyez moy de fonder une abbaye à mon devis*. »

La demande pleut à Gargantua, et offrit tout son pays de Theleme jouste la riviere de Loyre, à deux lieues de la grande forest du Port Huault. Et requist à Gargantua qu'il instituast sa religion au contraire de toutes aultres.

« Premierement doncques (dist Gargantua) il n'y fauldra jà bastir murailles au circuit : car toutes aultres abbayes sont fierement murées.

— Voyre*, dist le moyne. Et non sans cause : où mur y a et davant et derriere, y a force murmur, envie et conspiration mutue*. »

Theleme : en grec, désir, volonté / *duiroit :* conviendrait / *à mon devis :* à ma guise / *Voyre :* oui / *mutue :* réciproque

Davantaige★ veu que en certains convents de ce
monde est en usance que, si femme aulcune y entre
(j'entends des preudes et pudicques), on nettoye la
place par laquelle elles ont passé, feut ordonné que, si
religieux ou religieuse y entroit par cas fortuit, on net-
toiroit curieusement★ tous les lieulx par lesquelz
auroient passé. Et parce que es religions de ce monde
tout est compassé, limité et reiglé par heures, feut
decreté que là ne seroit horrologe ny quadrant aulcun.
Mais selon les occasions et oportunitez seroient toutes
les œuvres dispensées. Car (disoit Gargantua) la plus
vraye perte du temps qu'il sceust, estoit de compter
les heures. Quel bien en vient-il ? Et la plus grande
resverie du monde estoit soy gouverner au son d'une
cloche, et non au dicté de bon sens et entendement.
Item★ parce qu'en icelluy temps on ne mettoit en religion des femmes, sinon celles que estoient borgnes,
boyteuses, bossues, laydes, defaictes, folles, insensées,
maleficiées★ et tarées : ny les hommes, sinon
catarrez★, mal nez, niays et empesche★ de maison².

« A propos (dist le moyne), une femme, qui n'est ny
belle ny bonne, à quoy vault toille★ ?

— A mettre en religion, dist Gargantua.

— Voyre, dist le moyne, et à faire des chemises. »

Feut ordonné que là ne seroient repceues sinon les
belles, bien formées, et bien naturées★, et les beaulx,
bien formez et bien naturez. Item parce que es
conventz des femmes ne entroient les hommes sinon à
l'emblée★ et clandestinement : feut decreté que jà ne
seroient là les femmes au cas que n'y feussent les
hommes, ny les hommes en cas que n'y feussent les
femmes. Item, parce que tant hommes que femmes
une foys repceuez en religion apres l'an de probation
estoient forcez et astrinctz y demeurer perpetuelle-
ment leur vie durant, feust estably que tant hommes
que femmes là repceuz, sortiroient quand bon leurs

Davantaige : de plus | *curieusement :* soigneusement | *Item :* en outre
| *maleficiées :* malformées | *catarrez :* catarrheux | *empesche :* fardeau
| *toille :* calembour sur *t-elle* / *bien naturées :* bien dotées par la nature
| *à l'emblée :* en cachette

sembleroit, franchement et entierement. Item parce
que ordinairement les religieux faisoient troys veuz :
sçavoir est de chasteté, pauvreté, et obedience*, fut
constitué que là honorablement on peult estre marié,
que chascun feut riche, et vesquist en liberté. Au
reguard de l'eage legitime, les femmes y estoient repceues depuis dix jusques à quinze ans, les hommes
depuis douze jusques à dix et huict.

obedience : obéissance

Comment feust bastie et dotée l'abbaye des Thelemites.

CHAPITRE LIII

Pour le bastiment, et assortiment★ de l'abbaye
Gargantua feist livrer de content★ vingt et sept cent
mille huyt cent trente et un mouton à la grand
laine★, et par chascun an, jusques à ce que le tout
feust parfaict★ assigna sus le recepte★ de la Dive seze
cent soixante et neuf mille escuz au soleil et autant
à l'estoille poussiniere[1]. Pour la fondation et entre-
tenement d'icelle donna à perpetuité vingt troys cent
soixante neuf mille cinq cens quatorze nobles à la
rose★ de rente fonciere, indemnez★, amortyz★, et sol-
vables par chascun an à la porte de l'abbaye. Et de
ce leurs passa belles lettres★.
Le bastiment feut en figures exagone en telle façon
que à chascun angle estoit bastie une grosse tour
ronde : à la capacité de soixante pas en diametre. Et
estoient toutes pareilles en grosseur et protraict★. La
riviere de Loyre decoulloit sus l'aspect de septentrion.
Au pied d'icelle estoit une des tours assise, nommée
Artice. Et tirant vers l'Orient estoit une aultre
nommée Calaer. L'aultre ensuivant Anatole, l'aultre
apres Mesembrine, l'aultre apres Hesperie. La der-

---

assortiment : décoration | *de content* : comptant | *mouton à la grand
laine* : pièces frappées d'un Agnus Dei | *parfaict* : achevé | *recepte* :
recette (du péage de la rivière Dives) | *nobles à la rose* : monnaie
anglaise | *indemnez* : garantis | *amortyz* : amortis (rente dont on
verse tout le capital) | *lettres* : actes authentiques | *protraict* : tracé

niere Cryere². Entre chascune tour estoit espace de
troys cent douze pas. Le tout basty à six estages,
comprenant les caves soubz terre pour un. Le second
estoit voulté à la forme d'une anse de panier³. Le reste
estoit embrunché* de guy* de Flandres à forme de
culz de lampes*. Le dessus couvert d'ardoise fine :
avec l'endousseure* de plomb à figures de petitz
manequins* et animaulx bien assortiz et dorez, avec
les goutieres que yssoient hors la muraille, entre les
croyzées*, pinctes en figure diagonale de or et azur,
jusques en terre, où finissoient en grands eschenaulx*
qui tous conduisoient en la riviere par dessoubz le
logis. Ledict bastiment estoit cent foys plus magnificque que n'est Bonivet, ne Chambourg, ne Chantilly. Car en ycelluy estoient neuf mille troys cens
trente et deux chambres : chascune guarnie de arriere
chambre, cabinet, guarde robbe, chapelle*, et yssue*
en une grande salle. Entre chascune tour au mylieu
dudict corps de logis estoit une viz* brisée dedans
icelluy mesmes corps. De laquelle les marches estoient
part* de porphyre, part de pierre Numidicque, part de
marbre serpentin⁴, longues de xxij piedz ; l'espesseur
estoit de troys doigtz, l'assiete* par nombre de douze⁵
entre chascun repous*. En chascun repous estoient
deux beaulx arceaux d'antique, par lesquelz estoit
repceu la clarté, et par iceulx on entroit en un cabinet
faict à clere voys de largeur de ladicte viz : et montoit
jusques au dessus la couverture, et là finoit en
pavillon. Par icelle viz on entroit de chascun cousté en
une grande salle, et des salles es chambres.

Depuis⁶ la tour Artice jusques à Cryere estoient les
belles grandes librairies*, en Grec, Latin, Hebrieu,
Françoys, Tuscan et Hespaignol : disparties* par les
divers estaiges selon iceulx langaiges. Au mylieu estoit

---

embrunché : revêtu | *guy* : gypse | *culz de lampes* : culs-de-lampes,
ornements en saillie | *endousseure* : revêtement du faîte | *manequins* :
personnages | *croyzées* : fenêtres | *eschenaulx* : chéneaux (qui dirigent
l'eau de pluie vers le tuyau de descente) | *chapelle* : oratoire | *yssue* :
sortie | *viz* : escalier tournant | *part* : en partie | *assiete* : disposition
| *repous* : palier | *librairies* : bibliothèques | *disparties* : réparties

une merveilleuse viz, de laquelle l'entrée estoit par le dehors du logis en un arceau large de six toizes. Icelle estoit faicte en telle symmetrie et capacité que six hommes d'armes la lance sus la cuisse povoient de front ensemble monter jusques au dessus de tout le bastiment. Depuis la tour Anatole jusques à Mesembrine estoient belles grandes galleries toutes pinctes des antiques prouesses, histoires et descriptions de la terre. Au milieu estoit une pareille montée et porte comme avons dict du cousté de la riviere. Sus icelle porte estoit escript, en grosses lettres antiques[7], ce que s'ensuit.

Inscription mise sus la grande porte de Theleme.

CHAPITRE LIV

Cy n'entrez pas hypocrites, bigots,
Vieulx matagotz, marmiteux borsouflez,
Torcoulx[1], badaulx★ plus que n'estoient les Gotz
Ny Ostrogotz, precurseurs des magotz[2],
Haires★, cagotz, caffars empantouflez,
Gueux mitouflez[3], frapars escorniflez,
Befflez★, enflez, fagoteurs★ de tabus★
Tirez★ ailleurs pour vendre voz abus.

> Voz abus meschans
> Rempliroient mes camps★
> De meschanceté.
> Et par faulseté
> Troubleroient mes chants
> Vos abus meschans.

Cy n'entrez pas maschefains practiciens★,
Clers, basauchiens★ mangeurs du populaire
Officiaulx★, scribes, et pharisiens[4],
Juges anciens, qui les bons parroiciens
Ainsi que chiens mettez au capulaire★.

---

badaulx : sots | *Haires :* porteurs de *haires* (chemises de crin, portées par mortification) | *Befflez :* bafoués | *fagoteurs :* qui allument avec des fagots | *tabus :* querelles | *Tirez :* allez | *camps :* champs | *maschefains practiciens :* juristes mâchefoin (avides) | *basauchiens :* qui appartiennent au Palais de Justice | *Officiaulx :* juges | *capulaire :* charnier

Vostre salaire est au patibulaire*.
Allez y braire : icy n'est faict exces,
Dont en voz cours on deust mouvoir proces.

> Proces et debatz
> Peu font cy d'ebatz,
> Où l'on vient s'esbatre.
> A vous pour debatre
> Soient en pleins cabatz
> Proces et debatz.

Cy n'entrez pas vous usuriers chichars*,
Briffaulx, leschars*, qui tousjours amassez,
Grippeminaulx, avalleurs de frimars*,
Courbez, camars, qui en vous* coquemars*
De mille marcs jà n'auriez assez.
Poinct esguassez* n'estes quand cabassez*
Et entassez, poiltrons à chiche* face.
La male mort en ce pas vous deface*.

> Face non humaine
> De telz gens qu'on maine
> Raire* ailleurs : ceans
> Ne seroit seans.
> Vuidez* ce dommaine
> Face non humaine.

Cy n'entrez pas vous rassotez mastins⁵,
Soirs ny matins, vieux chagrins et jaloux.
Ny vous aussi seditieux mutins,
Larves, lutins, de dangier palatins,
Grecz ou Latins plus à craindre que Loups,
Ny vous gualous*, verollez jusque à l'ous :
Portez voz loups ailleurs paistre en bonheur,
Croustelevez* remplis de deshonneur.

---

patibulaire : gibet | *chichars* : avares | *Briffaulx, leschars* : gloutons | *frimars* : brouillards | *vous* : vos | *coquemars* : marmites | *esguassez* : dégoûtés | *cabassez* : mettez dans vos cabas | *chiche* : avare | *deface* : tue | *Raire* : raser | *Vuidez* : quittez | *gualous* : galeux | *Croustelevez* : croûteux

Honneur, los*, deduict*
Ceans est deduict
Par joyeux accords.
Tous sont sains au corps.
Par ce* bien leur dict
Honneur, los, deduict.

Cy entrez vous, et bien soyez venuz
Et parvenuz* tous nobles chevaliers,
Cy est le lieu où sont les revenuz
Bien advenuz : affin que entretenuz
Grands et menuz, tous soyez à milliers.
Mes familiers serez et peculiers*,
Frisques*, gualliers*, joyeux, plaisans, mignons,
En general tous gentilz compaignons.

Compaignons gentilz
Serains et subtilz
Hors de vilité*,
De civilité
Cy sont les oustilz
Compaignons gentilz.

Cy entrez vous qui le sainct evangile
En sens* agile annoncez, quoy qu'on gronde :
Ceans aurez un refuge et bastille
Contre l'hostile erreur, qui tant postille*
Par son faulx stile empoizonner le monde ;
Entrez, qu'on fonde icy la foy profonde,
Puis qu'on confonde et par voix, et par rolle
Les ennemys de la saincte parolle.

La parolle saincte,
Jà ne soit extaincte
En ce lieu tres sainct.
Chascun en soit ceinct,

los : louange | *deduict* : plaisir | *Par ce* : c'est pourquoi | *parvenuz* : arrivés au bout | *peculiers* : de mon cercle particulier | *Frisques* : alertes | *gualliers* : lestes | *vilité* : bassesse | *sens* : intelligence | *postille* : s'efforce de

> Chascune ayt enceincte
> La parolle saincte.

Cy entrez vous dames de hault paraige
En franc couraige. Entrez y en bon heur,
Fleurs de beaulté, à celeste visaige,
A droict corsaige, à maintien prude★ et saige,
En ce passaige est le sejour d'honneur.
Le hault seigneur, qui du lieu fut donneur
Et guerdonneur★, pour vous l'a ordonné,
Et pour frayer à tout★ prou or★ donné.

> Or donné par don
> Ordonne pardon
> A cil qui le donne.
> Et tres bien guerdonne★
> Tout mortel preud'hom
> Or donné par don.

---

prude : pudique / *guerdonneur* : qui donne en récompense / *frayer à tout* : prévoir toute dépense / *prou or* : beaucoup d'or / *guerdonne* : récompense (le sujet est *or*)

Comment estoit le manoir des Thelemites.

CHAPITRE LV

Au milieu de la basse court★ estoit une fontaine magnificque de bel alabastre. Au dessus les troys Graces avecques cornes d'abondance. Et gettoient l'eau par les mamelles, bouche, aureilles, yeuls et aultres ouvertures du corps.

Le dedans du logis sus ladicte basse court estoit sus gros pilliers de Cassidoine★ et Porphyre, à beaulx ars★ d'antique. Au dedans desquelz estoient belles gualeries, longues et amples, aornées de pinctures, et cornes de cerfz, licornes, rhinoceros, hippopotames, dens de elephans, et aultres choses spectables★. Le logis des dames comprenoit depuis la tour Artice, jusques à la porte Mesembrine. Les hommes occupoient le reste. Devant ledict logis des dames, affin qu'elles eussent l'esbatement★, entre les deux premieres tours : au dehors, estoient les lices★, l'hippodrome, le theatre, et natatoires★, avecques les bains mirificques à triple solier★, bien garniz de tous assortemens★ et foyzon d'eau de myre★. Jouxte la riviere estoit le beau jardin de plaisance. Au milieu d'icelluy le beau Labirynte. Entre les deux aultres tours estoient les jeux de paulme et de grosse balle★. Du cousté de la tour

---

basse court : cour intérieure / *cassidoine* : calcidoine (pierre blanc laiteux) / *ars* : arcs / *spectables* : à contempler / *esbatement* : distraction / *lices* : champ clos pour les exercices / *natatoires* : bassins / *solier* : niveau / *assortemens* : aménagements / *myre* : myrte / *grosse balle* : ballon

Cryere estoit le vergier plein de tous arbres fructiers, toutes ordonnées en ordre quincunce. Au bout estoit le grand parc, foizonnant en toute sauvagine*. Entre les tierces tours* estoient les butes pour l'arquebuse, l'arc, et l'arbaleste. Les offices* hors la tour Hesperie, à simple estaige. L'escurye au delà des offices. La faulconnerie au davant d'icelles, gouvernée par asturciers* bien expers en l'art. Et estoit annuellement fournie par les Candiens, Venitiens, et Sarmates* de toutes sortes d'oiseaux paragons* :

Aigles, Gerfaulx, Autours,
Sacres*, Laniers*, Faulcons,
Esparviers, Esmerillons*.

Et aultres : tant bien faictz et domesticquez que, partans du chasteau pour s'esbatre es champs, prenoient tout ce que rencontroient. La venerie* estoit un peu plus loing, tyrant vers le parc.

Toutes les salles, chambres, et cabinetz estoient tapissez en diverses sortes, selon les saisons de l'année. Tout le pavé estoit couvert de drap verd. Les lictz estoient de broderie. En chascune arriere chambre estoit un miroir de christallin* enchassé en or fin, au tour garny de perles, et estoit de telle grandeur, qu'il povoit veritablement representer toute la personne. A l'issue des salles du logis des dames, estoient les parfumeurs et testonneurs*, par les mains desquelz passoient les hommes quand ilz visitoient les dames. Iceulx fournissoient par chascun matin les chambres des dames d'eau rose*, d'eau de naphe*, et d'eau d'ange*, et à chascune la precieuse cassollette* vaporante de toutes drogues aromatiques.

---

sauvagine : bêtes sauvages / *les tierces tours* : le troisième couple de tours / *offices* : communs / *asturciers* : maîtres des autours / *Sarmates* : Sarmates, sur la Baltique / *paragons* : modèles / *sacres* : faucons / *laniers* : sortes de faucons / *esmerillons* : émerillons, petits oiseaux de proie / *venerie* : chenil des chiens de chasse / *christallin* : cristal / *testonneurs* : coiffeurs / *eau rose* : eau de rose / *naphe* : fleur d'oranger / *d'ange* : de myrte / *cassollette* : brûle-parfum

Comment estoient vestuz les religieux et religieuses
de Theleme.

CHAPITRE LVI

Les dames au commencement de la fondation se habilloient à leur plaisir et arbitre. Depuis feurent reforméez par leur franc vouloir en la façon que s'ensuyt. Elles portoient chausses* d'escarlatte, ou de migraine*, et passoient lesdictes chausses le genoul au dessus par troys doigtz, justement. Et ceste liziere estoit de quelques belles broderies et descoupeures. Les jartieres estoient de la couleur de leurs bracelletz, et comprenoient* le genoul au dessus et dessoubz.

Les souliers, escarpins, et pantoufles de velours cramoizi, rouge ou violet, deschicquettées à barbe d'escrevisse*.

Au dessus de la chemise vestoient la belle vasquine* de quelque beau camelot* de soye. Sus icelle vestoient la verdugale* de tafetas blanc, rouge, tanné*, grys, etc. Au dessus la cotte de tafetas d'argent, faict à broderies de fin or et à l'agueille entortillé*, ou selon que bon leur sembloit et correspondent à la disposition de l'air, de satin, damas, velours, orangé, tanné, verd, cendré, bleu, jaune clair, rouge, cramoyzi, blanc, drap d'or, toile d'argent, de canetille*, de brodure, selon les

---

chausses : bas / *migraine* : drap teint d'écarlate / *comprenoient* : entouraient / *deschiquettées à barbe d'escrevisse* : à « crevés » dont le bord est dentelé / *vasquine* : corset / *camelot* : camelot, étoffe qui a de la tenue / *verdugale* : jupon raide / *tanné* : bruni / *entortillé* : passementé d'arabesques / *canetille* : broderie de fil précieux

festes. Les robbes selon la saison, de toille d'or à frizure d'argent, de satin rouge couvert de canetille d'or,
de tafetas blanc, bleu, noir, tanné, sarge* de soye,
camelot* de soye, velours, drap d'argent, toille d'argent, or traict*, velours ou satin porfilé* d'or en
diverses protraictures*. En esté quelques* jours en
lieu de robbes portoient belles marlottes* des parures
susdictes, ou quelques bernes* à la moresque de
velours violet à frizure d'or sus canetille* d'argent, ou
à cordelieres d'or guarnies aux rencontres* de petites
perles Indicques. Et tousjours le beau panache, scelon
les couleurs des manchons et bien guarny de
papillettes* d'or. En hyver robbes de tafetas des couleurs comme dessus : fourrées de loups cerviers*,
genettes* noires, martres de Calabre, zibelines, et autres fourrures precieuses. Les patenostres*, anneaulx,
jazerans*, carcans* estoient de fines pierreries, escar-
boucles, rubys, balays* diamans, saphiz, esmeraudes,
turquoyzes, grenatz, agathes, berilles*, perles et
unions* d'excellence.

L'acoustrement de la teste[1] estoit selon le temps. En
hyver à la mode Françoyse. Au printemps à l'Espagnole. En esté à la Tusque*. Exceptez les festes et
dimanches, esquelz portoient accoustrement Françoys, par ce qu'il est plus honorable et mieulx sent la
pudicité matronale. Les hommes estoient habillez à
leur mode, chausses, pour le bas, d'estamet* ou serge
drapée d'escarlatte, de migraine*, blanc ou noir. Les
hault de velours d'icelles couleurs ou bien pres appro-
chantes : brodées et deschicquetées* selon leur invention. Le pourpoint de drap d'or, d'argent, de velours,
satin, damas, tafetas, de mesmes couleurs, deschic-
quettés, broudez et acoustrez en paragon*. Les

---

sarge : serge / *camelot* : étoffe / *traict* : tiré en fils / *porfilé* : brodé / *protraictures* : dessins / *quelques* : certains / *marlottes* : tuniques / *bernes* :
manteaux courts et sans manches / *canetille* : broderie / *rencontres* :
coutures / *papillettes* : pampilles / *loups cerviers* : lynx / *genettes* : genettes,
petits carnassiers / *patenostres* : chapelets / *jazerans* : chaînes / *carcans* :
colliers / *balays* : rubis balais / *berilles* : berils (variété d'émeraude)
/ *unions* : perles / *Tusque* : toscane / *estamet* : lainage / *migraine* : pourpre
/ *deschicquetées* : découpées / *en paragon* : en modèle d'élégance

aguillettes* de soye de mesmes couleurs ; les fers*
d'or bien esmaillez. Les sayez* et chamarres* de drap
d'or, toille d'or, drap d'argent, velours porfilé* à
plaisir. Les robbes autant precieuses comme des
dames. Les ceinctures de soye, des couleurs du pourpoinct ; chascun la belle espée au cousté, la poignée
dorée, le fourreau de velours de la couleur des
chausses, le bout d'or et de orfevrerie. Le poignart
de mesmes.

Le bonnet de velours noir, garny de force bagues*
et boutons d'or. La plume blanche par dessus
mignonnement partie* à paillettes d'or : au bout desquelles pendoient en papillettes* beaulx rubiz, esme-
rauldes, etc. Mais telle sympathie estoit entre les
hommes et les femmes, que par chascun jour ilz
estoient vestuz de semblable parure. Et pour à ce ne
faillir estoient certains gentils hommes ordonnez pour
dire es hommes, par chascun matin, quelle livrée les
dames vouloient en icelle journée porter. Car le tout
estoit faict selon l'arbitre des dames. En ces vestemens tant propres* et accoustrement tant riches, ne
pensez que eulx ny elles perdissent temps aulcun, car
les maistres des garderobbes avoient toute la vesture
tant preste par chascun matin : et les dames de
chambre tant bien estoient aprinses que en un
moment elles estoient prestes et habillez de pied en
cap.

Et, pour iceulx acoustremens avoir en meilleur
oportunité, au tour du boys de Theleme estoit un
grand corps de maison long de demye lieue, bien clair
et assorty*, en laquelle demouroient les orfevres, lapidaires, brodeurs, tailleurs, tireurs* d'or, veloutiers,
tapissiers, et aultelissiers*, et là œuvroient chascun de
son mestier, et le tout pour les susdictz religieux et
religieuses.

---

aguillettes : lacets | *fers* : ferrets (bouts des aiguillettes, richement
ornés) | *sayez* : tuniques | *chamarres* : larges vestes | *profilé* : brodé
| *bagues* : baies, glands | *partie* : séparée | *papillettes* : pampilles | *pro-
pres* : élégants | *assorty* : aménagé | *tireurs* : fileurs | *aultelissiers* : tis-
seurs de tapisserie

Iceulx estoient fourniz de matiere et estoffe, par les mains du seigneur Nausiclete[2], lequel par chascun an leurs rendoit sept navires des isles de Perlas et Canibales[3], chargées de lingotz d'or, de soye crue*, de perles et pierreries. Si quelques unions* tendoient à vetusté, et changeoient de naïfve blancheur : icelles par leur art renouvelloient en les donnant à manger à quelques beaulx cocqs, comme on baille cure* es faulcons.

crue : brute / *unions* : perles / *cure* : purgatif

Comment estoient reiglez les Thelemites
à leur maniere de vivre

CHAPITRE LVII

Toute leur vie estoit employée non par loix, statuz ou reigles mais selon leur vouloir et franc arbitre. Se levoient du lict quand bon leur sembloit : beuvoient mangeoient, travailloient, dormoient quand le desir leur venoit. Nul ne les esveilloit, nul ne les parforceoit ny à boyre, ny à manger, ny à faire chose aultre quelconques. Ainsi l'avoit estably Gargantua. En leur reigle n'estoit que ceste clause : Fay ce que vouldras. Par ce que gens liberes*, bien nez, bien instruictz, conversans en compaignies honnestes ont par nature un instinct, et aguillon, qui tousjours les poulse à faictz vertueux, et retire de vice, lequel ilz nommoient honneur. Iceulx quand par vile subjection et contraincte sont deprimez* et asserviz, detournent la noble affection, par laquelle à vertuz franchement* tendoient, à deposer et enfraindre ce joug de servitude. Car nous entreprenons tousjours choses defendues et convoitons ce que nous est denié*.
Par ceste liberté entrerent en louable emulation de faire tous ce que à un seul voyoient plaire. Si quelq'un ou quelcune disoit : « Beuvons », tous buvoient ; si disoit : « Jouons », tous jouoient. Si disoit : « Allons à l'esbat es champs », tous y alloient. Si c'estoit pour

liberes : libres | *deprimez* : asservis | *franchement* : librement | *denié* : refusé

voller* ou chasser, les dames montées sus belles hac-
quenées avecques leurs palefroy gourrier* sus le poing
mignonnement enguantelé portoient chascune, ou un
esparvier, ou un laneret*, ou un esmerillon* : les
hommes portoient les aultres oyseaulx.

Tant noblement estoient apprins, qu'il n'estoit
entre eulx celuy, ne celle qui ne sceust lire, escripre,
chanter, jouer d'instrumens harmonieux, parler de
cinq et six langaiges, et en iceulx composer tant en
carme*, que en oraison solue*.

Jamais ne feurent veuz chevaliers tant preux, tant
gualans, tant dextres* à pied, et à cheval, plus vers,
mieulx remuans, mieulx manians tous bastons*, que
là estoient. Jamais ne feurent veues dames tant propres, tant mignonnes, moins fascheuses*, plus doctes
à la main, à l'aguelle, à tout acte muliebre* honneste
et libere*, que là estoient.

Par ceste raison quand le temps venu estoit que
aulcun d'icelle abbaye, ou à la requeste de ses parens,
ou pour aultres causes voulust issir hors, avecques soy
il emmenoit une des dames, celle laquelle l'auroit
prins pour son devot*, et estoient ensemble mariez. Et
si bien avoient vescu à Theleme en devotion et
amytié : encores mieulx la continuoient ilz en
mariaige, d'autant se entreaymoient ilz à la fin de leurs
jours comme le premier de leurs nopces.

Je ne veulx oublier vous descripre un enigme qui fut
trouvé aux fondemens de l'abbaye, en une grande
lame de bronze. Tel estoit comme s'ensuyt.

---

voller : chasser au vol/ *gourrier* : élégant / *laneret* : petit lanier (genre
de faucon) / *esmerillon* : petit oiseau de proie / *carme* : vers / *oraison
solue* : prose / *dextres* : habilles / *bastons* : armes / *fascheuses* : dés-
agréables / *muliebre* : de femme / *libere* : libre / *devot* : ami dévoué

Enigme en prophetie.

CHAPITRE LVIII

Pauvres humains qui bon heur attendez,
Levez vos cueurs★, et me dictz entendez.
S'il est permis de croyre fermement
Que par les corps qui sont au firmament,
Humain esprit de soy puisse advenir
A prononcer★ les choses à venir :
Ou si l'on peut par divine puissance
Du sort futur avoir la congnoissance,
Tant que l'on juge en asseuré discours
Des ans loingtains la destinée et cours,
Je fois sçavoir à qui le veult entendre
Que cet hyver prochain sans plus attendre
Voyre plus tost en ce lieu où nous sommes
Il sortira★ une maniere★ d'hommes,
Las du repoz, et faschez du sejour★,
Qui franchement iront, et de plein jour,
Subourner★ gens de toutes qualitez
A different★ et partialitez.
Et qui vouldra les croyre et escouter :
(Quoy qu'il en doibve advenir et couster),
Ilz feront mettre en debatz apparentz
Amys entre eulx et les proches parents.

Levez vos cueurs : haut les cœurs | *prononcer* : prophétiser | *sortira* :
apparaîtra | *maniere* : sorte | *faschez du sejour* : tristes d'être désœu-
vrés | *Subourner* : pousser | *different* : affrontement

Le filz hardy ne craindra l'impropere★
De se bender contre son propre pere,
Mesmes les grandz de noble lieu sailliz,
De leurs subjectz se verront assailliz.
Et le debvoir d'honneur et reverence
Perdra pour lors tout ordre et différence,
Car ilz diront que chascun à son tour
Doibt aller hault, et puis faire retour.
Et sur ce poinct aura★ tant de meslées,
Tant de discordz, venues, et allées,
Que nulle histoyre, où sont les grands merveilles,
A faict recit d'esmotions pareilles.
Lors se verra maint homme de valeur,
Par l'esguillon de jeunesse et chaleur
Et croire trop★ ce fervent appetit
Mourir en fleur, et vivre bien petit★.
Et ne pourra nul laisser cest ouvrage,
Si une fois il y met le couraige★,
Qu'il n'ayt emply par noises★ et debatz
Le ciel de bruit, et la terre de pas.
Alors auront non moindre authorité
Hommes sans foy, que gens de verité :
Car tous suyvront la creance et estude
De l'ignorante et sotte multitude★.
Dont le plus lourd sera receu pour juge[1].
O dommaigeable et penible deluge[2],
Deluge (dy je) et à bonne raison,
Car ce travail★ ne perdra sa saison★
Ny n'en sera délivrée la terre,
Jusques à tant qu'il en sorte à grand erre
Soubdaines eaux, dont les plus attrempez★
En combatant seront pris et trempez,
Et à bon droict : car leur Cueur adonné
A ce combat, n'aura point perdonné
Mesme aux troppeaux des innocentes bestes,
Que de leurs nerfz, et boyaulx deshonnestes

impropere : honte | *aura* : il y aura | *croire trop* : s'abandonner à
| *petit* : peu de temps | *le couraige* : son cœur | *noises* : querelles
| *multitude* : foule | *ce travail* : cette épreuve | *ne perdra sa saison* : ne
sera pas hors de saison | *attrempez* : vaillants

Il ne soit faict, non aux Dieux sacrifice,
Mais aux mortelz ordinaire service[3].
Or maintenant je vous laisse penser
Comment le tout se pourra dispenser*,
Et quel repoz en noise* si profonde
Aura le corps de la machine ronde[4].
Les plus heureux, qui plus d'elle tiendront*,
Moins de la perdre et gaster s'abstiendront,
Et tascheront en plus d'une maniere
A l'asservir et rendre prisonniere,
En tel endroict que la pauvre deffaicte*
N'aura recours que à celluy qui l'a faicte,
Et, pour le pis* de son triste accident
Le clair soleil, ains que* estre en Occident
Lairra espandre obscurité sur elle
Plus que d'eclipse, ou de nuyct naturelle.
Dont en un coup perdra sa liberté,
Et du hault ciel la faveur et clarté.
Ou pour le moins demeurera deserte,
Mais elle avant ceste ruyne et perte
Aura longtemps monstré sensiblement
Un violent et si grand tremblement[5],
Que lors Ethna ne feust tant agitée,
Quand sur un filz de Titan fut jectée,
Et plus soubdain ne doibt estre estimé
Le mouvement que feit Inarimé
Quand Tiphœus si fort se despita*,
Que dans la mer les montz precipita.
Ainsi sera en peu d'heure rengée
A triste estat, et si souvent changée*,
Que mesme ceulx qui tenue l'auront
Aulx survenans occuper la lairront.
Lors sera pres* le temps bon et propice
De mettre fin à ce long exercice :
Car les grans eaulx dont oyez deviser
Feront chascun la retraicte adviser*.

Comment... dispenser : comme tout cela pourra se produire | *noise* :
querelle, crise | *plus d'elle tiendront* : retireront le plus d'elle | *deffaicte* :
meurtrie | *pour le pis* : pour aggraver | *ains que* : avant que | *despita* :
courrouça | *changée* : échangée | *pres* : proche | *adviser* : envisager

Et toutesfoys devant le partement*
On pourra veoir en l'air apertement*
L'aspre chaleur d'une grand flamme esprise,
Pour mettre à fin les eaulx et l'entreprise.
Reste, en apres ces accidens parfaictz,
Que les esleux joyeusement refaictz
Soient de tous biens, et de manne celeste,
Et d'abondant par recompense honeste
Enrichiz soient. Les aultres en la fin
Soient denuez. C'est la raison, affin
Que ce travail en tel poinct terminé
Un chascun ayt son sort predestiné*.
Tel feut l'accord. O qu'est à reverer
Cil qui en fin pourra perseverer.

La lecture de cestuy monument* parachevée, Gargantua souspira profondement, et dist es assistans :

« Ce n'est de maintenant que les gens reduictz à la creance Evangelique sont persecutez. Mais bien heureux est celluy qui ne sera scandalizé et qui tousjours tendra au but, au blanc*, que Dieu par son cher Filz nous a prefix*, sans par ses affections charnelles estre distraict ny diverty. »

Le Moyne dist :

« Que pensez vous, en vostre entendement, estre par cest enigme designé et signifié ?

— Quoy, dist Gargantua, le decours* et maintien de verité divine.

— Par sainct Goderan ! (dist le Moyne). Telle n'est mon exposition*. Le stille est de Merlin le Prophète[6]. Donnez y* allegories et intelligences tant graves que vouldrez. Et y ravassez, vous et tout le monde, ainsy que vouldrez, de ma part, je n'y pense aultre sens enclous q'une description du jeu de paulme soubz obscures parolles. Les suborneurs de gens sont les faiseurs de parties, qui sont ordinairement amys. Et

---

partement : départ / apertement : clairement / ayt son sort predestiné : trouve le sort à lui destiné / monument : document / blanc : cible / prefix : fixé / decours : cours / exposition : explication / Donnez y : prêtez-lui

apres les deux chasses faictes, sort hors le jeu celluy
qui y estoyt et l'aultre y entre. On croyt le premier qui
dict si l'esteuf* est sus ou soubz la chorde[7]. Les eaulx
sont les sueurs ; les chordes des raquestes sont faictes
de boyaux de moutons ou de chevres. La machine
ronde est la pelote ou l'esteuf. Apres le jeu, on se
refraischit* devant un clair feu, et change l'on de chemise. Et voluntiers bancquete l'on, mais plus joyeusement ceulx qui ont guaigné. Et grand chere[8] ! »

esteuf : balle / _refraischit_ : ragaillardit

NOTES

Mesures et monnaies

aulne : environ 1 m | *besant* : monnaie byzantine | *boisseau* : environ 13 litres | *bussard* : 3/4 de muid | *chopine* : 1/2 litre | *empan* : 22 cm | *lieue* : 4 km | *marc* : poids de 8 onces ; monnaie d'or ou d'argent | *muid* : environ 270 litres | *toise* : 2 m | *tonneau* : 1,440 m³.

Quelques termes usuels

ains : mais | *ensemble* : avec | *es* : aux | *mie* : pas du tout | *oncques* : jamais | *voire mais* : oui mais.

Pour les allusions médicales dans le texte de Rabelais, rappelons qu'Hippocrate est un médecin grec, du IVᵉ s. avant J.-C. ; Galien, un autre médecin grec, du IIᵉ s. après J.-C.

La mise au point placée avant les notes de certains chapitres particulièrement importants est destinée aux lecteurs qui recherchent une approche un peu plus érudite du texte. Dans cette mise au point, nous utilisons la formule « voir dossier » pour renvoyer à une étude récente du chapitre, où le lecteur trouverait une revue détaillée des différentes interprétations (ainsi que les références précises correspondant aux noms de critiques que notre aperçu rapide de ces interprétations se borne à mentionner).

Aux lecteurs

1. Maxime scolastique, reprise à Aristote (*De partibus animalium,* III, 10). Fr. Charpentier l'explique en se référant à la

théorie médicale des quatre humeurs (l'excès de bile pro-
voque le « dueil » dont parle Rabelais) et à la thérapeutique par
le rire, qui provient d'Hippocrate (IVe s. avant J.-C.).

Prologue

Voir dossier des nombreuses interprétations, qui signalent
toute l'ambiguïté d'un texte mi-sérieux mi-plaisant, dans
E. Duval, *Interpretation and the doctrine absconce*, Et. rab.,
XVIII, 1985, p. 14 ss. Ce boniment de Rabelais, qui inaugure
le récit sur un mode oral, offre aussi des variations sur le thème
de l'interprétation. Selon les uns, par exemple Fl. Gray, les
plaisanteries qui accompagnent cette affirmation d'un « plus
hault sens » montrent que Rabelais se moque de la manie de
l'exégèse, notamment de l'allégorisme médiéval. Selon les
autres, par exemple E. Duval, l'auteur regrette que le *Pantagruel* ait été pris à la légère, et sur le mode ambigu du *serio
ludere,* entre jeu et sérieux, il rappelle que son livre est riche de
substance. Pour E. Duval, Rabelais recherche un lecteur qui
ressemble aux « lecteurs bénévoles » définis par Érasme et
Lefèvre d'Étaples, c'est-à-dire des hommes de bonne volonté
capables d'interpréter le texte dans un esprit évangélique.

1. Le thème des vérolés est résurgent dans l'œuvre de
Rabelais, qui ne le traite cependant pas en médecin, comme
l'a montré J. Dixon (*Et. rab.,* XXV, 1991, p. 61 ss.).
2. Comparaison reprise au *Banquet,* 215 A (Platon compa-
rait Socrate aux statues des Silènes, le père nourrissier de
Bacchus : statues burlesques dont on peut séparer les deux
parties pour découvrir à l'intérieur l'image du dieu) et aux
Adages d'Érasme (III, 2, 1). Dans la liste d'animaux, Rabelais
prend à la lettre des expressions proverbiales désignant des
sots (des canes bâtées comme des ânes ; des oisons bridés,
c'est-à-dire tenus en laisse comme des chevaux).
3. Le livre est comparé à un animal bien engraissé (« de
haulte gresse ») ou que l'on chasse *(prochaz).*
4. Les symboles dits de Pythagore faisaient partie des
recueils de signes à la mode (emblèmes, hiéroglyphes).
5. Après les écrivains anciens, Politien, humaniste italien
du XVe siècle.
6. Type du moine borné.
7. *Ep.,* I, 19.
8. Que l'ulcère aux jambes vous fasse boiter, mais aussi
sous-entendus grivois (*maulubec* au sens de maladie véné-
rienne, et jeu sur *trousser*).

Chapitre I

Parodie des généalogies bibliques, déjà exploitée dans le premier chapitre du *Pantagruel* : selon les uns, portée critique (A. Lefranc pense que Rabelais viserait la généalogie du Christ), selon les autres, simple plaisanterie (E. Gilson renvoie au répertoire des facéties monastiques). Mais Rabelais se moque aussi de l'engouement des humanistes pour livres et monuments anciens, et de leur manie du déchiffrement (emblèmes, inscriptions).

1. Voir le chap. 1 du *Pantagruel* (1532), qui contient la généalogie des géants.

2. Théorie médiévale du transfert de l'Empire d'un royaume à l'autre, reprise au XVIe siècle à la fois par les partisans de l'Empire romain germanique et par les panégyristes de François Ier, candidat à l'Empire.

3. Lieux-dits dans la région de Chinon.

4. Titre loufoque : « les Bêtises immunisées » (par un contrepoison).

Chapitre II

Recours au genre loufoque du coq-à-l'âne, avec des moqueries contre l'Église (voir le vocabulaire ecclésiastique, et l'expression « leicher sa pantoufle », c'est-à-dire baiser celle du Pape à l'audience) et contre l'Empereur. Voir dossier dans A. Berry (*Rabelais : homo logos,* Chapell Hill, 1979, p. 55 ss.), qui trouve dans ce texte un exemple du « jeu sérieux », riche d'intentions.

M. Screech note la symétrie avec l'énigme finale.

1. Le début des vers est rongé – Les Cimbres ont été écrasés par Marius (101 av. J.-C.).

2. Entrée du Purgatoire, dans une île irlandaise.

3. L'aigle, symbole de l'Empire (allusion à Charles Quint).

4. Massoretz : interprètes juifs de la Bible.

5. Até : la Vengeance, chez les Grecs – Pentasilée : reine des Amazones.

6. Scipion Émilien, mais aussi Charles Quint (qui en 1535 reprend Tunis à Barberousse).

7. Le diable.

8. Yaweh dans la Bible.

9. Traduction de la formule liturgique « Sursum corda ».

10. Mannequin qui frappe l'heure aux horloges des villes.

Chapitre III

Parodie de dispute juridique, à partir d'un problème que traitaient les juristes, notamment un ami de Rabelais, André Tiraqueau, dans un commentaire achevé en 1534. Voir dossier de la querelle juridique dans M. Screech, *Eleven-month Pregnancies, Et. rab.*, VIII, 1969, p. 93 ss. Rabelais doit à Tiraqueau la liste d'auteurs anciens, et adopte le système des abréviations juridiques.

1. Longaulnay, en Bretagne. La Brenne, entre Indre et Creuse.
2. Les Papillons, sauvages légendaires.
3. La fille d'Auguste, débauchée.
4. La superfétation est une seconde grossesse qui s'ajoute à une première.

Chapitre IV

Premier chapitre de la suite (ch. 4 à 6) consacrée à la naissance de Gargantua, où M. Bakhtine constate l'association de trois thèmes, mangeaille, excrément, enfantement : le corps grotesque communique avec l'extérieur par ce qu'il mange et ce qu'il produit (grand cycle de la vie, et le décor rustique de la naissance intègre cet événement humain au cadre du macrocosme). Voir M. Jeanneret, *Parler en mangeant, Et. rab.*, XVI, 1988, p. 275 ss., pour cette tradition du banquet, qui est ivresse bachique, mais aussi verbale.

1. Représentation médiévale avec des diables. Comprendre : mais le diable, c'était que...
2. Liste de localités autour de la maison des Rabelais, la Devinière.

Chapitre V

Les éditions de 1535 à 1537 contenaient une allusion à la dévotion des femmes en couches à sainte Marguerite, allusion supprimée en 1542.

1. Chaussure, ici présentée comme un animal – Mes heures : en lisant mes heures liturgiques.
2. « Privation suppose possession. » Suit une maxime d'Horace : « est-il un individu que les coupes fécondes n'aient pas rendu disert ? » (*Ep.*, I, 13).
3. Un autre boit en mon nom.

4. Cette main (que vous levez avec le verre) cache votre nez.

5. Boire dans un ruisseau presque à sec, en tordant dangereusement le cou (comme un cheval).

6. Ce verre va me laver les tripes (comme le charcutier va laver les boyaux dans la rivière).

7. Les Chevaliers du Temple, réputés bons buveurs.

8. Jacques Cœur, symbole de richesse ; Bacchus, conquérant mythique de l'Inde ; Vasco de Gama, qui par *philosophie* (amour de sapience) conquit Mélinde en Afrique.

9. L'amiante – *Ma Paternité :* moi-même (dit le Père supérieur).

10. Argus, gardien aux cent yeux ; Briarée, géant aux cent bras.

11. Larme du Christ (vin italien).

12. Il fait pencher la tête au buveur qui approuve.

13. G. Demerson explique cette plaisanterie de joueur : « On ne nous fera pas la *vole* (on ne nous mettra pas capot) car j'ai fait une *levée* (j'ai levé le coude). » — Macé est inconnu.

Chapitre VI

Rabelais a supprimé la formule risquée des premières éditions jusqu'en 1537, que « foy est argument des choses de nulle apparence ».

Chapitre où A. Lefranc a vu des allusions moqueuses à la naissance du Christ. Cependant l'analyse nuancée de M. Screech dans son *Rabelais* ne met pas l'accent sur l'irrévérence, mais sur le recours aux saintes Écritures.

1. Elles sont peureuses.

2. Laissez tirer l'attelage, et ce sera fait.

3. Hameau et commune de l'Indre.

4. Pendant que saint Martin dit la messe, le diable renregistre leur bavardage sur un parchemin, qu'il étire avec les dents.

5. Beuxes en Touraine, et Vivarais, avec jeu de mots sur *boire*.

6. La mère d'Adonis avait été changée en cet arbre – Castor et Pollux, nés de Jupiter et de Léda.

Chapitre VII

Voir dans R. Antonioli, *Rabelais et la médecine*, p. 173 ss., une comparaison de certains détails avec les traités d'hygiène infantile à la fin du Moyen Age (sevrage ; paresse du bébé, que l'on n'incite pas à marcher ; atmosphère joyeuse et petits concerts autour de l'enfant, destinés à favoriser son développement psychologique). Propre à Rabelais l'évocation de l'enfant dans sa réalité physique (saleté, goinfrerie).

1. Grande gueule.
2. Allusion au refus du baptême par les Anabaptistes.
3. Dans la région de Chinon.
4. Disciples du philosophe Duns Scot (XIIIᵉ s.), maître de la scolastique.
5. Allusion aux censures de la Sorbonne.

Chapitre VIII

Début d'une suite de trois chapitres consacrés aux habits de Gargantua. Les critiques ont noté l'importance du vêtement dans l'œuvre de Rabelais (par exemple, le déguisement de Panurge dans le *Tiers Livre*). Quant aux deux chapitres sur les couleurs, voir dossier dans G. Demerson, *Rabelais et l'analogie, Et. rab.*, XIV, 1977, p. 23 ss. Parfois considérés comme une critique radicale de toute la symbolique médiévale, ces chapitres sont plutôt interprétés par G. Demerson comme un refus des correspondances figées et ineptes (mais Rabelais ne renoncerait pas aux analogies qui ont un sens). Rabelais se moquerait seulement d'ouvrages tels que le *Bason des couleurs,* traité du XVᵉ siècle, qui était critiqué par les héraldistes humanistes.

1. Occam, philosophe scolastique (Haultechaussade est inventé).
2. Rhéa confia son fils Jupiter à ces nymphes, et la corne de la chèvre Amalthée, nourrice de l'enfant, devint la corne d'abondance.
3. « La charité ne recherche pas son propre bien. » — Necepsos : pharaon magicien. Sainlouand : Saint-Louand près de Chinon.
4. Fleuve du Paradis terrestre, aux rives riches en or.

Chapitre IX

1. Coiffures démodées.
2. La cuirasse *(alcret)* est un dur habit (*durabit :* durera).
3. Les *Hiéroglyphiques* du pseudo Horus Apollo, et le *Songe de Poliphile* de Francesco Colonna (1499), qui reproduisent des hiéroglyphes.

4. La devise « hâte-toi lentement », illustrée par un des célèbres emblèmes de l'Italien Alciat (1534). L'Amiral serait Guillaume de Bonnivet, Amiral de France, dont la devise était « festina lente », avec un dauphin (rapidité) et une ancre (lenteur).

Chapitre X

Sur le thème aristotélicien des contraires, parodie de *dispute (disputatio)* scolastique, où l'auteur a recours à l'autorité, sous la forme de citations et d'exemples.

1. Couples de notions contraires dans la logique aristotélicienne.

2. Laurent Valla (XVᵉ siècle) avait critiqué le jurisconsulte Bartole, qui parlait de « lumière dorée », alors qu'elle est blanche.

3. *Alba* signifie *blanche* (Albe aurait été bâtie là où Ascagne avait trouvé une truie blanche).

4. Proclus : philosophe néo-platonicien (Vᵉ s. après J.-C.). Fr. de la Bretèque a montré que l'histoire du lion et du coq apparaît dans les plus anciens Bestiaires.

5. Pour les scolastiques, les esprits de la vue et de la perspective, qui permettent la vision, s'éparpillent des yeux vers l'objet (d'où les termes *espart* et *dissolvent,* c'est-à-dire se dissolvent).

6. Ici commence une liste d'exemples de personnages morts de joie.

Chapitre XI

Premier chapitre de la suite (ch. 11 à 13) consacrée à l'enfant Gargantua. Pour cette évocation, voir Ph. Ariès, *L'Enfant dans la vie familiale sous l'Ancien Régime,* Paris, 1960, ch. 5 (fréquente association de l'enfant des plaisanteries grivoises). Le chapitre suivant est révélateur du monde imaginaire de Rabelais : comme l'a montré A. Keller, chevaux réels et chevaux fictifs se confondent peu à peu, mais Rabelais joue sur le décalage entre les deux (*The telling of tales in Rabelais,* Francfort, 1963, p. 55 ss.).

1. Sens figuré de cette formule proverbiale (était contraint de donner de l'argent) et des suivantes : *pissoyt contre le soleil,* c'est-à-dire, selon les commentateurs, entreprenait l'impossible, ou était irrespectueux ; *gardoyt la lune*

des loups, c'est-à-dire empêchait les loups de hurler à la lune ; *mettoit entre deux verdes une meure,* c'est-à-dire deux fruits verts pour un mûr... Série d'absurdités.

2. « Vous savez quoi, que le mal du tonneau vous fasse tituber » (en gascon).

3. Région de Mirebeau dans le Poitou.

Chapitre XII

1. *Hobin, traquenard :* variétés de trot.

2. *Zencle* (avec des taches courbes), *pecile* (bigarré), *leuce* (blanc), sont des adjectifs que Rabelais a tirés du grec.

3. Chinon – La Baumette est un couvent près d'Angers.

4. Nous avons de la malchance.

5. Cahuzac (Lot-et-Garonne).

Chapitre XIII

1. Voir *Pant.,* chap. 11

2. Formule liturgique de conclusion.

3. Pays de la Vienne.

4. Encore le théologien Duns Scot. — Fr. Rigolot rapproche le dernier paragraphe d'un tableau de Michel-Ange, « Léda et le Cygne », où l'héroïne tient entre ses jambes Jupiter métamorphosé en cygne.

Chapitre XIV

Dans les premières éditions, le titre comportait « un théologien », expression remplacée en 1542 par « un sophiste » (le sens est le même, les deux termes étant équivalents pour Érasme).

Avec cette anecdote de Philippe et Alexandre, apparition du personnage que les critiques ont appelé l'*acteur-narrateur.*

1. Manuels.

2. Les piliers qui supportent la coupole lyonnaise de Saint-Martin d'Ainay.

3. Traité de grammaire *(Des modes de la signification).* Commentateurs inventés.

4. Sorte de calendrier.

5. Liste de manuels et de traités utilisés dans les classes.

6. Recueil de sermons.

Chapitre XV

1. Pays légendaire.
2. Près de Châteauroux.
3. Qui parlent creux, selon saint Paul (jeu sur *théologiens*).
4. Orateurs antiques.
5. Qui travaille bien (en grec).

Chapitre XVI

Pour Gargantua voyageur dans les traditions populaires, voir G. E. Pillard, *Le Vrai Gargantua. Mythologie d'un géant*, Paris, 1987, p. 94 ss. Mais le voyage est aussi un épisode traditionnel du roman de formation, notamment dans le roman médiéval.

1. Les monstres d'Afrique étaient légendaires.
2. Comme on le voyait sur la statue équestre de César à Rome.
3. Édifice antique en ruine, dans la région de Chinon.
4. Jean Thenaud, voyageur et écrivain de la Renaissance, auteur de récits de voyage.
5. Les Sables-d'Olonne.
6. Inversion de *bestes* et *clercs*.
7. Cordonnier de Chinon.

Chapitre XVII

Après le mot *paroisse,* les éditions antérieures à 1542 comportaient une longue liste de jurons.

Début du long épisode des cloches, qui figurait dans les *Grandes et inestimables chronicques* (voir notre *Préface*). Voir dossier dans G. Defaux, *Rabelais et les cloches de Notre-Dame, Et. rab.,* IX, 1971, p. 1 ss. Selon G. Defaux, ces cloches pourraient être les trois théologiens de la Sorbonne que François Ier exila de Paris en 1533 (parmi eux, N. Beda, bête noire des réformateurs et des humanistes). La Sorbonne, qui avait multiplié les démarches pour obtenir leur retour, serait ici présentée comme une assemblée dangereuse pour la paix civile (ch. 19). Les « schismes et monopoles » mentionnés dans le chapitre 17 sont selon M. Screech les incessantes querelles de la Sorbonne, notamment entre Artiens et Théologiens.

1. La quête du porc était un privilège de l'ordre de saint Antoine. Le lard tremble de crainte d'être mangé.
2. Hôtel où siégeait une instance de l'Université.

Chapitre XVIII

Pour le personnage principal, Fr. Charpentier rappelle que Janotus renvoie à Jean, le simple de la tradition populaire, et Bragmardo, à *braquemart,* l'épée, symbole du sexe.

1. Qui aime découper (en grec).

Chapitre XIX

Plaidoyer pour récupérer les cloches, qui passent pour écarter des vignes les intempéries. Les citations latines sont des réminiscences de la Bible, mais en latin de plus en plus incorrect, ou des parodies de dispute scolastique (entassement d'articulations logiques dans l'avant-dernière citation).

1. Contrepèterie sur le nom de Pontanus, humaniste italien du XVᵉ siècle, et calembour avec *tapon,* le bouchon.
2. Onomatopées qui évoquent le bruit d'un combat.
3. Conclusion : « adieu et applaudissez » (fin de comédie) ; « moi, Calepin, j'ai terminé » (auteur d'un dictionnaire).

Chapitre XX

1. Exemples classiques de gens morts de rire.
2. Lieu commun : le philosophe qui rit (Démocrite) et celui qui pleure (Héraclite).
3. Acteur comique.
4. La martingale peut être délacée ; les marins ont des chausses bouffantes ; celles des Suisses ont un bourrelet, et le derrière des chausses en queue de morue est fendu.
5. "A quoi se rapporte ce pan d'étoffe ? – En général, à tous – Je ne demande pas comment, mais pour quoi : c'est pour mes tibias. Et je le porterai comme la substance porte l'accident." — Parodie de la logique scolastique.
6. Dans la farce de Pathelin, Pathelin tient à emporter lui-même le drap qu'il a acheté.
7. Église qui servait aux séances solennelles de la Sorbonne.

Chapitre XXI

Deux chapitres sur la première éducation de Gargantua. Par ses défauts, que le gigantisme accentue, cette pédagogie est le contraire des principes définis par Érasme dans son traité *De pueris* (voir l'introduction de Cl. Margolin à son édition de ce traité, Genève, 1966). Érasme insiste sur la nécessité de former l'enfant, être malléable, de le considérer très tôt comme capable d'une éducation intellectuelle, et de ne pas hésiter à le faire peiner, car l'enfant est plus résistant qu'on ne le dit.

1. Fontainebleau.
2. Théologien de la Sorbonne (XVᵉ s.).
3. Alexandre VI.
4. Localité du Jura, qui travaillait le bois.
5. Térence.
6. Il lutte contre la mollesse de son tempérament, en se restaurant.

Chapitre XXII

Dans les éditions antérieures à 1542, les jeux de Gargantua ne forment pas un chapitre à part, mais sont intégrés au chapitre XXI.

Pour la disposition, Rabelais trouvait l'exemple de ces listes dans les traités des juristes, notamment chez son ami Tiraqueau, comme le note M. Screech, *Rabelais*. Elles substituent à la lecture horizontale un ordre vertical plus rapide. Pour le détail des jeux, que nous ne pouvons donner ici, voir M. Psichari, *Les jeux de Gargantua,* Rev. ét. rab., 1908 et 1909.

1. Jeux de cartes, puis jeux divers (y compris des jeux de réflexion).
2. Autant que si le sommeil avait été du jambon.
3. Expressions empruntées au vocabulaire du jeu.

Chapitre XXIII

Deux chapitres consacrés à la seconde éducation de Gargantua. Pour le régime régulier, inspiré d'Hippocrate, voir l'analyse de l'aspect médical dans R. Antonioli, *Rabelais et la médecine,* p. 184 ss. ; pour la formation spirituelle de l'élève, voir M. Screech, *Rabelais,* qui rappelle que la lecture de la Bible est conforme à la pratique des Évangéliques. Différents éléments autorisent le rapprochement avec la pédagogie érasmienne : le recours à l'expérience, dans le chapitre 24, conformément au principe érasmien de la méthode active, l'importance du précepteur, qu'Érasme voulait savant et vertueux, le rôle de la prière, le Prince devant être l'image de Dieu (selon l'*Institution du Prince chrétien,* publiée en 1516).

1. Don de Dieu.
2. Remède de la folie.

3. Timothée leur faisait payer ses leçons plus cher.

4. Heure normale pour l'époque.

5. Lecteur, en grec.

6. Jeu de paume (sorte de tennis) parisien.

7. Mathématicien anglais du XVIᵉ siècle.

8. On retrouve dans cette éducation les sept arts libéraux, *trivium* (grammaire, rhétorique, dialectique) et *quadrivium* (arithmétique, géométrie, astronomie, musique).

9. Ville réputée pour ses écuyers.

10. L'athlète Milon de Crotone.

11. Coupeur de racines.

Chapitre XXIV

1. Auteur d'un traité sur le jeu d'osselets – Lascaris est un érudit grec de la Renaissance.

2. Animaux imaginaires : chimères.

3. Politien, humaniste italien de la Renaissance.

Chapitre XXV

Les chapitres 25 et 26 sont consacrés aux causes fortuites de la guerre, une réflexion que l'on peut comparer avec celle d'Érasme dans la *Querela Pacis* (*Plainte de la Paix*, publiée en 1517). Voir P. Mesnard, *L'Essor de la philosophie politique au XVIᵉ siècle*, Paris, 1969, p. 102 ss. Sur le mode burlesque, l'« enlèvement » des fouaces par les gens de Grandgousier est l'équivalent d'un des motifs de guerre dénoncés par Érasme, le « vol de la fiancée », dans le jeu des unions qui servaient les ambitions territoriales des princes.

Picrochole serait soit Gaucher de Sainte-Marthe, dont les pêcheries sur la Loire gênaient le passage des bateaux, d'où un procès avec le père de Rabelais, de 1528 à 1536 ; soit Noël Beda, vu le rôle de ce Sorbonnard dans les persécutions contre les humanistes ; soit, pour la plupart des commentateurs, le belliqueux Charles Quint.

1. En Touraine, près de la Devinière.

2. Liste de cépages.

3. Porte-drapeau de sa confrérie.

Chapitre XXVI

Chapitre à rapprocher de l'analyse érasmienne des pulsions mauvaises qui mènent à la guerre, dans la *Querela Pacis* (colère, folie de la gloire, ambition, susceptibilité).

1. Bile amère, en grec.
2. Le Capitole. Picrochole joue les empereurs romains.
3. Moralisation féodale.
4. L'artillerie comporte des pièces de toutes les tailles : de grosses pièces telles que la bombarde (sorte de mortier) ; des canons longs et fins, tels que couleuvrines ou spiroles ; et des pièces courtes (faucons).

Chapitre XXVII

Voir M. Screech, *Rabelais,* qui centre l'épisode sur la couardise des moines, opposée à l'idéal évangélique de paix défensive. La défense du clos établit un lien thématique entre ce chapitre et celui des Biens Yvres.

1. Non loin de la Devinière.
2. Des Entamures (du hachis).
3. *Impetum inimicorum,* l'assaut des ennemis.
4. Thomas Becket, défenseur de l'Église contre le Roi d'Angleterre.
5. C'est moi qui les fais mourir.
6. Cousin des quatre fils Aymon.

Chapitre XXVIII

Premier chapitre de la suite (ch. 28 à 32) consacrée au bon roi, portrait que l'on peut rapprocher d'Érasme, *Querela Pacis* (prudence et modération). En comparant avec la guerre contre les Dipsodes dans le *Pantagruel* (ch. 23 ss.), on verra combien la réflexion a pris de l'ampleur.

1. Château près de la Devinière.

Chapitre XXIX

1. M. Screech renvoie au traité *Du libre arbitre* d'Érasme : la Grâce divine guide le libre arbitre humain, mais ne le supprime pas (sur ce point, Érasme s'oppose à la doctrine Réformée).

Chapitre XXXI

Exemple de discours à l'antique *(contio),* et réflexion sur la folie présompteuse : la rhétorique est au service de la foi évangélique.

1. Associés, et vaincus par Charles VIII en 1488.
2. Canarre : pays merveilleux. Isabella : Haïti.

Chapitre XXXII

1. Jeu sur *couille,* qui signifie parfois *mortier,* et *mole,* la meule.
2. Exonérée de redevances.

Chapitre XXXIII

Étude d'un cas médical, le colérique (excès de bile : Picrochole, « bile amère ») glissant vers la folie ; mais aussi illustration des rapports entre guerre et tyrannie, dénoncés par Érasme dans la *Querela Pacis,* où il constatait que les princes se sentent plus puissants quand ils déclarent la guerre.

1. Allusion aux deux colonnes qui figuraient dans l'emblème de Charles Quint.
2. Corsaire qui s'empara de Tunis en 1534. Les rumeurs d'expédition de 1535 de Charles Quint contre Barberousse au début de 1535 sont un des faits qui incitent certains à dater l'édition originale de *Gargantua* du premier trimestre 1535.
3. Déformation de la formule proverbiale « tuer un mercier pour un peigne » (pour un petit profit).

Chapitre XXXIV

1. Ce nom de lieu et les suivants situent l'action près de la Devinière.
2. A la façon des voleurs de poules.
3. Aux environs de Niort.

Chapitre XXXV

La mode (en partie italienne) de la voltige permet à Rabelais de dessiner un corps en exercice, et dans différentes postures. — Allusions à l'exorcisme.

1. Milice populaire, peu accoutumée au combat.
2. « Saint est le Seigneur » (en grec).
3. Jeu sur le vocabulaire des procès : mon affaire va mal, et calembour grivois (*cas :* parties sexuelles).
4. Cet alinéa introduit par nos soins ne figurait pas dans la disposition du texte de 1542.

Chapitre XXXVI

Pour le vocabulaire des armes à feu et de l'artillerie (l'arquebuse, inventée au XIVe siècle, et perfectionnée au XVIe ; le canon, inventé au XIVe siècle, et utilisé dès la fin du XVe avec des boulets remplis de poudre), voir L. Sainéan, *La Langue de Rabelais.*

1. Fantaisies sur le miracle (à la Renaissance, les philosophes de l'école de Padoue, notamment Pomponazzi, proposaient une explication naturelle des faits miraculeux).

2. Cet alinéa introduit par nos soins ne figurait pas dans la disposition du texte de 1542.

3. La suite est effectivement inspirée d'Élien.

Chapitre XXXVII

Pour cette scène de banquet, voir M. Jeanneret, *Des mets et des mots,* Paris, 1987, p. 114 ss., qui analyse la continuité entre le prologue et les épisodes de ripaille dans le roman (ce thème établit un programme de lecture, lecture orale, conviviale, gaie et voluptueuse).

1. Titre parodique. Voir notamment les compilations historiques publiées à cette époque : le texte est flanqué de commentaires et d'adjonctions.

2. Les éperviers du collège de Montaigu (dont les humanistes raillaient la saleté et la méthode brutale) sont les poux.

3. Les mendiants du cimetière des Saints Innocents (proche de la Cour des miracles, repère de gueux).

4. Sur l'écroulement de la tour de Siloé, voir Luc, 13.

5. Allégorie de l'Occasion, souvent représentée au XVIe siècle.

6. Abbaye de Chinon.

Chapitre XXXVIII

Voir M. Screech, *Rabelais,* pour les réticences de Rabelais envers les pèlerinages, à replacer dans le contexte de l'évangélisme (critiques qui découlent de l'Écriture sainte, même si on les trouve aussi chez les Réformés). — Exploitation d'un motif du folklore universel (la descente dans le corps du monstre), déjà exploité dans le chapitre 32 du *Pantagruel* (« Comment Pantagruel de sa langue couvrit toute une armée, et de ce que l'auteur vit dans sa bouche »).

1. Grande et célèbre cuve de l'abbaye de Cîteaux.

2. Ces formules sont appliquées à la situation des pèlerins : « comme les hommes se dressaient contre nous, peut-être nous auraient-ils engloutis vivants... Quand leur fureur se déchaînait contre nous, peut-être l'eau nous aurait-elle absorbés... », etc.

Chapitre XXXIX

Premier chapitre d'une suite (chap. 39 à 45) consacrée aux exploits de Frère Jean. Voir dossier dans M. Holban, *Autour de Jean Thenaud et de Frère Jean des Entommeures, Et. rab.*, IX, 1971, p. 49 ss., qui analyse ce chapitre, et compare le personnage de Frère Jean avec un contemporain de Rabelais, Frère Jean Thenaud, auteur du *Voyage et Itineraire de Oultre Mer*. Dans les deux chapitres suivants, la critique de l'institution monastique et du formalisme (vu la façon dont Frère Jean dit ses heures) est dans la tradition érasmienne, comme l'a montré M. Screech.

1. C'est une formule liturgique (le prêtre dépose la chape).

2. Le château de Coulaines, dans la région de Chinon.

3. Une grande cuve de couvent bénédictin.

4. Juron de Bayard.

5. Début de proverbe (voir le *Tiers Livre,* ch. 18 « c'est bien à propos truelle »), qui sert de transition.

6. Onomatopées (choc des flacons et des verres).

7. Défaite de François Ier (1525).

8. Un voisin de la Devinière ?

Chapitre XL

1. Dans ses *Adages,* Érasme écrit que les prélats se nourrissent des péchés.

2. Souvenir de saint Paul, *Épître aux Romains* (8).

3. J'accepte de n'importe quel parti.

4. Cri pour faire avancer l'attelage.

5. Début de psaume (Vers toi j'ai levé), mais aussi équivoque sur la longueur du nez et celle du sexe (à la longueur du nez on connaît...).

Chapitre XLI

1. Les sept psaumes de la pénitence.

2. Les Bénédictins de Fécamp.

3. En écourtant la récitation.

Chapitre XLII

Après les moines, le Pape et ses Décrétales, lettres pontificales statuant sur des points litigieux, et dont le *Quart Livre* offrira un éloge ironique. Cette critique est à situer dans le contexte gallican (la seconde partie du *Corpus juris canonici* regroupait des constitutions honnies des Gallicans, c'est-à-dire des partisans d'une église française relativement indépendante de Rome).

1. Parodie de roman d'aventures.
2. Section des Décrétales, le recueil des décrets pontificaux, sur l'impuissance produite par maléfice.
3. Dans la Bible, Absalon reste pendu par sa chevelure.
4. Allusion aux prescriptions formalistes des Décrétales du Pape Grégoire IX.
5. « Moine au couvent ne vaut pas deux œufs, mais dehors il en vaut trente. »

Chapitre XLIV

Parodie des batailles du roman de chevalerie, et souvenirs médicaux (après le corps soigné, vêtu, éduqué, des premiers chapitres, le corps démembré).

Chapitre XLV

Voir M. Screech, *Rabelais,* qui replace dans un contexte érasmien l'adage sur les rois philosophes, ainsi que les railleries sur le culte des saints guérisseurs et sur les pèlerinages.

1. Localités de la région de Châteauroux.
2. Saint qui protégeait de la peste.
3. Abbé de Saint-Genou de 1512 à 1520.
4. *Épître aux Éphésiens,* 4-5.

Chapitre XLVI

Début d'une suite de chapitres (46 à 51) où la charité chrétienne, centre de la sagesse érasmienne, l'emporte sur l'idéal antique de la prouesse. Voir dossier dans N. Aronson, *Les Idées politiques de Rabelais,* Paris, 1973, p. 222 ss. : la guerre nécessaire est menée sans faillir lorsque la nation est attaquée, et la générosité envers l'ennemi vaincu contraste avec la dureté dont Charles Quint usa envers François Ier après Pavie. A l'opposé de cette magnanimité, la frénésie de Picrochole, un des symptômes de l'excès de bile noire dans les traités médicaux. Cette frénésie en fait selon J. Bailbé une figure tragique (*Picrochole en fuite*, in *Prose et prosateurs de la Renaissance*, Paris, 1987, p. 85 ss.).

1. Meuble comprenant lettres, bijoux...

Chapitre XLVII

1. Localités dans la région de Chinon et de Saumur (ainsi qu'à la page suivante).
2. Cet alinéa introduit par nos soins ne figurait pas dans la disposition du texte de 1542.

Chapitre XLVIII

1. Cet alinéa introduit par nos soins ne figurait pas dans la disposition du texte de 1542.

Chapitre XLIX

1. Dans la région de Chinon.
2. Animaux chimériques (mais aussi sexe de la femme). Voir *Pant.*, 11.
3. Cet alinéa introduit par nos soins ne figurait pas dans la disposition du texte de 1542.

Chapitre L

1. Saint-Aubain, victoire de La Trémoille (1488) ; Parthenay, prise par Charles VIII en 1487.
2. Rabelais imagine une expédition des sauvages de Haïti en Vendée.
3. Roi d'un pays imaginaire.
4. Orientation absurde.

Chapitre LI

Une des vertus du bon roi, la justice rétributive, qui récompense chacun selon ses mérites. Dans l'*Institution du Prince chrétien*, Érasme écrivait que le roi chrétien doit être comme Dieu un soleil de justice.

1. Le col d'Agnello dans les Alpes, le Val de Vire en Normandie, Logroine à la frontière espagnole.
2. Légion décumane, composée de soldats d'élite, dans l'armée romaine.

Chapitre LII

Début du long épisode de Thélème, cette abbaye à l'envers, le contraire des couvents de l'époque. Voir dossier des nombreuses interprétations dans *Et. rab.*, t. XV, 1980 (trois articles). M. Baraz parle d'un « aristocratisme spirituel » ; F. Billacois retrouve la marque de l'utopie dans la hiérarchisation de l'espace, construit comme l'est un espace sacré ; et M. Gauna souligne le caractère syncrétiste de Thélème, mélange de philosophie antique, d'idéal chevaleresque, d'évangélisme. — Quant à l'écriture, A. Glauser lit ces chapitres comme un pastiche du style descriptif, et souligne l'humour de l'épisode (invraisemblance des chiffres, et cette abbaye est donnée à Frère Jean...).

1. Abbayes angevines.
2. Sous-entendre ici des points de suspension, de même qu'avant « Feut ordonné ».

Chapitre LIII

Architecture composite. D'une part, des éléments récents et conformes à la mode italienne : forme inscrite dans un cercle, fréquente dans les spéculations de la Renaissance, même si les châteaux construits en France à cette époque sont des quadrilatères ; loggias à l'italienne, modernisme des tuyaux de descente pluviale, grand escalier central, monumental (les petits escaliers à vis étant logés dans une tourelle, comme à Blois). D'autre part, des traditions françaises, les tourelles, le décor de plomb au faîtage, les croisées à meneaux (partagées par des montants), l'anse de panier comme au XVe siècle, les couleurs héraldiques or et azur.

Les châteaux de référence sont Bonnivet, élevé à partir de 1513 par Guillaume Gouffier, en forme de quadrilatère ; Chantilly, construit à partir de 1527 pour Montmorency (plan irrégulier, avec un avant-corps et une aile), et Chambord, dont les travaux sont arrêtés en 1524 par la campagne d'Italie. Voir L. Hautecœur, *Histoire de l'architecture classique en France*, Paris, 1963, t. I.

1. Les écus frappés d'un soleil existent, les autres sont inventés.
2. Noms grecs : arctique, bel air, orientale, antarctique, occidentale, glaciale (traduction de G. Demerson). Aspect humaniste de cette utopie, souligné par la présence des librairies.
3. Comme dans les châteaux de l'époque.

4. Deux variétés de marbre.

5. Douze marches entre deux paliers.

6. Cet alinéa introduit par nos soins ne figurait pas dans la disposition du texte de 1552.

7. Italiennes, et non pas gothiques.

Chapitre LIV

Deux parties, correspondant à deux groupes : ceux que Rabelais exècre, gens d'Église ou de justice, intolérants, formalistes, individus méchants et mal vivant ; et une élite caractérisée par l'art de vivre et la vrai foi (allusion à ceux qui prêchent l'Évangile). G. Demerson pense que chacune de ces parties est construite selon les trois vœux monastiques (obéissance, mal conçue par les hypocrites ; pauvreté, ignorée des avares ; chasteté, mal comprise par les jaloux...). — Les recherches formelles sont dans le goût des Grands Rhétoriqueurs.

1. Tous ces adjectifs connotent l'hypocrisie, de même que *cagotz* et *caffars*.

2. Le roï de Magog est selon Ezéchiel (38) l'ennemi de Dieu.

3. Ces gueux sont les ordres mendiants (*mitouflez* évoque de nouveau l'hypocrisie, le déguisement).

4. Représentants du formalisme, et non de l'équité ou de la charité.

5. Chiens de garde, d'où maris jaloux. Ils sont en compagnie de Danger, incarnation du Jaloux dans le *Roman de la Rose*.

Chapitre LV

Inspiration composite : goût contemporain de la chasse ou du luxe, mais aussi souvenirs du *Songe de Poliphile* de l'Italien François Colonna (1499), pour les jardins géométriques et la fontaine des Grâces, dont M. Baraz souligne la valeur symbolique (les trois Grâces représentent le cycle de l'amour).

Chapitre LVI

Nous avons dû avancer d'une ligne le début de l'avant-dernier paragraphe (« au tour du... »), qui laissait une phrase inachevée.

A la différence du symbolisme des chapitres 9 et 10, le costume n'est pas régi par des correspondances figées : c'est un code vivant, réinventé par chacun, et qui contribue à la qualité des rapports sociaux.

1. *A la Françoise* : chaperon avec un pan flottant. *A l'Espagnole* : en dentelles. *A la toscane* : tête découverte, avec des torsades ornées de bijoux.

2. Célèbre par ses navires, en grec.

3. Aux Antilles.

Chapitre LVII

Voir M. Screech, *Rabelais,* pour le double caractère de cet idéal, aristocratique (gens bien nés et bien instruits) et syncrétiste (platonisme, stoïcisme, christianisme). Cette liberté est celle du chrétien, prônée par saint Paul ; le mot *honneur* renvoie à la *synderesis* des Pères de l'Église ; c'est-à-dire ce qui en l'homme n'a pas été abîmé par la faute originelle. V.-L. Saulnier a comparé le précepte rabelaisien avec un passage de saint Augustin, « aime et fais ce que tu veux », et L. Sozzi l'a rapproché du libre arbitre tel que le définit l'humaniste florentin Pic de la Mirandole dans son traité *De la dignité de l'homme.* Ce chapitre se situe donc dans une longue tradition, qui va de l'antiquité au christianisme.

Chapitre LVIII

Voir dossier *in* M. Screech, *The sense of the Enigme en prophetie,* Bibl. Hum. et Ren., XVIII, 1956. Deux interprétations de cette énigme empruntée (sauf les deux premiers et les dix derniers vers) au poète Mellin de Saint-Gelays : l'une, allégorique, le jeu de paume ; et l'autre, apocalyptique, en rapport avec les conflits religieux auxquels Rabelais fait allusion (épreuves finales auxquelles en cette période de crise sont soumis les justes, les Évangéliques persécutés).

1. L'arbitre de la partie.

2. La sueur.

3. Pour fabriquer les raquettes.

4. Périphrase qui désigne la balle.

5. Le mouvement de la balle. Inarimé est Ischia, île sous laquelle Typhée (un des Titans vaincus) aurait été enterré.

6. Jeu sur *Merlin* l'Enchanteur et *Mellin,* prénom de saint Gelays.

7. Il y avait une simple corde, et pas de filet.

8. Le livre s'achève sur le thème bachique, et l'on a pu voir dans l'épisode de Thélème le départ du périple vers la Dive Bouteille, et le début de la quête initiatique.

QUELQUES NOMS PROPRES
ET LEUR ORIGINE DANS LA GESTE
DES GÉANTS (LIVRES I A IV)

Badebec : épouse de Gargantua (« bouche bée »)

Bridoye : juge (« oison bridé »)

Dipsodes : ennemis de Pantagruel (« les Assoiffés »)

Engoulevent : capitaine de Picrochole (« qui avale le vent »)

Epistemon : précepteur de Pantagruel (« le savant »)

Eudemon : jeune page de Gargantua (« le fortuné »)

Eusthenes : compagnon de Pantagruel (« le fort »)

Gargamelle : épouse du géant Grandgousier (« gosier »)

Gargantua : père de Pantagruel (nom d'un géant du folklore. Rabelais donne l'étymologie fantaisiste : « que grand tu as » le gosier)

Gaster : allégorie du ventre (« l'estomac »)

Grandgousier : père de Gargantua (« grand gosier », grand buveur)

Gymnaste : écuyer de Pantagruel (« le sportif »)

Jan des Entommeures : moine (« Jean des Hachis »)

Janotus de Bragmardo : professeur de théologie (Jan, type du sot ; braquemart, épée et sexe)

Nazdecabre : muet (« nez de chèvre »)

Niphleseth : reine des Andouilles (« membre viril »)

Pantagruel : fils de Gargantua (nom d'un petit diable qui dans les Mystères médiévaux altère les gens. Rabelais donne une étymologie fantaisiste ; *panta*, c'est-à-dire *tout* en grec, et *gruel*, *altéré* en langage moresque...).

Panurge : ami de Pantagruel (« qui fait tout »)

Papefigues : peuple qui raille le Pape (qui « font la figue » au pape, signe de dérision)

Papimanes : adorateurs du Pape (« fous du Pape »)

Picrochole : roi de Lerné en Touraine (« bile amère »)

Ponocrates : précepteur de Gargantua (« le travailleur »)

Quaresmeprenant : allégorie du jeûne (« premier jour du Carême »)

Raminagrobis : poète (nom qui évoque un chat)

Rhizotome : compagnon de Gargantua (« coupeur de racines »)

Thaumaste : érudit anglais (« qui admire »)

BIBLIOGRAPHIE SOMMAIRE

Éditions

Gargantua, éd. crit. M. Screech, Genève, 1970 (texte de l'édition originale).

Œuvres complètes, éd. crit. sous la direction d'A. Lefranc, en 6 tomes, Paris, 1912 à 1955.

Œuvres complètes, éd. et trad. G. Demerson, Paris, 1973.

Etudes

R. Antonioli, *Rabelais et la médecine*, Genève, 1976.

M. Bakhtine, *L'Œuvre de Fr. Rabelais et la culture populaire au Moyen Age et sous la Renaissance*, Paris, 1970 (cet ouvrage contesté a renouvelé la perspective dans laquelle on aborde l'œuvre).

Fr. Charpentier, *Gargantua de Rabelais*, Paris, 1980.

G. Demerson, *Rabelais*, Paris, 1986.

J. E. Dixon et J. L. Dawson, *Concordance des Œuvres de François Rabelais*, Genève, 1992 (ouvrage fondé sur tous les écrits de Rabelais).

L. Febvre, *Le Problème de l'incroyance au XVIe siècle. La religion de Rabelais*, Paris, 1942 (rééd. 1968. Contre la thèse d'un Rabelais impie).

E. Gilson, *Rabelais franciscain*, Paris, 1924.

Fl. Gray, *Rabelais et l'écriture*, Paris, 1974.

M. Huchon, *Rabelais grammairien*, Genève, 1981.

A. J. Krailsheimer, *Rabelais and the Franciscans*, Oxford, 1963.

A. Lefranc, *Rabelais*, Paris, 1953 (un Rabelais libre penseur, et propagandiste royal).

D. Ménager, *Pantagruel et Gargantua*, Paris, 1978.

J. Paris, *Rabelais au futur*, Paris, 1970 (analyse stimulante).

Fr. Rigolot, *Les Langages de Rabelais*, Genève, 1972 (langue et structure).

L. Sainéan, *La Langue de Rabelais*, Paris, 1922-1923 (lexique).

M. Screech, *Rabelais*, Londres, 1979 (ouvrage de base, synthèse des recherches actuelles).

Et la collection des *Études rabelaisiennes* (*Et. rab.* dans nos notes) ; un numéro spécial de *L'Esprit créateur*, t. 21, 1981.

Quelques articles sur le Gargantua

M. Baraz, *Un texte polyvalent : le prologue d2 Gargantua,* in *Mélanges V.-L. Saulnier*, Genève, 1984, p. 527 ss.

E. Benson, *Rabelais developing historical consciousness in his … Dipsodean and Picrocholine wars,* Et. rab., 1976, p. 147 ss.

J. Larmat, *Picrochole est-il Noël Beda ?* Et. rab., 1969, p. 13 ss.

M. Lazard, *Perceval et Gargantua : deux apprentissages,* in *Mélanges R. Aulotte*, Paris, 1988, p. 77 ss.

Fr. Rigolot, *Cratylisme et Pantagruélisme : Rabelais et le statut du signe*, Et. rab., 1976, p. 115 ss. (la symbolique dans le *Gargantua*).

M. Screech, *Some further reflexions on the dating of Gargantua...,* Et. rab., 1976, p. 79 ss.

– *Some reflexions on the abbey of Thélème,* Et. rab., 1969, p. 107 ss.

Pour une première approche de *Gargantua,* les livres de Fr. Charpentier et de D. Ménager constituent une excellente initiation (de même que le *Rabelais* de G. Demerson pour aborder l'ensemble de l'œuvre).

On trouvera dans les notes et les notices des différents chapitres les références d'études consacrées à des aspects précis de l'œuvre.

HISTOIRE
ET HISTOIRE LITTÉRAIRE

1470 : L'humaniste Guillaume Fichet installe une imprimerie à la Sorbonne.

1492 : Découverte du Nouveau Monde.

1494 : Charles VIII en Italie (début des guerres d'Italie).

1498 : Avènement de Louis XII.

1499 : Premiers *Adages* d'Erasme.

1500 : Louis XII conquiert le Milanais.

1505 : Le philosophe et occultiste Cornelius Agrippa compose la *Précellence du sexe féminin*.

1508 : *Annotations aux Pandectes* du juriste et humaniste Guillaume Budé. Le philologue Jacques Lefèvre d'Étaples publie une Bible en français et recommande le retour au texte original des Écritures.

1510 : Erasme, *Eloge de la Folie*.

1511-1512 : *Les Illustrations de Gaule,* roman de Jean Lemaire de Belges, Grand Rhétoriqueur et poète de talent. En 1512, Lefèvre d'Étaples publie les *Épîtres* de saint Paul.

1513 : Le juriste André Tiraqueau publie son traité latin *Des lois du mariage*. Début de la construction du château de Bonnivet.

1514 : Machiavel, *Le Prince*.

1515 : Avènement de François Ier. Victoire de Marignan.

Léonard de Vinci en France. Marot, *Le Temple de Cupido.*

1516 : Paix perpétuelle de Fribourg avec les Suisses.
Thomas More, *Utopie.* Érasme, *Institution du Prince chrétien.*

1517 : Luther publie les 95 thèses contre les Indulgences.
Erasme, *Plainte de la Paix.* Pietro Pomponazzi, *Traité de l'immortalité de l'âme.*

1519 : Charles Quint devient empereur. Début de l'affrontement entre Charles Quint et François Iᵉʳ.
Premier tour du monde par Magellan.

1520 : Noël Beda, bête noire des humanistes, est syndic de la Sorbonne.

1522 : Lefèvre d'Étaples publie les *Évangiles* en français. Le Grand Rhétoriqueur Jean Bouchet fait paraître le *Labyrinth de Fortune,* ouvrage allégorique.

1523 : Le Parlement de Paris fait brûler les œuvres de Luther.

1524 : Campagne de François Iᵉʳ en Milanais. La construction du château de Chambord est interrompue par cette campagne d'Italie. Invasion de la Provence par Charles Quint.

1524 ? : Mort du Grand Rhétoriqueur Jean Lemaire de Belges.

1525 : Désastre de Pavie et captivité de François Iᵉʳ.
La Sorbonne condamne différents écrits d'Érasme et les *Évangiles* de Lefèvre d'Étaples.

1526 : Traité de Madrid, et captivité des enfants de François Iᵉʳ en Espagne.
Clément Marot emprisonné pour avoir mangé le lard en Carême. Il écrit *L'Enfer.*

1527 : Sac de Rome par les troupes impériales.
Début de la construction du château de Chantilly.

1528 : Jean Clouet devient peintre du roi.

1529 : Exécution sur le bûcher de Louis de Berquin, traducteur de Luther.
Publication des *Colloques* d'Erasme. et de son traité *De l'institution des enfants.*

1530 : François Ier fonde le Collège de France.
Guillaume Budé, *De la philologie.* Cornelius Agrippa, *De la philosophie occulte.*

1531 : Marguerite de Navarre, *Miroir de l'âme pécheresse.*

1532 : Henri VIII devient le chef de l'Église anglicane.
Clément Marot, *Adolescence clémentine.*
Parution des *Grandes et inestimables chronicques de l'enorme geant Gargantua,* livret populaire.

1533 : Jean Calvin adhère à la Réforme.

1534 : Jacques Cartier découvre le Canada.
Affaire des Placards contre la messe (affichés jusque sur la porte de la chambre du roi à Amboise). Colère de François Ier, qui passe à la répression contre les hérétiques. Marot s'enfuit à Ferrare.
Avènement de Paul III, qui sera Pape jusqu'en 1549.

1535 : Exécution de Thomas More.

1536 : Mort d'Érasme et de Lefèvre d'Étaples. Paul III convoque un concile.
Calvin, *Institution de la religion chrétienne* (version latine de l'œuvre).

1537 : Traduction française du *Courtisan* de l'Italien Castiglione, manuel du savoir-vivre. Bonaventure des Périers, *Cymbalum mundi.*

1538 : Publication d'un livret populaire, les *Navigations de Panurge.*

1540 : L'édit de Fontainebleau organise la répression de l'hérésie en France. Mort de Guillaume Budé.

1541 : Marot doit fuir à Genève. Il publie la traduction en vers de trente psaumes. Bertrand de La Borderie fait paraître *L'Amie de Court,* portrait satirique d'une femme insensible et avide.

1542 : Antoine Heroët, *La Parfaite Amie,* poème d'inspiration platonicienne.
Interdiction de l'*Institution* de Calvin (dont la version française venait de paraître en 1541). Création de l'Inquisition à Rome.

1543 : Prise de Nice par une flotte franco-turque.
Calvin, *Traité des Reliques.* Copernic, *De revolutionibus orbium celestium. De corporis humani fabrica* du médecin Vésale.

1544 : François Ier affranchit les serfs du domaine royal.
Les troupes impériales assiègent Saint-Dizier ; les
Anglais, Boulogne.
Traité de Crépy avec Charles Quint.
Mort de Clément Marot.
Délie de Maurice Scève, recueil de poèmes d'amour.
Sébastien Munster, *Cosmographie universelle.*

1545 : Le Parlement d'Aix fait massacrer les hérétiques Vau-
dois de Provence.
Ouverture du Concile de Trente.
Jacques Cartier, *Brief Récit.* Jean Bouchet, *Epîtres
morales et familières.*

1546 : Martyre d'Etienne Dolet. Mort de Luther.

1547 : Avènement d'Henri II.
Pierre Lescot commence les travaux du Louvre.
Michel-Ange dirige des travaux à Saint-Pierre de Rome.
Ronsard, Du Bellay et Baïf sont élèves au collège de
Coqueret.

1548 : Henri II crée un tribunal pour réprimer les hérétiques.
Guerre franco-anglaise.

1549 : Du Bellay, *Défense et Illustration de la langue française.*
Mort de Marguerite de Navarre.

1550 : Avènement de Jules III, qui sera Pape jusqu'en 1555.
Controverse entre Pierre Ramus et Pierre Galand, au
sujet d'Aristote. Calvin, *Des scandales.* Ronsard, *Odes.*

1552 : Henri II s'allie aux princes protestants d'Allemagne.
Ronsard, *Amours.*

1556 : Abdication de Charles Quint.

1559 : Mort d'Henri II, blessé dans un tournoi.

CHRONOLOGIE

1483 ? : Naissance à la Devinière près de Chinon (la date de 1494, autrefois proposée, est discutée). Son père est un avocat de Chinon.

1510 ou 1511 ? : Il entre au couvent comme novice.

1520 : Il est au couvent des Cordeliers de Fontenay-le-Comte, où on lui confisque ses livres de grec. Il a été ordonné prêtre. Il fréquente le juriste André Tiraqueau.

1524 : Il entre chez les Bénédictins de Maillezais, milieu plus cultivé, où il est accueilli par le prélat Geoffroy d'Estissac. Il accompagne ce protecteur dans ses déplacements.

1528-1531 : Il est à Paris, puis à Montpellier, où il fait des études de médecine à partir de septembre 1530 (il obtient le grade de bachelier en novembre). Il a abandonné le froc, et il porte désormais l'habit de prêtre séculier.

1532 : Il devient médecin à l'Hôtel-Dieu de Lyon. Dans cette ville, il fréquente l'humaniste Étienne Dolet, et des poètes, Mellin de Saint-Gelais et le néo-latin Salmon Macrin. C'est sans doute l'année où il publie le *Pantagruel*.
  Il édicte les *Aphorismes* du médecin grec Hippocrate. Il écrit à Érasme, et se déclare son fils spirituel.

1533 : Publication de la *Pantagruéline Pronostication,* parodie de l'astrologie divinatoire.

1534 : En qualité de médecin de Jean du Bellay, il séjourne à Rome, dont il étudie la topographie (de mars à août).

1535 : C'est sans doute au premier trimestre 1535 qu'il publie le *Gargantua*. Il repart à Rome avec Jean du Bellay, devenu cardinal, et il fait étape à Ferrare, où Clément Marot se trouvait avec d'autres exilés français.

1536 : Il séjourne toujours à Rome, où il semble régler pour le compte de Geoffroy d'Estissac certaines affaires à la cour pontificale. Il obtient du Pape l'absolution pour son *apostasie* (c'est-à-dire la faute commise en changeant d'habit et de profession) et l'autorisation d'exercer la médecine.

1537 : Il est reçu docteur en médecine à la Faculté des Lettres de Montpellier. Il enseigne à Lyon, et exerce la médecine. Il pratique des dissections.

1538 : Mort du petit Théodule, enfant naturel de Rabelais, sans doute à l'âge de deux ans.

1539-1540 : Rabelais séjourne en Piémont avec le Gouverneur Guillaume de Langey, frère du Cardinal Du Bellay. Ses enfants François et Junie sont légitimés par le Pape Paul III.

1542 : Édition remaniée du *Gargantua* et du *Pantagruel* (édition expurgée d'une partie des quolibets envers les théologiens).

1543 : Mort de son protecteur Guillaume de Langey, et de Geoffroy d'Estissac. Condamnation des deux premiers livres par la Sorbonne.

1546 : Le *Tiers Livre* est publié, et censuré pour hérésie. Rabelais est contraint de chercher refuge à Metz, où il est nommé médecin.

1547 : En février, Rabelais écrit une lettre pleine d'inquiétude à Jean du Bellay. En juillet, il part à Rome, où il restera jusqu'en 1550 comme médecin du cardinal. En passant par Lyon, il a remis au libraire Pierre de Tours le manuscrit de onze chapitres du *Quart Livre*.

1548 : Il publie un *Quart Livre* en onze chapitres.

1549 : Le cardinal offre au peuple romain des fêtes dont Rabelais rédige la relation.

1550 : Calvin le traite d'impie dans son *Traité des Scandales*. Malade, Jean du Bellay quitte Rome et se retire dans son château de Saint-Maur. Retour de Rabelais en France.

1551 : Le cardinal du Bellay lui confère les bénéfices des

cures de Meudon et de Saint-Christophe-du-Jambet, qu'il ne dessert par effectivement.

1552 : Rabelais publie le *Quart Livre* complet, qui est censuré par les théologiens.

1553 : Rabelais meurt à Paris, « sur la paroisse Saint-Paul », en fidèle chrétien.

1555 : Sermon de Calvin, où il attaque l'impiété des œuvres de Rabelais.

1562 : Publication de *L'Isle Sonante* (c'est-à-dire 16 chapitres du *Cinquième livre*).

1564 : Publication du *Cinquième Livre*.

1565 : Publication des *Songes drolatiques de Pantagruel, où sont contenues plusieurs figures de l'invention de maistre François Rabelais* (compilation qui utilise le nom de Rabelais, et qui est ornée d'une suite de figures grotesques).

TABLE

TABLE 281

TABLE 283

GF Flammarion

02/07/96058-VII-2002 – Impr. MAURY Eurolivres, 45300 Manchecourt.
N° d'édition FG075122. – Septembre 1993. – Printed in France.